KB057816

문학의
길에서 길을
찾다

창작과 소통 총서 · 05

문학의 길에서 길을 찾다

전국대학문예창작학회 편

 모시는사람들

문학의 길에서 길을 찾다

등록 1994.7.1 제1-1071
1쇄 발행 2015년 2월 28일

지은이 ⓦ 전국대학 문예창작학회
펴낸이 박길수
편집인 소경희
편 집 조영준
디자인 이주향
펴낸곳 도서출판 모시는사람들
        110-775 서울시 종로구 삼일대로 457(경운동 88번지 수운회관) 1207호
전 화 02-735-7173, 02-737-7173 / 팩스 02-730-7173

인 쇄 상지사P&B(031-955-3636)
배 본 문화유통북스(031-937-6100)
홈페이지 http://blog.daum.net/donghak21

값은 뒤표지에 있습니다.
ISBN 978-89-97472-93-2   03800

이 도서의 국립중앙도서관 출판예정도서목록(CIP)은 서지정보유통지원시스템 홈페이지
(http://seoji.nl.go.kr)와 국가자료공동목록시스템(http://www.nl.go.kr/kolisnet)에서 이용하
실 수 있습니다.(CIP제어번호: 2015003973)

* 전국문예창작학회는 2007년 전국 문예창작학과 교수들이 모여 결성한 단체입니다.

머리말

우리는 문학의 길에 들어섰습니다.

문학의 길─. 누구는 옛 사람들이 일러준 순수의 길을 가야 한다고 말하고, 혹자는 애초부터 그런 길은 존재하지 않았으니 새로운 길을 찾아 나서야 한다고 말합니다. 그러나 이 길에 대해서는 누구도 뚜렷이 일러주지 못합니다.

해가 아직 중천에 있으니 날개를 접고 쉴 때가 아닙니다. 아니, 아직 푸른 하늘을 마음껏 날아본 적도, 장자가 말한 '나비의 꿈(胡蝶夢)' 경지를 만나지도 못했습니다. 우리는 삽날을 들고 기나긴 노동의 시간 앞에 서 있을 따름입니다.

길 떠나는 여러분에게 이 책이 희미하나마 지남차(指南車) 역할이 되었으면 합니다.

2015년 겨울에
전국문예창작학회 회장 채길순

제2부 문학의 길에서 길을 찾다

무용한 소설을 읽는
유용한 시간

_____김이설 | 소설가

시인 윤동주는 '쉽게 쓰여진 시'에서 이렇게 말했습니다.

> 인생은 살기 어렵다는데
> 시가 이렇게 쉽게 씌어지는 것은
> 부끄러운 일이다

그건 비단 시인뿐만은 아닐 것입니다. 저의 졸작 『환영』(자음과모음, 2011)의 여자 주인공은 삶의 극한에 몰려, 극단의 선택을 하는 인물이었습니다. 책을 소개하는 신문 기사에는 '주부 매춘'이라는 단어로 이야기를 압축하더군요. 저는 무엇이 이 여자를 거기로 몰아갔는지, 사회는 왜 이 여자를 그렇게 방치했는지 묻고 싶어 쓴 소설이었는데 말이지요. 그러니 매일 밤마다 부끄러웠습니다. 지금도 누군가는 배를 곯고, 올바른 세계를 위해 극한 상황에서도 굳건히 시위를 하는가 하면, 은폐한 진실을 밝히려 피를 토하는데 말이지요. 이런 세상인데 나는 안락한 내 집 책상 앞에 앉아, 이 사회가 이런 인물을 만들어냈다고 말하는 소설을 쓰는 것이 온당한 일인지 자신할 수 없었습니다.

작가가 자기 소설을 인정하지 않으면 어느 독자가 그 소설을 신뢰하느냐 반문합니다. 작가는 작품으로만 드러나야 하며 등장인물들을 통해 인생을 말하고, 소설을 아우르는 메시지로 이 사회를 직시하도록 해야 할 것입니다. 그것이 제가 믿는 소설 쓰기의 본령이었습니다. 그런데 저는 자꾸 의심이 듭니다. 세상은 아름답지 않은데, 빈부 격차는 좁혀지지 않으며, 불합리와 부조리는 언제나 내 곁을 맴도는데, 소설을 이렇게 쉽게 써도 되는가에 대해서 말이지요.

'시인이란 슬픈 천명(天命)'이라도 될 테지만, 고작 인터넷으로 세상을 읽고 인터넷으로 울분을 쏟는, 그저 책상 앞 모니터 속이 내 세상이라고 믿는 무지렁이 소설가의 쉽게 쓴 소설을 누구에게 내보여야 하는지, 무용한 소설을 쓰는 것이 소설가의 천명이라고 알려줄 사람 어디 없을까 싶었습니다.

그때마다 저는 신춘문예 당선이 되어 섰던 시상식을 떠올렸습니다. 수상소감에서 저는 이렇게 말했습니다.

아무도 나를 떠밀지 않았다. 내가 가겠다고 나선 길이었으므로 끝까지 책임지겠다.

사실 저는 그 말을 매일 밤 천명처럼 되뇌고 되뇝니다. 그 누구도 저에게 소설 쓰는 사람이 되라고 하지 않았습니다. 그런데도 기어이 소설 쓰는 사람이 되었고, 끝까지 소설 쓰는 사람으로 살기 위해 굳이 힘겨운 일상으로 스스로를 몰아갑니다. 도대체 소설이 무엇이기에, 소설을 쓴다는 것이 무슨 의미이기에 다정한 아내와 훌륭한 엄마와 착한 자식이 되기를 포기한 채 이렇게 살아야 하는지 저는 종종 의아합니다. 그때마다 도리 없이 저는 또다시 그 신춘문예 시상식장을 떠올립니다.

> 문학이란 시멘트 바닥에 피어난 민들레와 같다. 그만큼의 모양과 그만큼
> 의 의미로 족하다.

이 말은 지금도 하루에 원고지 10장 정도의 집필 리듬을 유지하고 있는 노
학자 김윤식 선생님께서 당선자들에게 건네는 축사였습니다. 시멘트 틈바구
니에 피어난 민들레 같은 소설. 딱 그만큼의 모양과 딱 그만큼의 의미만으로
도 족한 것이 소설이라는 뜻에 대해서 골몰하게 됩니다.

내가 쓰는 소설이 과연 그럴 만한 의미가 될까? 내가 쓴 소설이 시멘트 틈
바구니에서 피어난 민들레만큼의 가치는 있을까? 아무리 생각해도 아닌 것
같습니다. 이제 겨우 시멘트 틈 사이에 떨궈진 씨앗이고, 겨우 티끌만큼의 싹
을 내민 상태일 것입니다. 싹을 키우고, 그 질긴 뿌리를 내리기까지, 그래서
시멘트 바닥에 작은 민들레로 피어나기를, 아무도 쳐다보지 않더라도, 그저
꽃을 피우고 다시 씨를 품는, 민들레로서의 민들레가 될 수 있기를, 제 소설
이 그런 민들레가 될 수 있기를, 진심으로 희망할 뿐입니다.

실제로 우리는 아무도 눈여겨보지 않을 것 같은, 도심의 먼지를 뒤집어 쓴
민들레를 발견하기도 합니다. 그 순간 누군가는 끈질긴 생명력에 대해 감탄
하기도 하고, 누군가는 생명의 숭고함에 대해 숙연해지기도 할 것입니다. 그
러나 대부분의 우리들은 그저 지나갈 뿐입니다. 그것이 나의 일상에 하등 도
움이 되지 않기 때문입니다. 최근 발표한 제 소설, 『선화』(은행나무, 2014)에서
주인공 선화가 읊조리는 혼잣말이 있습니다.

꽃은 먹거나 입지 못하는, 지극히 비생산적인 소비재였다. 그저 보는 것이 쓸모의 전부였다. 그러나 꽃을 주고받는 의미는 개인의 욕망을 직접적으로 충족하기에 가장 최적의 재화였다. 꽃을 선물하고, 꽃을 받는 주체의 심리적 만족감은 금전적으로 설명할 수 없었다. 물론 꽃을 아무 짝에 쓸모없는 것으로 취급하는 사람들이 세상에는 더 많다. 어쩌면 그들의 생각이 옳은 지도 모를 일이었다.

이 구절을 쓸 때, 저는 아마 꽃이라는 단어를 쓸 때마다 소설이라는 단어를 떠올렸을 것입니다. 소설은 먹거나 입지 못하는 지극히 비생산적인 소비재이며 생산재라고, 그저 읽고 쓰는 것이 쓸모의 전부니까 말이지요. 생각해보면 꽃보다도 못한 게 소설이기도 할 것입니다. 주린 배를 채워주는 밥이 되지도 못하고, 위안을 주는 노래도 못 되며, 그래도 희망을 품어야 한다는 응원이 될 수도 없는, 아무짝에도 쓸모없는 게 소설이기도 하니까요.
그런데 많은 사람들이 소설을 읽고, 소설을 씁니다. 또한 많은 사람들이 소설을 쓰는 사람이 되고 싶어 합니다. 이 무용한, 아무짝에도 쓸모없는 소설이 뭐라고. 대체 왜 그런 걸까요.

1. 무용한 소설을 읽는 독자

세상은 점점 더 악랄해지며, 점점 더 부조리해지고 있습니다. 그런데도 작가들은, 소설가들은, 저 역시도 그저 책상머리에만 앉아 있습니다. 소설을 쓰기 위해서입니다. 주린 배를 채워주는 밥이 되지도 못하고, 위안을 주는 노래도 못 되며, 그래도 희망을 품어야 한다는 응원이 될 수도 없는, 아무짝에도 쓸모없는 소설을 쓰기 위해서 말입니다.

그런 무용한 소설을 쓰는 이유가 과연 무슨 의미일까요? 여러분은 그런 무용한 소설을 읽는 이유가 무엇인가요?

김현 선생님은 소설을 읽는 이유를 이렇게 말했습니다.

> 내가 사는 세상이 과연 살 만한 세상인지, 나는 과연 제대로 살고 있는지 자문하기 위해서다.

우리가 기억할 것은 '스스로에게 질문하기'에 있습니다. 소설을 읽다보면 자연스럽게 소설 속 인물이 처한 상황에 마주하게 됩니다. 그 인물이 겪는 문제적 세계를 바라보게도 됩니다. 내가 사는 세상이 이런 인물이 나올 수밖에 없는 세상이라면 대체 이 세계의 문제는 무엇인지 고민해 봐야 한다는 뜻입니다. 더 나아가 이 세계에 살고 있는 나는 소설 속 인물과 같은 사람은 아닌지 반추해 봐야 한다는 의미이기도 할 테고요. 소설 속 인물이 이런 세계에서 고난과 갈등을 겪으며 살고 있는 모습을 목도했다면, 나는 이 세계에서 어떻게 살고 있는지 자연스럽게 둘러보아야 한다는 뜻입니다.

제가 쓴 소설들은 대체로 '햇빛을 덜 받는 사람들'의 이야기가 많습니다. 첫 번째 단편집 『아무도 말하지 않는 것들』(문학과지성사, 2010)에 나온 인물들만 하더라도, 노숙자 모녀, 가계 빚에 떠밀려 대리모가 된 여대생, 부모에게 버림받아 낯선 사내와 살게 된 여자, 지방 소극단에서 만년 단역을 맡으며 늙어가는 여자, 성적으로 유린된 여자와 사회로부터 철저히 외면당한 인물 등입니다. 최근에는 권력의 힘에 의해 와해당한 가족 구성원이 두 아이를 죽이고 스스로 죽음을 택하는 이야기라든지, 농촌을 배경으로 한 성적, 경제적으로 유린당하는 인물들의 비밀 이야기도 있습니다.

솔직히 고백하면, 제 소설의 인물들은 모두 신문의 사회면에서 만날 수 있는 인물들입니다. 그들이 겪은 일도 시사 잡지나 텔레비전 르포프로그램에서 만날 수 있는 이야기입니다. 어느 이야기하나 전적으로 저 혼자 상상으로 만들어진 이야기가 없습니다. 다시 말해 제 소설은 지극히 이 나라, 현재의 이 땅에서 벌어지고 있는 이야기란 의미입니다.

어느 독자들은 그래서 읽기 불편하다고 합니다. 다 읽은 후 무언가 석연치 않은 기분, 뭔가 개운하지 않은 느낌, 다 읽었지만 해결된 것이 아무것도 없는 상태, 소설이 끝났지만 소설 속 인물들이 앞으로 잘 살 것 같지 않은 불안감 때문이라고도 합니다. 사실은, 제가 바란 독후의 정서가 바로 그 불편함이었습니다. 저는 전적으로 그런 감정을 공유하고 싶었습니다. 그래서 작정하고 만들어낸 이야기였습니다. 바로 독자들이 왜 이렇게 불편한지, 왜 이렇게 불안한지 '자문'하기를 바랐기 때문입니다.

세상에는 물론 가진 사람들이 있습니다. 예쁜 사람들도 많습니다. 집안이 훌륭하거나, 많이 배운 사람들도 있습니다. 그런데 저는 그런 사람들의 이야기가 궁금하지 않습니다. 왜냐하면 그들은 어떤 문제가 닥쳐도 잘 살 것이기 때문입니다. 돈이 많으면 돈으로 해결하고, 예쁘면 예뻐서 혜택 받을 수 있을 테니까요. 집안과 학벌이 좋으면 인맥의 힘으로도 문제를 해결할 능력을 얻을 것입니다. 그 사람들은 어떻게든 잘살 것이 자명합니다. 군이 우리의 관심과 동정이 없어도 충분히 자기들 힘으로 문제를 해결하고 잘 살아나갈 것입니다. 이 세계는 돈과 권력, 인맥과 아름다움조차 힘이 되는 세상이니까요.

그래서 제가 귀를 기울이게 되고, 자꾸 쳐다보게 되는 사람들은 그렇지 않은 사람들입니다. 가진 게 없어서, 예쁘지 않아서, 어느 누구의 도움조차 받을 수 없는 사람들. 그들이 이 부조리한 한국 사회에서 무슨 갈등을 겪으며, 어떻게 극복하고, 어떤 선택을 하는지 알고 싶기 때문입니다. 그들의 일상을 보는 것만으로도 내가 사는 세상이 어떤지, 그래서 그 사람들을 닮은 나는 어떻게 살고 있으며, 어떻게 살아가야 하는지 자꾸 의심을 품고, 질문해야 한다고 믿기 때문입니다. 그것이 세상에 아무 도움 될 것 없는, 쓸모없이 무용한 소설을 읽는 의미여야 한다고 확신하기 때문입니다. 그렇기에 무용한 소설을 읽는 것이 유용한 시간이 될 수 있다는 생각을 하게 된 까닭입니다.

2. 무용한 소설을 읽는 당신의 유용한 시간

'역사는 승자의 기록이고, 문학은 패자의 기록이다'라는 말이 있습니다. 역사는 이긴 자, 가진 자, 이미 이룩한 자의 기록이지만 문학은 당신이 패배한 이유에 대해, 그들이 가지지 못한 것들에 대해, 우리들이 이루지 못한 것들에 대한 고백이며, 회한이기 때문입니다. 그렇기에 문학은 우리의 이야기이며, 나의 이야기로 치환될 수 있습니다.

소설 속 주인공이 겪는 문제적 상황, 갈등과 해결 과정을 따라 읽어가는 행위는 나의 일상을 되돌아보는 시간으로 삼아야 한다는 뜻이기도 합니다. 소설 속 주인공의 인생을 훔쳐보며 나의 일상은 건재한지, 내가 살아가는 세상이 올바른지, 나는 그 세계에서 인간적인 삶을 영위하고 있는지 스스로 묻는 시간이 될 터이기 때문입니다. 그렇다면 더 나아가 '나는 어떻게 살아야 하는가'에 대한 자문을 하는 계기가 될 것입니다. 그것이 소설을 읽는 가장 큰 즐거움이 되어야 합니다.

그러므로 우리는 착한 독자가 아니라 나쁜 독자가 되어야 합니다. 행복한 결말에 안도하는 독자가 되어선 안 됩니다. 행복하지 않은, 실패한, 나락으로 전락한 소설 속 주인공을 통해 그 인물이 왜 그렇게 되었는지 고민하고, 소설 속 주인공이 선택한 해결 방법이 올바른 선택이었는지 의심해야 합니다. 그 인물이 만들어질 수밖에 없었던 연유를 살펴보고, 그 인물이 과연 나는 아닌지에 대해서 골몰해야 하기 때문입니다. 나쁜 독자가 되어 소설을 꼼꼼히 읽는 일, 소설 속 인물의 오류를 찾아 그 인물이 살아가는 세계의 부조리를 발견해 내는 데 게으름을 피우지 않아야 합니다. 그것이 훌륭한 독자가 되는 일일 것입니다.

주린 배를 채워주는 밥이 되지도 못하고, 위안을 주는 노래도 못 되며, 그래도 희망을 품어야 한다는 응원이 될 수도 없는, 아무짝에도 쓸모없는 무용한 소설을 읽는 행위가 역설적으로 가장 유용한 시간이 될 수 있도록 말입니다. 주린 배보다 가난한 마음을 배부르게 하는, 고단한 일상은 비단 나 혼자만의 문제는 아니라는 사실을 새삼 깨닫고, 그럼에도 불구하고 이 따위의 세상에서도 왜 희망을 꿈꿔야 하는지에 대한 답이 바로 그 무용한 소설을 읽는 유용한 시간 안에서 얻을 수 있기 때문입니다.

최근 제가 읽은 밀란 쿤데라의 〈무의미의 축제(민음사, 2014)〉에는 이런 구절이 있더군요.

오래전부터 말해 주고 싶은 게 하나 있었어요. 하찮고 의미 없다는 것의 가치에 대해서죠. (중략) 하찮고 의미 없다는 것은 말입니다, 존재의 본질이에요. 언제 어디에서나 우리와 함께 있어요. 심지어 아무도 그걸 보려 하지 않는 곳에도, 그러니까 공포 속에도, 참혹한 전투 속에도, 최악의 불행 속에도 말이에요. 그렇게 극적인 상황에서 그걸 인정하려면, 그리고 그걸 무의미라는 이름 그대로 부르려면 대체로 용기가 필요하죠. 하지만 단지 그것을 인정하는 것만이 문제가 아니고, 사랑해야 해요, 사랑하는 법을 배워야 해요. 여기, 이 공원에, 우리 앞에, 무의미는 절대적으로 명백하게, 절대적으로 무구하게, 절대적으로 아름답게 존재하고 있어요. 그래요. 아름답게요.

저는 그만 가슴이 쿵, 내려앉았습니다. '하찮고 의미 없다는 것은 말입니다, 존재의 본질이에요. 언제 어디에서나 우리와 함께 있어요. 심지어 아무도 그걸 보려 하지 않는 곳에도, 그러니까 공포 속에도, 참혹한 전투 속에도, 최악의 불행 속에도 말이에요.' 이 문장이 아마 제가 소설을 쓰는 이유이기도 할 것이며, 어쩌면 모든 소설가들이 바라는 소설 쓰기의 목적이기도 할 거라는 생각을, 감히, 했습니다. '무의미라는 이름 그대로 부르려면 대체로 용기가 필요하죠. 하지만 단지 그것을 인정하는 것만이 문제가 아니고, 사랑해야 해요, 사랑하는 법을 배워야 해요. (…) 우리 앞에, 무의미는 절대적으로 명백하게, 절대적으로 무구하게, 절대적으로 아름답게 존재하고 있어요'를 함께 인정하기 위해서 말입니다. 어쩌면 그건, 독자들이 소설을 읽으면서 느껴야할 가장 궁극의 무엇은 아닐까 하는 생각도 하면서 말입니다.

저는 현재 지역의 중앙도서관에서 강의를 하고 있습니다. 글쓰기 수업도하고, 세계문학을 읽고 토론하는 강의도 진행하고 있습니다. 수강생들은 대체로 30대 이상의 성인남녀입니다. 저는 매 첫 시간마다 똑같은 걸 묻습니다. 여러분은 왜 소설을 읽으시나요?

답은 모두 예상한 대로입니다. 재미를 위해서, 여가를 위해서, 혹은 인문학적 지성과 교양을 쌓기 위해서라고 합니다. 그럼 제가 또 묻습니다. 세상에는 더 재미있는 영화와 드라마도 많고, 시간을 보내기에 수월한 게임이나 기타 취미활동도 많을 것이며, 문학이 아니어도 교양과 지성을 쌓을 수 있는 다른 장르의 글도 많은데 왜 하필 소설입니까? 여러분은 어떤가요? 왜 소설을 읽으시나요?

그럼 질문은 다시 제게로 돌아옵니다. 당신은 왜 소설을 읽느냐? 그 질문에 저는 추호의 망설임 없이 이렇게 대답합니다. '내가 사는 세상이 과연 살 만한 세상인지, 나는 과연 제대로 살고 있는지 자문하기 위해서.'

다시 원점입니다. 이 명제는 제가 소설을 쓰는 이유와도 같은 맥락으로 사용되기도 합니다. 우리가 사는 세상이 과연 살 만한 세상인지, 우리는 과연 제대로 살고 있는지 질문하기 위해서, 저는 소설을 씁니다. 그리고 앞으로도 계속 그렇게 쓰고 싶습니다. 아무도 저에게 시키지 않은 일이고, 누구도 저를 이 길로 떠밀지 않았기에 끝까지 쓰겠다는 장담도 거침없이 할 수 있는 것입니다.

3. 덧붙이는 글 두 편

제가 할 수 있는 이야기는 여기까지입니다. 제가 여러분 앞에 김지연이 아니라 소설을 쓰는 김이설로 서 있는 이유의 전부이기도 합니다. 그런데도 무언가 미진해, 전에 썼던 짧은 글 두 편을 덧붙입니다. 이 자리에는 소설을 쓰는 사람을 꿈꾸는 분들이 있다는 소식을 들었기 때문입니다. 도움이 될 리 만무하지만, 어쩌면 이미 이룬 사람의 허세처럼 보일까도 두렵습니다만, 무의미를 무의미하다고 인정하기까지의 과정이며, 무용한 소설을 쓰는 것이 천명이라고 믿고 싶은 나약한 소설가의 변명이라고 읽어주셨으면 좋겠습니다.

1) 끝나지 않은 끝

첫 번째 소설을 쓴 건 스물두 살 때였다. 실연의 기록을 할 참이었다. 누가 볼 수도 있으니 이름과 나이를 바꾸고, 연애의 종결도 여자가 남자를 떠난 것으로 처리했다. 분량은 원고지 70매 정도. 다 쓰고 나니 내가 지어낸 첫 번째 이야기였다.

나는 소위 루저였다. 아버지는 종종 룸펜이라고 불렀다. 엄마는 늘 일어나 밥이나 먹으라고 소리쳤다. 그게 나의 이십대를 대표하는 표현이었다. 대학을 졸업했지만 변변한 일자리를 얻지 못했다. 지금은 습작 시절이었다고, 습작생이었다고 당당하게 말한다. 하지만 그 당시에는 나를 소개할 단어를 알지 못했다.

매년 새해 첫날이 되면 나는 식구들 몰래 집을 나섰다. 1월 1일자 신문을 사, 신춘문예 당선작을 읽기 위해서였다. 어느 해부터는 pc방으로 달려가 밤을 새며 신년 첫날의 기사들을 검색했다. 신춘문예 당선자들의 얼굴을 오래 쳐다본 후, 그들이 쓴 당선 소감을 읽고 돌아오곤 했다. 새벽의 사람들은 종종걸음으로 사라졌고, 차들은 빠르게 움직였다. 언제나, 추웠다. 추위에 더 이상 움츠러들지 못한 두 어깨가 너무 거추장스러워서 칼로 내쳐버리고 싶던 새벽들이었다. 반복된 절망으로 온몸이 아팠다. 습관이 된 낙선이었는데도 그랬다.

매년 대여섯 편의 단편을 썼다. 소설을 쓰면 함께 공부하는 친구들에게 보이고, 합평을 받았다. 너무 오래 붙들고 있어 토할 지경이 될 때까지 퇴고를 했다. 쓰고 고치고, 쓰고 고치고, 쓰고 고치고. 참 지겹게 떨어졌다. 언젠가부터는 '그래봤자 또 떨어질 텐데'라는 열패감이 가슴속에 똬리를 틀고 나를 노려보았다. 그러거나 말거나 봄, 가을에는 문예지에 응모했고, 겨울 초입에는 신춘문에 응모를 위해 밤을 샜다.

밤에 소설을 썼으므로 해를 못 본 얼굴은 늘 누렇게 떠 있었다. 소설을 펼친 책상 앞에서는 일부러 꽉 끼는 청바지를 입어 온몸을 긴장시켰다. 초겨울에는 창문을 한 뼘씩 열어놔 바깥바람이 들어오게 했다. 코끝과 발가락, 손가락을 뻣뻣하게 굳게 만드는 적당한 추위가 신경을 더욱 예민하게 만들었다. 반대로 여름에는 창문과 방문을 꽁꽁 처닫고 땀을 흘렸다. 내 몸을 괴롭혀 정신을 날카롭게 하고 싶었다. 할 수만 있다면 입에 칼이라도 물고 있을 기세였다.

함께 공부하는 친구들과 모이면 소설이 수학 문제처럼 정답이 있으면 좋겠다고 한탄을 했다. 곧잘 취했고, 뼛속까지 물든 패배와 열등감을 드러내며 자기 소설을 쓰레기라 칭하며 울곤 했다. 생리 주기처럼 겪는 일이어서 흉할 것도 없고 부끄러울 것도 없었다. 그저 다음 날 숙취의 두통으로 잠이 깨면, 내가 제대로 가고 있는 길인지, 내가 가도 되는 길인지, 더 늦기 전에 다른 길을 찾아야 하는 건 아닌지, 스스로를 의심했다. 그뿐이었다. 다시 컴퓨터를 켰다. 소설을 쓰는 일 외에 내가 할 줄 아는 일이 없었기 때문이었다.

첫아이 출산을 한 달쯤 앞둔 늦가을. 우체국으로 가면서 내 인생의 마지막 응모라는 걸 알았다. 나는 만삭이었다. 부른 배를 감싸 안았다. '너를 품고 쓴 소설이니, 마지막이어도 괜찮아.'라고 아이에게 속삭였지만 그건 분명히 나를 향한 말이었다. 응모작을 보내고 돌아오던 발걸음이 가벼웠다. 마지막이라는 느낌이 나쁘지 않았다.

예감대로 그것이 나의 마지막 응모가 되었다. 아이를 낳은 지 보름 뒤에 두 군데의 신문사에서 당선 소식을 받았다. 내 생애 마지막 소설이라고 생각했던 작품이 나를 '소설 쓰는 사람'으로 만들어 준 것이었다. 꼬박 10년이 걸렸다. 소설가를 꿈꾸던 스무 살 언저리의 여자애가 서른두 살이 되어 이뤄진 일이었다. 그래서, 그게 끝인가? 아니다.

습작 시절의 목적지는 당선이었다. 지금의 목적은 좋은 작가, 바람직한 소설가가 되는 일이다. 습작 시절보다 더 어렵고 더 무거운, 더 까마득한 목표다. 그러니 지금도 지난하고 고단한 밤을 보내고 있다. 누렇게 뜬 얼굴로, 허리를 조이는 불편한 바지를 입고, 다른 작가들의 소설과 블로그까지 들락거리면서, 그들의 소설을 몰래 필사도 하면서 말이다. 제대로 된 소설가가 되기 위해서, 좋은 소설을 쓰기 위해서, 나는 오늘도 지난 10년의 습작 시절처럼 고개 조아리는 것이다.

—「행복한 동행」(2010.7)

2) 사실, 우리는 모두 혼자들

들여다보면 고민 하나 없는 사람, 문제 하나 없는 집안은 없습니다. 많이 가진 사람은 많아서, 없는 사람은 없어서 늘 문제가 들끓죠. 하지만 우리는 어지간해서 집안의 속사정을 내놓지 않습니다. 친한 친구나, 연인에게도, 심지어 같이 사는 배우자에게도 함구할 때가 많아요.

지금 이 편지를 쓰고 있는 저도 문제를 가지고 있습니다. 저만이 가진 고민도 있고, 누구나 그러하듯이, 누구나 가지고 있을 법한 문제 두엇도 품고 있죠. 하지만 그 고민과 문제가 무엇이라고 말하지는 않을 거예요. 왜냐하면 조금은 창피하기도 하고, 이 문제들을 혼자 해결해 내고 싶은 자존심 때문이기도 하고요. 혹은 훗날 그러그러한 문제를 품고 있었어-라며 가벼운 마음으로 토로하고 싶거나, 영영 숨기고 싶기 때문이기도 합니다.

　　남편이 퇴원한 날은 눈이 내렸다. 십일월 중순이었는데 첫눈이었다. 택시는 놀이터 주차장까지밖에 올라오지 못했다. 골목이 좁아 더 이상 차가 들어설 수 없었다. 발목에서부터 접질린 다리는 회복이 더뎠다. 다리에 박아 넣은 철심은 평생 주기적으로 바꿔야 한다고 했다. 그보다도 지금 당장 아무것도 할 수 없는 상태라는 것이 기가 찰 노릇이었다. 내가 잡아줘도, 목발을 짚어도 걷질 못했다. 병원에서도 퇴원은 무리라고 했다.
　　"당신들이 병원비 낼 거 아니면 퇴원시키라고요."
　　남편은 갑자기 퇴원 수속을 밟는 내게 왜 그러느냐 묻지 못했다. 내내 죄인처럼 내 눈을 쳐다보지 못했다. 나는 그러지 말라고도 하지 않았다. 멀쩡한 몸 축나 돈 들게 하는 것, 그게 죄였다. 돈도 못 버는 주제에 병원비까지 축내는 가장은 죄인이었다. 남편의 어깨를 부축해 걷는데 진땀이 흘렀다. 그래도 길거리에 버려두고 나 혼자 집으로 돌아갈 수는 없었다. 아이씨. 업혀.
　　남편이 체중을 실어 업히자 예상하지 못한 무게 때문에 그만 무릎을 바닥에 찧고 말았다. 무릎이 젖었다. 눈발이 굵어졌다. 다시 업혀봐. 이를 악물고 허리에 힘을 줬다. 나도 모르게 끙, 소리가 났다. 넘어지지는 않았지만, 첫 한 발짝 떼는 일이 엄두가 나지 않았다. 하지만 앞으로 나아가야 했다. 가야만 하는 길이었다. 나는 숨을 크게 들이쉬었다. 처음 한 발짝이 다음 한 발짝을, 다시 한 발짝을 디딜 수 있게 했다. 대여섯 걸음을 가고 멈추어 섰다. 남편은 숨 쉬는 것도 조심스러워 바들바들 떨었다. 나는 처음부터 다시 시작했다. 허리에 힘을 줘 업고, 부들거리는 다리로 몇 발짝 걷다 멈췄다. 숨을 가눌 때마다 하얀 입김이 쏟아졌다. 학, 학, 학, 학. 골목에 내 숨소리가 가득 들어

찼다. 송이가 더 굵어진 눈이 펑펑 쏟아졌다. 진창이 되기 전에 서둘러야 했다. 집까지의 거리가 내 일생의 모든 밤보다 더 길게 느껴졌다. 멈췄다 움직이기를 몇 번을 더 해야 끝이 날까. 끝이, 있기는 할까. 나는 남편의 허벅지를 세게 붙잡아 내 등에 바짝 붙였다.

　　─『환영』 중에서

인용된 위 장면을 만들 때, 저는 정말 남편을 업었습니다. 아, 생각보다 너무 무거워서, 그만 거실 바닥에 쿵, 무릎을 짓찧어버렸습니다. 그래도 남편은 제 등에서 내려오지 않았습니다. 무슨 장면을 위해서 자기를 업었는지 알고 있었거든요.

"어떻게든 다시 일어나봐. 집까지, 끝까지 남편을 업고 걸어가야 한다며."

맞아요, 끝까지 가야 하는 여자여야 했어요. 그래서 다시 이를 악물었습니다. 다리와 허리에 힘을 주어 일어났습니다. 그 뒤는, 소설에 묘사된 대로예요. 한 발짝, 한 발짝, 조심스럽게 발을 떼었습니다. 거친 숨을 쉬며 간신히 거실 한 바퀴를 돌았습니다. 그리고 이내 널브러졌어요.

소설 속 주인공이 아픈 남편을 업고 오르막길을 오르는 장면을 위해, 겨우 거실 한 바퀴 걷는 것도 힘에 부쳤던 저는 부끄러웠습니다. 쉽게 가라앉지 못하는 제 숨소리를 들으며 주인공의 거친 숨소리를 묘사하는 일이 미안했습니다. 주인공의 스산한 삶이 더 없이 안타깝고 서러운데, 더 모진 현실 속으로 밀어 넣는 제 자신이 너무 뻔뻔하다는 생각이 들었습니다.

하지만 삶이란, 내가 원하는 대로 굴러가지 않더라고요. 그래서 버티고 견디는 시간이 삶의 전부가 되기도 하더라고요. 아픈 남편을 버리고 갈 수 없듯이, 내 등에 업힌 삶의 무게를 내 마음대로 버릴 수 없듯이 말이죠. 지금의 저처럼, 소설 속 주인공인 윤영처럼, 너무 큰 무게를 짊어지고 한 발짝도 뗄 수가 없는 당신에게, 그래서 저는 감히, 속삭입니다. '희망은 있다'는 말이 아니라, 여하튼 '삶의 무게를 짊어진 사람이 비단 나 혼자만은 아니다'라고.

그것이 위로가 되지 못할지라도, 삶에 대한 일말의 기대도 품게 할 수 없을지라도, 세상의 모두가 나처럼 끔찍한 생을 양 어깨에 짊어지고 걷고 있다고 말입니다. 그러니, 어떻게든, 한 발짝을 떼어야 한다고. 그 한 발짝이, 다음 한 발짝을, 그 다음 한 발짝을 디딜 수 있는 힘이 될 것이라고. 온 몸이 땀에 젖고, 기진맥진하게 널브러지더라도, 때론 모두 버리고 생을 놔버리고 싶은 욕망에 시달리더라도, 그것이 우리가 걸어가야 할 길이라면, 갈 수밖에 없다고. 그러다보면 가게 된다는. 그런 무책임한 말을 속삭이고 싶었습니다.

미안해요. '끝이, 있기는 할까', 의심하면서 끝까지 가야 하는 건, 그래요, 당신 혼자예요. 그러니, 혼자라고 생각하지 마세요. 나도 혼자거든요. 사실, 우리는 모두 그런 혼자들이었으니까요. 김이설 올림
— 문학나눔, 행복한 문학편지, 8월 7일자

시 쓰기 기초 시와
양파스러움에 대하여

_____ 이종수 ǀ 시인

1. 시 쓰기의 어려움

"한 사람이 참으로 보기 드문 인격을 갖고 있는가를 알기 위해서는 여러 해 동안 그의 행동을 관찰할 수 있는 행운을 가져야만 한다. 그 사람의 행동이 온갖 이기주의에서 벗어나 있고, 그 행동을 이끌어 나가는 생각이 더없이 고결하며, 어떠한 보상도 바라지 않고, 그런데도 이 세상에 뚜렷한 흔적을 남겼다면 우리는 틀림없이 잊을 수 없는 한 인격을 만났다고 할 수 있다."

"단순히 육체적 정신적 힘만을 갖춘 사람이 홀로 황무지에서 이런 가나안 땅을 만들어낼 수 있었다는 것을 생각할 때면 나는 그 모든 것에도 불구하고 인간의 조건이란 참으로 경탄할 만한 것이라는 것을 깨닫곤 한다. 그리고 그런 결과를 얻기 위해 가져야만 했던 위대한 영혼 속의 끈질김과 고결한 인격 속의 열정을 생각할 때마다 나는 신에게나 어울릴 이런 일을 훌륭하게 이루어 낼 줄 알았던 그 소박한 늙은 농부에게 무한한 존경심을 품게 된다."

〈나무를 심은 사람〉(장 지오노 원작/프리드리백 감독)에 나오는 글이다. 시를 쓴다는 것은 이 세상에 나무를 심는 일이지 않을까 싶어 소개하고자 한다. 첫 대목과 마지막 대목 안에는 어떤 이야기가 있었을까. 나무를 심은 사람은 엘제아르 부피에라는 농부였지만 시를 나무삼아 세상을 바꿀 만한, 아니 사람들의 마음을 감동시키려면 어떻게 해야 할까. 온갖 이기주의를 벗어나 자기의 이익이 아니라 다른 사람을 위해 일하는, 그리고 아무런 보상도 바라지 않는, 고결한 인격을 지닌, 한 사람의 불굴의 정신과 실천이 이 땅에 기적 같은 위대한 결과를 만들어 낼 수 있다는 메시지를 시와 시인을 둘러싼 환경과 빗대면 어떨까. 가늠하기 어려운 잣대다.

한편 나무를 심은 사람은 절대고독을 대표하는 인물이기도 하다. 철저한 고독이 아니고는 참다운 우주와 자연을 만날 수 없는 일임을 엘제아르 부피에는 보여주고 있다.

세상에 혼자가 아니라면
- 저 나뭇잎처럼 부대끼면서도 제 갈 길을 준비하는
저 혼자의 몫? -
이렇게 몸을 불태우는 생각도 없겠지
쓸쓸한 내 껍질을 빌려 먼 편지를 쓰며
세상에서 가장 따뜻한 눈을 가지고 싶어 했던 날들
칼길을 지나 또 다른 세상 속으로 숨어버린
광활함이어!
한평생 나무를 심은 노인의 마지막 감는 눈처럼
끝을 모르는, 끝이란 가보지 못한 자들의 넋두리이자 황무지

봄 여름 가을 겨울 뒤의 오체투지를 견딘 젊고 싱싱한,
이토록 환한 몸을 본 적이 있는가

내 다시 가슴속의 칼길을 꺼내 저 눈 속으로 걸어가리라
눈이 멀고 천 길 낭떠러지의 얼음을 깨고 또 낭떠러지에 떨어져도
오체투지의 밝은 눈 속으로 들어가리라
그 눈처럼 살리라
자작나무 눈처럼
　─이종수, 「자작나무 눈처럼」

　첫 시집의 제목이기도 한 〈자작나무 눈처럼〉은 사실 엘제아르 부피에를
위한 시이기도 하다. 백두산 오르는 길의 자작나무이거나 광활한 러시아 대
류의 자작나무, 태백 삼수령 지나는 길이나 영주 부석사 가는 길에 있는 자작
나무이기도 하다. '내 다시 가슴속의 칼길을 꺼내 저 눈 속으로 걸어가리라'
는 시의 내용은 언제나 유효하다. '박수칠 때 떠나라'는 말을 주워 삼아도 좋
다. 도가 아니면 가지 말라고 했듯이 아니다 싶으면 과감히 접을 수 있고 내
려올 수 있다는 뜻이기도 하다. 그런 점에서 오체투지란 말을 너무 쉽게 쓴
것은 아닌지 돌아보게 된다.
　단편영화 한 편을 보고 나서 여러분의 가슴 속에 있는 '나무'를 꺼내어 시
를 써 본다고 할 때도 마찬가지일 것이다.

　"우리는 살아 흐르는 강물이 인간이 만든 댐에 막혀 단절되어 버릴 때, 그
리고 인간에 의해 동물들이 고통으로 몸부림치며 죽어갈 때 동정심과 자비

를 느낀다. 그리고 그때의 우리는 올림푸스 산에서 우리를 내려다보는 고대의 신들을 닮았다. 그러나 나무꾼들에 의해 숲이 잘려나갈 때 우리는 왜 나무들에 대해 동정을 표시하지 않는 것일까?"

장 지오노는 죽음을 당하면서도 소리조차 지르지 못하는 침묵의 식물세계와도 새로운 생각을 가지고 새로운 관계를 맺어야 한다고 말하고 있다. 그래서 작가는 식물을 통해 새로운 생명을 전화하고 부활하며, 바로 이러한 부활의 과정을 통해 죽음과 화해한다고 보았다. 살아 있는 것들은 모두 사랑을 원하며 '적의'와 '살의'를 싫어하고 죽음을 거부하려 한다는 현대과학의 가설을 가능하게 한다.

침묵하라, 고독하라, 절대 서두르지 말고, 속도를 숭배하지 말 것이며 굽힘 없이 선하게 살아라.

이것은 새로운 시의 실천법이다. 그래야만 시가 보이고 비로소 시를 쓸 수 있을 것이다.

줄지어 고개 숙인 해바라기를 보며 생각한다
어떤 말들이 노래가 되나
거품을 감고 얌전히 누웠는 비누를 보며 생각한다
이런 건 노래하면 안 되나

어떤 말들이 노래가 되나

하늘에 박힌 별

먼 데서 흐르는 물

닭이 난 따끈한 알

이런 것들은 아직은 멀고

내 것이 아닌 것들

구겨진 수건을 보다가

시원하게 내려가는 변기 물을 보다가

자꾸만 생각하게 된다

이런 말들은 노래가 되나

어떤 말들이 노래가 되나

　—송선미, 「어떤 말들이 노래가 되나」

　말과 노래는 누군가와 대화를 나누고 교감하기 위한 쓰임새다. '찬란한 금빛 햇살'은 '뜰에는 반짝이는 금모래빛'이자 '뒷문 밖에는 갈잎의 노래'라 부른 김소월의 시인 것이다.

　유쾌한 사람은 농담을 적절하게 잘 활용하며, 상쾌한 사람은 농담에 웃어 줄 줄 알며, 경쾌한 사람은 농담을 멋지게 받아칠 줄 알며, 통쾌한 사람은 농담의 수위를 높일 줄 안다. 고민스럽고 복잡한 국면에서, 유쾌한 사람은 상황을 간단하게 요약할 줄 알며, 상쾌한 사람은 고민의 핵심을 알며, 경쾌한 사람은 고민을 휘발시킬 줄 알며, 통쾌한 사람은 고민을 역전시킬 줄 안다. 유쾌함에는 복잡함을 줄인 흔적이, 상쾌함에는 불순물을 줄인 흔적이, 경쾌함에는 무게를 줄인 흔적이, 통쾌함에는 앙금을 없앤 흔적이 남아 있다. 우리는 좋은 사람을 만났을 때 유쾌해지고, 좋은 공간에 놓였을 때 상쾌해지며, 좋은 컨디션일 때 경쾌해지고, 지리한 장마처럼 오래 묵은 골칫거리들이 빠르고 정확하게 해결될 때 통쾌해진다. 나쁜 사람의 불행을 구경하며 우리는 유쾌하거나 상쾌하거나 경쾌해질 수는 없지만 통쾌해지기도 하는 걸 보면, 통쾌하다는 것의 쾌감이 위험한 수위에서 찰랑대는 감정임에는 틀림없다.

　—김소연, 『마음사전』 70-71면

　은은한 것들은 향기가 있고, 은근한 것들은 힘이 있다. 은은함에는 아련함이 있고, 은근함에는 아둔함이 있다. 은은한 것들이 지닌 아련함은 그 과정을 음미하게 하며, 은근한 것들이 지난 아둔함은 그 결론을 신뢰하게 한다. 은은한 사람은 과정을 아름답게 엮어가며, 은근한 사람은 결론을 아름답게 맺는다.

　—김소연, 「위의 책」

　말은 가만히 곱씹어 보면 저마다의 향기가 있고 힘이 있다. 한글 카드로 말을 배운 아이와 그림책과 이야기로 말을 배운 아이가 다르듯 말을 다루는 느낌부터가 다르다. 말이란 메아리처럼 말하려고 하는 대상에 부딪혀 돌아온다는 것을 알기 때문이다. 그러기에 큰 그림을 그리려고 하는 마음 부담에서 벗어나 말과 노래가 되게 해달라고 부르는 그림에 마음이 동해야 한다.

　살다 간 집에
　또 살러 온 사람들

집은 가끔
빈집일 때가 좋다
장롱이며 냉장고, 반닫이 자국
아물 때까지

텃밭에는 깨진 접시
숟가락 하나 요강 한 조각
던져놓고

무너지지 않을 만큼
거미줄 치고
저렁저렁 앓는 소리
마음 놓고 해보는

살다 간 사람
살러 올 사람
생각 많은 저녁 별
물끄러미 바라볼 수 있어서
　　─이종수, 「빈집」

　'빈집'은 시에 자주 등장하는 소재다. 흉가, 폐가도 그렇듯이 빈집을 보면
들여다보고 그 집안의 내력을 읽어내려고 애쓴다. 너무 지나쳐서 시의 감동
을 잃고 또 다른 압박감을 느끼게 할 때도 있다.

x-ray를 찍었다 불빛이 내 뼈를 추려내어 탁본해둔 사진 속, 오래된 기와가 틀어진 퇴락한 집이 보였다 그 집, 한 번도 불 밝혀본 적 없으므로 플래시가 켜지자 쟁여진 어둠은 소스라치며 깨어났다 집은 곳곳에 병(病)을 모셔두고 매일 밤 고통을 불러 제를 올렸다 때로 울음조차 나오지 않는 밤, 집을 지탱하는 뼈대는 내가 되삼킨 눈물을 먹어 서서히 녹슬었다

기둥으로 선 노간주나무 옹이가 있던 자리마다 숭숭 바람이 빠지고, 골다공증 앓는 집의 모퉁이는 몰라보게 기울어 있다

무덤처럼 캄캄한 집을 만져 본다
영영 그 집에 틀어박혀
가끔씩 밖을 기웃거리는 사람을 알고 있다
―송인덕, 「폐가의 몸」

위의 시는 모 기관지 신인상에 당선되었다가 표절이 밝혀져 당선 취소된 시다. 사진동호회에서 시골의 폐건조장이나 방앗간을 소재로 찍는 것과 비슷할지 모르겠지만 뭔가를 연상하게 하고 상징성을 띠도록 만들게 일종의 조립도처럼 권장한다는데 문제가 있다. 엑스레이 사진, 어둠, 병, 고통, 눈물, 옹이, 골다공증, 무덤의 이미지만으로도 충분히 만들어낼 수 있는 전형적인 응모용 시라는것, 그것마저도 남의 시를 도용할 수밖에 없는 조급함은 어디에서 오는 것일까. 시 한 편과 영혼을 바꿀 까닭은 어디에도 없다. 이런 시에 현혹되어서는 안 된다.

단순명료하더라도 누구나 할 수 없는 자신만의 느낌을 살려야 한다. 봄이 그 옛날 '내가 살던 고향은 꽃 피는 산골, 꽃대궐'이 아니라는 것은 누구보다

잘 알 것이다. 그 안에서 왜, 어떻게, 그렇다면, 하고 짚고 넘어가야 할 문제를 자신만의 감성으로 쓸 수 있어야 한다.

> 이제는 정말 봄이라고 모두들 활짝 웃고 있을 때
>
> 바람이 불고
>
> 비가 내리고
>
> 번개가 치고
>
> 눈이 날렸다
>
> 봄이 왔지만
>
> 봄이 아니다
>
> 모두 서둘러
>
> 두꺼운 외투
>
> 꺼내 입고서
>
> 따뜻한 곳에
>
> 숨어 들어가
>
> 고치가 됐을 때
>
> 여린 봄꽃들만이 모두를 위해 온몸으로 싸우고 있었다
>
> —이창숙, 「사월, 강정」

위의 시는 제목에서 보듯 봄이 왔다고들 꽃나들이 가고 난리들인데 어딘가 폭력 앞에 옴짝달싹하지 못하고 멍들어 가고 있는 이야기를 하고 있다. '강정'이란 예민하고도 그냥 지나칠 수 없는 아킬레스건 같고 공동의 양심 같은 것을 건드리고 있는 시다. 여린 꽃들은 어느 때나 이렇게 견디고 싸워 왔다.

그렇지만 살기 바쁜 사람들 생각에 봄이 다시 겨울로 돌아가 버리는 것은 아닌가 하고 고치 속으로 들어갈 때 늘 그 자리에서 자신의 생존권과 자신을 둘러싼 족속들의 안녕을 위해 싸울 때 그 존재감이란 돋보일 수밖에 없다. 자연보호 캠페인이 아니라 지속가능한 지구를 가불해 살고 있는 사람들의 마음을 움직일 수 있는 말과 노래를 준비해야 한다.

버들개지 진달래 피는데
개울에도 둠벙에도
산골짝에도 개구리가 없다

로드킬 당한 봄

더 이상 물과 땅이
개구리 자세를 하고 바라보지 않는,
풀쩍, 뛰어도 닿지 않는
머나 먼 한 뼘 한 뼘,
한 걸음 두 걸음이라는 말
사라져버린
옴짝달싹 할 수 없는 봄
무논의 황홀한 적막마저 사라지고 나면
별이 그윽하게 내려다보다가
마침내 긴꼬리치에도룡뇽처럼
이 땅에 오는 일마저 없어진다면

예쁘고 기특하고 신비로운 것 앞에

아! 오! 하고 내지르는,

짧은 봄마저 사라지고 나면

개구리를 주서서 고맙습니다* 하고

개구리뜀 몇백 바퀴 뛰며

뼈 아픈 반성문을 써야 하리

* 강문필의 〈하느님, 개구리를 주서서 감사합니다〉에서 따옴

　─이종수, 「개구리 없는 봄」

　생물학자 강문필은 자신의 책에서 위와 같이 말했다. "하느님, 개구리를 주서서 감사합니다." 하고. 개구리는 생물 시간에 배웠듯이 수륙양용이 가능한 양서류이자 지구의 삶을 가늠하는 리트머스와도 같은 존재다.

　"십수 년 전의 일이다. 가세가 형편없이 기울어 입에 풀칠하기가 어려운 처지인지라 생각다 못해 꽁꽁 얼어붙은 얼음을 깨고 개구리를 잡았다. 한나절쯤 잡으니 어림잡아 2,3백 마리는 족히 될 성싶어 시장에 내다 팔아 양식이라도 좀 마련해 올 양으로 비닐 포대에 꼭꼭 싸서 포장을 한 다음 버스 좌석 밑에 몰래 싣고 가게 되었다.

　그런데 히터를 틀어 놓아 차 안이 훈훈해지자 이놈들이 봄인 줄 알고 의자 밑에서 꼬르륵 꼬르륵 울어대는 것이었다. 승객들이 "이게 무슨 소리야?" 하며 주위를 두리번거리는 바람에 민망하기도 하고 들키면 어쩌나 하는 마음에 두어 시간 가는 거리가 얼마나 지루했던지, 혼이 났다.

　시장에 도착해 개구리 보따리를 들고 포장마차를 찾아 헤매는 동안 또 한

번 소동이 일어났다. 개구리들이 보통이 틈새를 비집고 밖으로 나오려고 자꾸만 머리를 내미는 통에 꿀밤을 쥐어박으면서 이 골목 저 골목 헤매 다녀야 했다. (줄임)

하여튼 그렇게 많던 개구리들이 몇 년 사이 눈에 띄게 줄어 든 것을 보면서 제비가 없어지는 현상처럼 머지 않아 지구상에도 한 종류의 생물이 사라지겠구나 하는 안타까움을 지울 수 없다. 오직 자기들 외엔 돌보지 않는 무지막지한 인간들 등쌀에 삼라만상의 온갖 것들이 병들어 죽어 가는 이 와중에 구차하게 살아 있다는 사실조차 부끄러울 때가 많다."
―강문필, 「하느님, 개구리를 주셔서 감사합니다」

아무튼 먹을 걸 걱정해야 했던 농사꾼의 애환에서 시작된 이야기지만 다른 쪽 사람들은 이렇게 따뜻한 타전을 하고 있는데 시라는 것이 그런 뜻을 전달하지 못하고 무지몽매한 시관에 휩싸여 호의호식하고 있어서는 안 되는 일이다.

마당 끝 살구나무
연분홍 살구꽃 핀다.
목련도 개나리도
피려면 멀었는데
작년보다 열흘이나 빨리
연분홍 살구꽃 핀다.
검은 가지 가지마다
부푼 속살 툭툭 터져 나온다.

햇나비들 날아와

꽃잎 한 장 한 장

어루만지고 어루만진다.

내일이면 우리가 이사 간다는 걸,

그 다음 날 집이 헐린다는 걸,

어떻게 알았을까.

살구나무는,

나비는,

　─이창숙, 「살구꽃 피는 까닭」

　'어루만진다'는 말은 사람들에게 더 필요한 말이다. 어루만져 주기만 해도 되는 것을 하지 못하고 눈밖에 두고 엄한 사람 만들고 못된 사람 만드는 세상이 되었지 않은가.

그래서 새는 뒤에서 튀어나오지 않는다

우리가 애면글면하며 사는 무대

그 양 옆에서 주연배우처럼 당당하게 나온다

늘 앞뜰에 먼저 나와 먹이를 먹고

대사를 읊조리듯 고개를 까닥이고

꽁지깃을 흔든다

목청을 가다듬듯 부리로 나뭇가지를 닦고 나면

여지없이 살구나무에서는 살구꽃이 피고

매화나무에서는 매화꽃이 핀다

물고기들이 휘휘 몰아가는 강물처럼

바라보는 것만으로도 시름을 잊고

신산한 삶에 또 하나의 접두어를 꺼내들게 된다

    —이종수, 「새를 본다」

위의 시를 읽으면서 '같은 데를 바라보며 말은 없지만 한 가지 말을 하고 있구나.' 하고 새삼 놀라게 된다. 아니 따뜻한 마음이 어루만져주는 기쁨을 느끼게 된다.

나무에 박힌 못

못이 박힌 나무

나무가 아플까

못이 아플까

나무에서 떨어져 나왔고

쇠에서 단련된 몸이지만

서로를 조이면서

아픈 것이 집을 만든다

    —이종수, 「집」

그래서 아픈 것이 집을 만든다는 생각이 나온 것이다. 사람 사이에도 아프지 않고는 그 사람의 깊이를 알 수 없는 이치와 같다. 가족이더라도 마찬가지다.

내 몸은 아버지보다 늙었다 아버지
앞에서 자주 눕다 보면 그걸 안다
아침녘에 그이가 내 방문을 열 때
나는 밤새워 뒹굴다가도 쌔근쌔근 숨을 쉬며
잔다, 자는 척 한다 어떤 날은 십 분씩 이십 분씩
아버지가 내 몸 구석구석을 만지는데 그럴수록 몸이
뻣뻣해진다 그러다 잠들기도 한다 病과

같이 지낸 9년이 아픈 것이 아니라
내 몸 안에 저희들의 첩첩산성을 쌓아둔 안정제의
안정한 성곽이 무서워서가 아니라
한약 팩을 울분으로 잘라내는 습관적 손놀림이 익숙해져서가 아니라
오늘 아침은 아버지 핏발 선 눈이 아프다
아침인데도 그리로 해가 지고 있다
응급실에서 돌아온 아침에 그이는
蘭이 겨울을 나는 법이라든가
癌에 걸렸다가 살아났다는 윗말 김씨 얘기를 한다
그 얘기를 하는 이유를 나는 안다 당신도 안다
그이의 아버지 朴龍文씨(1918~1997) 주민등록증을 지갑 속에
아직까지 넣어 다니는 걸 나도 안다

생몰 연대가 없는 금강에서 아버지는 나를
껴안는다 스물일곱의 내가 바라보는 錦江 노을, 내 몸을

죽어라 껴안고 있는 그이의 심장이 펄떡거린다

비단강에 몸 푸는 목숨이여,

비단 같은 탯줄 끊고 비단처럼

아름다운 나라로 가라,

처음 세상 나실 적처럼 우는 아버지,

나는 건강한 産母로 강바람에 오래 달궈진

버드나무 잎들을 미역 대신 따 먹으리라

아버지, 불쌍한 내 자식,

　—박진성, 「나는 아버지보다 늙었다」

　시인은 아픈 몸으로 시를 쓴다. 『목숨』이란 첫 시집이 나온 까닭도 절박한 자기 몸에서 나온 것이다. 어느새 아버지보다 더 늙어 버린 자신을 들여다보는 시인의 마음은 얼마나 참담할까. 아버지를 오히려 '불쌍한 내 자식'이라고 말하는 역설이 가능하다.

사는 내내 고통은

내 몸 빌어 숨을 쉴 것이다

뻘숨을 쉬며 자란

고통은 검붉은 눈물을 덮고 있는

깡깡한 껍데기일 뿐이다

어둠의 궁륭을 걷는 별도

뻘배처럼 흐르는 밤, 등에 하나씩 늘어나는

고통의 좌표를 찍지 않으면
별 축에도 끼치 못한다는 것을

그래서 벌교 사람들은
꼬막 하나 까먹을 힘이 없으면
죽는 날이 가까워졌음을 안다

벌교에서 주먹 자랑하지 말라는 말은
꼬막 앞에서 뻘짓하지 말라는 말이다
　　　　　─이종수, 「꼬막」

　고통은 몸과 함께 공생한다고 해야 할까. 어쩌면 에너지란 말이 맞을 수도 있다. 별 축에도 끼지 못한다는 말은 별을 더 아름답게 만드는 말이 되는 셈이다. 고통은 다른 말로 하면 새로운 눈을 뜨는 일이자 새로운 길을 가는 일이라고 할 수도 있음을 화양(華陽)에서 볼 수 있다.

안양시각장애인협회에서
단체로 물놀이를 나왔다

둘씩 팔장을 끼고 물가로 내려오는
느릿한 걸음과 표정만으로는
누가 눈이 보이고 보이지 않는지
알 수가 없다

뙤약볕 내린 바위에

잠자리 날개무늬

모래밭을 지나는 제비나비

물가로 나오는 느린 걸음 위로

골짜기 너머 비를 뿌리고 오는

구름 그림자 겹친다

맨 먼저 하는 일

두 손으로 만든 물그릇에 가만히

얼굴을 씻는 일

그것으로 눈을 뜨는 것처럼

밝게 웃어 보이는

화양나무들만 같아서

눈시울 울컥해지는 골짜기

　　　　　—이종수, 「화양(華陽)」

2. 양파스러움에 대하여

　　1996년 노벨문학상을 받은 폴란드 시인 비스와바 쉼보르스카의 시는 그대로 풀어 놓으면 시 창작 교본이 될 만큼 다양한 이야기를 담고 있다. "모차르트 음악같이 잘 다듬어진 구조에, 베토벤의 음악처럼 냉철한 사유 속에서 뜨겁게 폭발하는 그 무엇을 겸비했다"는 스웨덴 한림원의 평가처럼 자유분방한 우주적 상상력까지 가미하고 있어 시를 배우는 사람에게도 어렵지 않게 읽힐 수 있는 장점이 있다. 번역과정상 자연스럽지 않게 다가오는 것은 있지만 시에 대한 생각들이 어떻게 형성되는지 알려주는 시들이 많다.

어떤 사람들 -
여기서 '어떤 사람들'이란
전부가 아닌,
전체 중에 다수가 아니라 단지 소수에 지나지 않는 일부를 뜻함.
시를 전문적으로 연구하는 학교에 다니는 사람들과
시인 자신들을 제외하고 나면
아마 천 명 가운데 두 명 정도에 불과할 듯.

좋아한다 -
여기서 '좋아한다'는 말은 신중히 해석할 필요가 있음.
치킨 수프를 좋아하는 사람들도 있고,
그럴듯한 칭찬의 말이나 푸른색을 유달리 선호하는 이들도 있으므로.
낡은 목도리에 애착을 갖기도 하고,
뭐든 제멋대로 하기를 즐기거나.
강아지를 쓰다듬는 것을 좋아할 수도 있으므로.

시를 좋아하는 것 -
여기서 '시'란 과연 무엇일까?
이 질문에 대한 여러 가지 불확실한 대답들은
이미 나왔다.

몰라, 정말 모르겠다.
마치 구조를 기다리며 난간에 매달리듯
무작정 그것을 꼭 부여잡고 있을 뿐.
　　―「어떤 사람들은 시를 좋아한다」

　각자 시에 대한 주변 상황을 말해보면 어떨까. 그 많은 사람들 가운데 시를 쓰기로 작정한 사람으로서 시를 바라보는 자신의 관점과 다른 사람들의 반응, 시에 대한 각자의 생각을 말해 보자.

우리 언니는 시를 쓰지 않는다.
아마 갑자기 시를 쓰기 시작하는 일 따위는 없을 것이다.

시를 쓰지 않았던 엄마를 닮아,
역시 시를 쓰지 않았던 아빠를 닮아
시를 쓰지 않는 언니의 지붕 아래서 나는 안도를 느낀다.
언니의 남편은 시를 쓰느니 차라리 죽는 편을 택할 것이다.
제아무리 그 시가 '아무개의 작품'이라고 그럴듯하게 불린다 해도
우리 친척들 중에 시 쓰기에 종사하는 사람은 단 한 사람도 없다.

언니의 서랍에는 오래된 시도 없고,
언니의 가방에는 새로 쓴 시도 없다.
언니가 나를 점심 식사에 초대해도
시를 읽어주기 위해 마련한 자리는 아니라는 걸 나는 잘 알고 있다.

그녀가 끓인 수프는 특별한 사전 준비 없이도 그럴싸하다.
그녀가 마시는 커피는 절대로 원고지 위에 엎질러질 염려가 없다.

가족 중에 시 쓰는 사람이 단 한 사람도 없는 그런 가족들은 무수히 많다.
그러나 결국 시인이 나왔다면 혼자만의 문제로 끝나는 법은 없다.
때때로 시란 가족들 상호간에 무시무시한 감정의 소용돌이를 일으키며
세대를 관통하여 폭포처럼 흘러간다.

우리 언니는 입으로 제법 괜찮은 산문을 쓴다.
그러나 그녀의 유일한 글쓰기는 여름 휴양지에서 보내온 엽서가 전부다.
엽서에는 매년 똑같은 약속이 적혀 있다:
돌아가면
이야기해 줄게.
모든 것을.
이 모든 것을.
　—「언니에 대한 칭찬의 말」

　여러분의 가족 가운데 누가 시에 근접한 삶을 살고 있을까요? 시에 관심이 있거나 써 본 적이 있는 사람과 시집을 손에 놓지 않는 사람은 그밖의 사람들과 어떻게 나눠지고 일종의 현실의 자기장이 어떻게 형성되는지 말해 보는 것도 좋을 듯하다.
　시인은 무엇보다 솟구치는 화산과도 같은 말을 가진, 언어 이전의 고통을 아는 제사장에서 출발한 영기를 가지고 있기에 적절한 순간이 오면 등단을

목표로 삼았다가 그 고개를 넘고 나면 더 뼈아픈 고뇌가 있음을 아는 것이다. 하나의 단어조차도 그냥 공으로 생긴 것이 아니라 그것 자체이자 사물의 맨 얼굴처럼 절절해야 하는 것임을 에둘러 말해주는 시들을 보라.

　　솟구치는 말들을 한마디로 표현하고 싶었다.
　　있는 그대로의 생생함으로.
　　사전에서 훔쳐 일상적인 단어를 골랐다.
　　열심히 고민하고, 따져보고, 헤아려보지만
　　그 어느 것도 적절치 못하다.

　　가장 용감한 단어는 여전히 비겁하고,
　　가장 비천한 단어는 너무나 거룩하다.
　　가장 잔인한 단어는 지극히 자비롭고,
　　가장 적대적인 단어는 퍽이나 온건하다.

　　그 단어는 화산 같아야 한다.
　　격렬하게 솟구쳐 힘차게 분출되어야 한다.
　　무서운 신의 분노처럼.
　　피 끓는 증오처럼.

　　나는 바란다. 그것이 하나의 단어로 표현되기를.
　　피로 흥건하게 물든 고문실 벽처럼
　　내 안에 무덤들이 똬리를 틀지언정.

나는 정확하게, 분명하게 기술하고 싶다.

그들이 누구였는지, 무슨 일이 일어났는지.
지금 내가 들고 쓰는 것, 그것으론 충분치 않다.
터무니없이 미약하다.

우리가 내뱉는 말에는 힘이 없다.
그 어떤 소리도 하찮은 신음에 불과하다.
온 힘을 다해 찾는다.
적절한 단어를 찾아 헤맨다.
그러나 찾을 수가 없다.
도무지 찾을 수가 없다.
　　　　　　　　　　—쉼보르스카, 「단어를 찾아서」

　기쁨이라는 단어로부터 시작해 보자. "기쁨이 원하지 않는 것이 어디 있을까! 기쁨은 모든 비애보다 더 목말라 있으며, 더 간절하며, 더 굶주려 있고, 더 끔찍하고, 더 은밀하다. 기쁨은 자기 자신을 원하고, 자기 자신을 물고는 놓지를 않는다. 기쁨은 사랑을 원하고 증오를 원한다. 그는 흘러 넘칠 만큼 넉넉하여 나누어주고 던져주고, 누군가가 그 자신을 받아주도록 애걸하고는 받아주는 자에게 감사해 한다. 기쁨은 비애를, 지옥을, 미움을, 비방을, 불구자를, 세계를 목마르게 갈구할 만큼 넉넉하다. 왜냐하면 이 세계는, 오, 그대들도 이 세계를 알고 지 않은가!"(니체, 〈차라투스트라는 이렇게 말했다〉)하며 그것은 가슴을 에는 고뇌보다 더 깊다고 하였던 만큼 자신 안의 기쁨을 '그러나 그보다 더 큰 기쁨은' 하는 식으로 점점 더 고양시켜 보는 연습을 해보자.

　　열쇠가 갑자기 없어졌다.
　　어떻게 집으로 들어갈까?
　　누군가 내 잃어버린 열쇠를 주워 들고
　　이리저리 살펴보리라 - 아무짝에도 소용없을 텐데.
　　걸어가다 그 쓸모없는 쇠붙이를
　　휙 던져버리는 게 고작이겠지.

　　너를 향한 내 애타는 감정에도
　　똑같은 일이 발생한다면.
　　그건 이미 너와 나, 둘만의 문제가 아니다.
　　이 세상에서 하나의 '사랑'이 줄어드는 것이니.
　　누군가의 낯선 손에 들어 올려져서는
　　아무런 대문도 열지 못한 채
　　그 이상도 그 이하도 아닌
　　'열쇠'의 형태를 지닌 유형물로 존재하게 될
　　내 잃어버린 열쇠처럼.
　　고철 덩어리에 덕지덕지 늘어붙은 녹(綠)들은 불같이 화를 내리라.

　　카드나 별자리, 공작새의 깃털 따위를 굳이 빌리지 않더라도
　　이런 점괘는 종종 나온다.
　　　─쉼보르스카, 「열쇠」

두 번은 없다. 지금도 그렇고
앞으로도 그럴 것이다. 그러므로 우리는
아무런 연습 없이 태어나서
아무런 훈련 없이 죽는다.

우리가, 세상이란 이름의 학교에서
가장 바보 같은 학생일지라도
여름에도 겨울에도
낙제란 없는 법.

반복되는 하루는 단 한 번도 없다.
두 번의 똑같은 밤도 없고,
두 번의 한결같은 입맞춤도 없고,
두 번의 동일한 눈빛도 없다.

어제, 누군가 내 곁에서
네 이름을 큰 소리로 불렀을 때.
내겐 마치 열린 창문으로
한 송이 장미꽃이 떨어져 내리는 것 같았다.
오늘, 우리가 이렇게 함께 있을 때.
난 벽을 향해 얼굴을 돌려버렸다.
장미? 장미가 어떤 모양이었지?
꽃이었던가, 돌이었던가?

힘겨운 나날들, 무엇 때문에 너는
쓸데없는 불안으로 두려워하는가.
너는 존재한다 - 그러므로 사라질 것이다
너는 사라진다 - 그러므로 아름답다

미소 짓고, 어깨동무하며
우리 함께 일치점을 찾아보자.
비록 우리가 두 개의 투명한 물방울처럼
서로 다를지라도…….
　　　　　　-쉼보르스카, 「두 번은 없다」

접시들은 있지만, 식욕은 없어요.
반지는 있지만, 이심전심은 없어요.
최소한 삼백 년 전부터 쭉.

부채는 있는데 - 홍조 띤 뺨은 어디 있나요?
칼은 있는데 - 분노는 어디 있나요?
어두운 해질녘 류트를 퉁기던 새하얀 손은 온데간데없네요.
영원이 결핍된 수만 가지 낡은 물건들이
한자리에 다 모였어요.
진열장 뒤에는 콧수염을 늘어뜨린 채
곰팡내 풀풀 풍기는 옛날 파수꾼이
새근새근 단잠을 자고 있어요.

쇠붙이와 점토, 새의 깃털이
모진 시간을 견디고 소리 없이 승리를 거두었어요.
고대 이집트의 말괄량이 소녀가 쓰던 머리핀만이
킬킬대며 웃고 있을 뿐.

왕관의 머리보다 더 오래 살아남았어요.
손은 장갑에게 굴복하고 말았어요.
오른쪽 구두는 발과 싸워 승리했어요.

나는 어떨까요, 믿어주세요, 아직도 살아 있답니다.
나와 내 드레스의 경주는 오늘도 계속되고 있어요.
아, 이 드레스는 얼만 고집이 센지!
마치 나보다 더 오래 살아남기를 열망하듯 말이죠.
　―쉼보르스카,「박물관」

　박물관에 가 보신 적이 있거나 유적지에 가 보면 오래된 유물들을 만나게
되지요. 그곳에서 무슨 생각을 하게 될까요? 어쩌면 시인이 아니고도 누군가
는 예리하게 볼 줄 아는 대목이기도 하지만 이렇게 시공을 초월한 두 시인의
시에서 만나는 공통점을 읽는다면 시만의 힘을 느낄 수 있을 것이다.

　수십기 고분이
　푸른 왕관처럼 펼쳐진 유적지에서
　종이 금관을 쓴 아이들이 뛰어다닌다

누구나 왕을 꿈꾸었으며
실제로 누군가는 왕으로 죽었지

무덤 안쪽
십수세기 전의 죽음을 들여다본다
왕이시여
많은 자는 살아서도 이만한 집을 가진 적이 없나이다
이 많은 방문객을 맞는 적이 없나이다

그러나 비애의 빗금이 비켜가는 금관이란 없다
한때 슬픔으로 빛났으며
고통이 오래도록 머물렀을 금관
왕은 죽어서도 벗지 못한다
금관이 왕을 내려놓을 뿐

밖으로 나오자
들어가지 말라는 안내 표지를 무시하고
고분 위로 올라간 아이가
환하게 웃으며 미끄러져 내려온다

무엇인지도 모르고
금관을 머리에 쓴 어린 왕처럼
- 유병록, 〈유적지 혹은 유형지〉

오, 인간이 만들어낸 국경선은 얼마나 부실하고, 견고하지 못한지요!

얼마나 많은 구름이 그 위로 아무런 제약 없이 유유히 흘러가고 있는지.

얼마나 많은 사막의 모래 알갱이들이 한 나라에서 또 다른 나라로 흩날리고 있는지.

얼마나 많은 산속의 조약돌들이 생기 있게 펄쩍펄쩍 뛰어오르며 낯선 토양을 향해 굴러가고 있는지.

열을 지어 나르거나 혹은 국경선의 바리케이드 위에 내려앉은 새들의 이름을

여기서 내가 굳이 일일이 언급할 필요가 있나요?

뭐, 그냥 평범한 참새라고 칩시다 - 그 참새의 꼬리는 이미 이웃 나라에 속해 있겠죠.

부리는 아직 이쪽을 향하고 있지만.

게다가 가만있지 않고, 몸을 까딱까딱 흔들고 있다면 어떻게 할까요?

무수히 많은 벌레들 중에 개미 한 마리를 예로 듭시다.

국경 수비대의 오른쪽 신발과 왼쪽 신발 사이에 놓인 그 개미는

어디로 가는 중인지, 어디서 왔는지, 대답을 못 하고 우물쭈물할 거예요.

(줄임)

어떤 별이 어떤 별을 비추는지 분명히 볼 수 있게끔

별들의 위치를 바꿀 능력도 없으면서

과연 우리가 자연의 질서에 관해 논할 자격이 있는 걸까요?

(줄임)

오로지 인간의 소유물만이 완벽하게 낯선 것이 될 수 있는 법.

나머지는 그저 여러 가지 잡풀이 뒤섞인 숲이고, 두더지가 파놓은 구멍이고,

바람일 뿐입니다.

　―「시편」

양파는 뭔가 다르다.

양파에겐 '속'이란 게 존재하지 않는다.

양파다움에 가장 충실한,

다른 그 무엇도 아닌 완전한 양파 그 자체이다.

껍질에서부터 뿌리 구석구석까지

속속들이 순수하게 양파스럽다.

그러므로 양파는 아무런 두려움 없이

스스로의 내면을 용감하게 드러내 보일 수 있다.

우리는 피부 속 어딘가에

감히 끄집어낼 수 없는 야생 구역을 감추고 있다.

우리의 내부, 저 깊숙한 곳에 자리한 지옥.

저주받은 해부의 공간을.

하지만 양파 안에는 오직 양파만 있을 뿐

비비꼬인 내장 따윈 찾아볼 수 없다.

양파는 언제나 한결같다.

안으로 들어가도 늘 그대로다.

겉과 속이 항상 일치하는 존재.

성공적인 피조물이다.

한 꺼풀, 또 한 꺼풀 벗길 때마다

좀더 작아진 똑같은 얼굴이 나타날 뿐.

세 번째도 양파, 네 번째도 양파.

차례차례 허물을 벗어도 일관성은 유지된다.

중심을 향해 전개되는 구심성(求心性)의 아름다운 푸가.

메아리는 화성(和聲) 안에서 절묘하게 포개어졌다.

내가 아는 양파는

세상에서 가장 보기 좋은 둥근 배.

영광스러운 후광을

제 스스로 온몸에 칭칭 두르고 있다.

하지만 우리 안에 있는 건 기방과 정맥과 신경과

점액과, 그리고 은밀한 속성뿐이다.

양파가 가진 저 완전무결한 우둔함과 무지함은

우리에겐 결코 허락되지 않았다.

　―「양파」

구름을 묘사하려면

급히 서둘러야 하지.

순식간에 지금과는 다른

새로운 형상으로 변하기에.

구름의 속성이란

모양, 색조, 자세, 배열을

한순간도 되풀이하지 않는 것.

아무것도 기억할 의무가 없기에

사뿐히 현실을 지나치고.

아무것도 증언할 필요 없기에

곧바로 사방으로 흩어져버리네.

구름과 비교해보면

인생이란 그래도 확고하고 안정적인 것.

상당히 지속적이고, 꽤 영원하네.

구름 곁에서는 바윗덩어리조차도

의지할 수 있는 형제처럼

믿음직스럽게 느껴지네.

그에 비하면 구름은 마치

변덕스러운 먼 사촌 누이 같네.

인류여, 원한다면 계속해서 존재하라.

그 다음엔 차례차례 죽는 일만 남았으니.

구름에겐

이 모든 것이

조금도 낯설거나 이상스럽지 않다네.

너의 전 생애와

아직은 못 다한 나의 생애 너머에서.

구름은 예전처럼 우아하게 행진을 계속하네.

구름에겐 우리와 함께 사라질 의무가 없다네.

흘러가는 동안 눈에 띄어야 할 필요도 없다네.

　　　―「구름」

사실상 모든 시에는

'순간'이라는 제목을 붙일 수 있다.

한 구절이면 충분하나니

그것이 현재형이든.

과거형, 혹은 미래형이든.

그것으로 충분하나니

바스락거리고, 반짝거리고.

흩날리고, 흘러가는 것들이

단어에 실려 온다면.

움직이는 그림자를 가진

가상의 불면성을 유지할 수 있다면.

한 마디면 충분하나니
누군가의 옆에 있는 누군가에 관해서.
혹은 뭔가의 옆에 있는 누군가에 관해서.

고양이를 가진 알라에 관해서.
혹은 고양이를 가지지 못한 알라에 관해서.
혹은 또 다른 알라들에 관해서
또 다른 고양이들과 고양이가 아닌 다른 것들에 관해서
바람결에 책장이 넘겨진
또 다른 초등학교 교과서들에 관해서:

그것으로 충분하나니
작가에 의해
시선이 도달하는 반경 내에
일시적인 산과 가변적인 골짜기가
자리매김할 수 있다면.
마침 기회가 주어졌기에
겉으로만 영원하고 안정적인
하늘에 대해서 넌지시 이야기할 수 있다면.

한창 펜을 움직이고 있는 손끝에서

누군가의 것이라고 분명히 말할 수 있는

유일한 뭔가가 모습을 드러낸다면

그것으로 충분하나니

추측이나 어림짐작으로 그랬건,

아님 중요한 이유든, 하찮은 이유든 간에.

흰 종이 위에 검은 펜으로

물음표가 적혀 있다면.

그리고 대답으로 -

달랑 이렇게 적혀 있다면.

물론:

　―「사실상 모든 시에는」

해묵은 동시를
던져 버리자

_____김이구 | 문학평론가, 동화작가

1. 동시와 낡은 어린이 인식(아동관) 벗어나기

동시는 그 본질상 어린이를 의식하고 쓰는 시다. 그런데 그 어린이는 어떤 어린이인가? 흔히 '허쩔배기 동시'라고 지적되는, 어른의 유치한 아이 흉내를 패턴화한 작품은 이제 그다지 많이 나타나지 않는다. 그렇지만 여전히 동시가 의식하고 있는 어린이는 좁은 사고와 제한된 경험, 제한된 희로애락의 감정을 지닌 존재다.

> 새 달력에
> 내 생일이 들어 있다.
> 새 달력에
> 엄마 생일이 들어 있다.
> 새 달력에
> 아빠 생일이 들어 있다.
> 그리고 새 달력에

아우 볼 날이 들어 있다.

새 달력 앞에서 나는 바랐다.
눈물 닦은 손으로 떼지 않게 되기를.
　　―윤석중, 「새 달력」(1962) 전문

　김제곤은 위 작품을 소개하면서 윤석중이 뒤에 이 작품을 자신의 선집이
나 전집에 실을 때 2연 두 행을 삭제하고 실었음을 밝힌다.(「김제곤의 동시 즐겨
찾기-'새 달력'」, 『창비어린이』 2007년 봄호) 김제곤은 윤석중의 이러한 선택을 아쉬
워하면서 "그가 2연을 버림으로 해서 그 속에 들어 있던, 생활에서 얻어지는
'비애의 감각'이 함께 잘려나갔다"고 지적하며, "그가 표방한 웃음이 현실극
복이 아니라 현실도피로 인식되는 것은 바로 그런 비애의 감각을 애써 외면
하려 한 태도 때문"일 것이라고 판단한다.
　윤석중이 2연을 버린 까닭이 생활에서 얻어지는 '비애의 감각'을 애써 외면
하고자 해서인지, 동시라는 장르에는 부적절한 내용과 표현이라고 생각해서
인지는 보는 이에 따라 판단이 다를 것이다. 김제곤은 2연에 대해 "'새해'라는
제재가 지니는 보편적 이미지에 비해 지나치게 어둡고 무거워지는 감이 없
지 않다." "어린이로 상정된 시적 화자를 생각해보더라도 (…) 수염 난 이의 상
념에 가까운 것으로 읽히기도 할 것"이라고 그 시적 효과를 적절히 짚어내고
있다. 윤석중이 2연을 버린 것이 "그러한 부담" 때문일 것이라는 것이다.
　윤석중의 위와 같은 자기검열―어린이 인식은 1950년대 이후 주류 문단의
동시 인식과 동궤에 놓이는 것이 아닌가 짐작된다. 그리고 이런 어린이 인식,
어린이 관념은 수십년을 경과한 21세기에도 여전히 동시 문단을 지배하고

있는 것으로 보인다. "새 달력에/내 생일이 들어 있다/새 달력에/엄마 생일이 들어 있다"와 같은 발상법은 많은 동시인들이 지금 이 순간에도 되풀이하는 것이고, 이때 이러한 발상은 재치로 끝나버리거나 '내 생일' '엄마 생일'이 가진 유쾌한 면을 표피적으로 더듬는 데 머물기 일쑤다. 따라서 아이가 살아오는 가운데 형성된 '내 생일'이나 '엄마 생일'에 대한 온갖 느낌이 달력을 보면서 살아나 깊이있는 정서적 경험을 끌어내는 그런 표현이 되는 것이 아니라, 관습화된 기교 아닌 기교의 구사에 머무르고 만다. 새 달력 앞에서 슬픔과 비애를 연상하는 아이의 고민을 '수염 난 이의 상념' 곧 '어른의 상념'으로 의심한다면 그것 또한 협소한 어린이 인식과 다르지 않다.

- 김이구, 「해묵은 동시를 던져 버리자」, 『해묵은 동시를 던져 버리자』, 창비 2014, 208~211면.

2. 동시 평론 읽고 동시 한 편 써 보기

닭살 돋는 동시를
─주미경 「놀이터에서」

'어른을 위한 동화'는 있는데, '어른을 위한 동시'는 없다. 아니, 없다는 것은 섣부른 판단이다. 인터넷 검색을 하니 '어른을 위한 동시'로 올라온 글들이 조금 나온다. '어린이와 어른을 위한 동시'라는 표제를 달고 나온 동시집도 있다. 하지만 "이거 어른을 위한 동시인데, 당신 한번 읽어봐"라고 권할 만한 동시집이나 동시는 아직 내게 없다. 그래서 나한테 '어른을 위한 동시'는 없다.

'어른을 위한 동시'가 굳이 있어야 하나? 그렇게 따지면 굳이 없어야 할 까닭도 없다. 『동시마중』 독자가 몇 명인지는 모르지만 99%가 어른일 테니, 『동시마중』에 실린 동시는 싫든 좋든 '어른을 위한 동시'인 셈이다. 그런 의미에서 많은 동시가 '어른을 위한 동시'다. 꼭 어른을 '위한다'기보다 어른이 '읽는' 동시라는 뜻에서 '어른을 위한 동시'다. 시인 본인과 출판사 편집 직원과 책을 증정받은 사람 중 일부―모두 어른―가 읽는 동시집부터 아이보다 어른이 더 많이 읽었을지도 모르는 이원수 동시집에 이르기까지 사실 따지자면 '어른을 위한 동시집'은 참 많다.

『동시마중』 11호(2012년 1 · 2월호)에 실린 동시 작품들을 읽어나가면서 나는 '햐아, 좋다!' 하였다. 시들이 거의 모두 좋았다. 하나같이 맑고 깔끔하고, 옹골찬 마음이 보인다. 그러다가 "이거 죄다 『동시마중』 독자를 위한 동시 아닌감?" 하는 의심이 들었다. '어른의 동심에 안겨든, 새로운 동심주의 시'다. 그래서 나쁠 것은 없다. 『동시마중』 독자를 위한 동시로 시인과 독자가 점점 짝짜꿍이 맞아들어간들 또~ 어떠리.

놀이터에서

주미경

책가방 하나
내려놓았을 뿐인데

하늘로
저절로

솟구친다.

'놀이터에서'라는 제목 아래에 문장 하나를 슬쩍 던져놓았을 뿐인데, 매우 인상적이다. 서늘한 물결처럼 철썩 와 닿는다. 탁, 치고 간다.

"(놀이터에서) 책가방 하나/내려놓았을 뿐인데//하늘로/저절로/솟구친다". 주어가 없으니 불완전한 문장이다. 그렇다고 불완전한 시인 것은 아니다. 주어를 넣어본다. '내가/책가방 하나/내려놓았을 뿐인데 …'. '명우가/책가방 하나/내려놓았을 뿐인데…'

어린이라면 어떻게 썼을까? 어린이가 이 문장대로 시를 썼다면 그는 시인으로서 시를 쓴 거다. 어린이답게 쓴 것은 "야, 놀자/책가방을 팽개치고/미끄럼틀에 뛰어올랐다" 이런 걸까? "슬그머니 책가방을 내려놓고/공을 차러 갔다/야, 패스!(또는 '나도 끼워줘~)" 이런 걸까? "놀이터에서 신나게 놀았다/나 혼자 놀았지만/재미있었다" 이런 걸까? 어른의 발상이니, 어차피 다 안 맞을 것 같긴 하다.

책가방 하나 내려놓았을 뿐인데, 단지 그뿐인데 몸이 가뿐하다. 몸이 날아갈 것같이 가볍다. "하늘로/저절로/솟구친다." 3행으로 나누었지만, 늘어지지 않는다. 막 하늘로 솟구쳐오를 것 같다. 아니다, 솟구쳐오른다. 가만히 있는데 저절로. 팡 터지는 해방감이다. "책가방 하나"의 '하나', "내려놓았을 뿐인데"의 '뿐'! '하나'와 '뿐'이 딱 제자리에 왔다.

창가에 비쳐든 햇살 한 자락이 독한 환멸일 때가 있다. 아침마다 들어야 하는 칫솔 한 자루가 천근으로 무거울 때가 있다. 조용히 모든 것을 내려놓고 스위치를 끄고 싶을 때…… 생이 아름다울지라도, 초록별 지구가 더없이 황홀한 아름다움일지라도, 육신이 거추장스러울 때가 있다. 정신이 거추장스러울 때가 있다.

무제

목숨 하나
내려놓았을 뿐인데

이리도
가뿐하다.

"책가방 하나/내려놓았을 뿐인데"는 비슷한 구절을 자꾸 떠오르게 한다. 아니, 한두 번의 연상작용을 거치자 "목숨 하나/내려놓았을 뿐인데"가 금방 떠오른다. 어쩌면 상투적 상상력인지도 모른다.

아이들이 죽어간다. 책가방 하나 내려놓을 '놀이터'가 없다. 아파트 베란다에서, 교실 창문에서 저 금 밖으로 자유낙하하며 아이들은 "목숨 하나/내려놓았을 뿐인데//이리도 가뿐한 걸" 하면서 훨훨 날아오르지 않았을까.

어째서 "책가방 하나/내려놓았을 뿐인데……"는 절실한 시가 되고, "책가방 하나/둘러메었을 뿐인데//하늘로/저절로/솟구친다"는 시가 되지 않는지 궁금하다. 시가 되지 않는다고 생각하는 나의 못된 심보, 혹은 편협한 문학관 때문일까? 공부를 왜 학원이 책임지고, 학교를 왜 경찰이 책임져야 하는 것일까. 그래서 앞으로도 오랫동안 "책가방 하나/내려놓았을 뿐인데……"가 시가 될 수밖에 없을 것 같다. 아이들은 '무거운 책가방'의 구태의연한 상징을 앞으로도 얼마나 오랫동안 감내해야 하는 것일까? 벗어버릴 수 없게 책가방과 일체가 되어 버린 아이들, 젊은이들로 넘치고 있지 않은가.

　도종환 시인이 핀란드 교육을 이야기하는 걸 들었다.(인문까페창비 '도종환 토크콘서트', 2012.2.17) 스크린에 사진을 하나 띄워 보여주었다. 화면을 꽉 채운 어린이들이 두 팔을 번쩍 들고 환호하고 있었다. 종업식 날 "내일부터 방학이다." 하니 '와!' 하고 환호하는 것 같았다. 그런데 그 사진은 그와 반대로 아이들이 개학해서 학교에 간다고 좋아하는 광경이라고 하였다. 아이들은 학교에서 제각각 소화한 만큼의 각자의 진도에 따라 지도받는다. 핀란드 교육의 가장 중요한 목표는 일반적인 수준보다 뒤지는 아이들을 찾아 그들을 제대로 가르치는 것이라고 하였다.

　수학이 좋다

　하루 종일 친구들과
　공원으로, 게임방으로
　놀러 다니기에도 지쳤다.

　곯아떨어지기 전에
　수학 책을 펼치니
　눈이 또랑또랑해진다.

　놀러 가지 말고
　아침부터 공부할 걸
　후회가 밀려온다.

이런 동시를 보면『동시마중』독자들은 대부분 "에이, 닭살!" 하면서 외면할 거라 짐작된다. 왜 이런 시는 진정성을 인정받지 못할까? 수학 문제를 해결하는 데서 보람과 쾌감을 느끼는 아이들이 있다. 영어 공부를 착실히 해서 영어로 소설을 읽고 외국사람과 채팅을 하면서 보람을 느끼는 아이들도 적지 않을 것이다. 그런 아이들 이야기를 긍정적으로 쓰면, 그런 아이들의 마음이 되어 시를 쓰면 "에이, 닭살!"이 소낙비로 쏟아진다. 동시의 사회성을 너무 의식해서일 것이다. 사회의 문제를, 어린이 현실을 제대로 비춰주지 못하니까. 그런 그림은 반어나 풍자를 위해서만 가능하다고 본다. "에이 닭살!" 하지 않고, "기특하군! 좋은 동시군!" 하는 경우도 문제다. 이건 세상 물정 모르는 무개념 반응이니 더욱 문제다.

> 학교 가는 길
>
> 책가방 하나
> 둘러메었을 뿐인데
>
> 하늘로
> 저절로
> 솟구친다.

이런 시가 나와야 한다. 공부는 '하고 싶은 것'이고, 학교는 '가고 싶은 곳'인 세상(그렇다고 내가 이 세상에 학교가 꼭 있어야 한다고 생각하는 것은 아니다). 사람은 만나고 싶고, 회사는 '갈 수 있고, 가고 싶은 곳'인 세상. 그런 세상에선 굳이 이런 시를 쓰지 않을 것이고, 이런 시를 주목하지 않을 것이라고? 그렇지 않을 것이다. 좋은 것, 신나는 일, 행복한 곳을 노래하지 말란 법은 없으니까. 본래 노래는 그런 상태에서 흥에 겨워 나오는 것이니까. 아직 그런 세상이 오지 않았더라도, 이런 시를 조금 앞서서 미리 써 보자. 정말 잘 쓰면, "에이, 닭~, 어어 아닌데!" 이럴 것이다.

- 김이구 평론집 『해묵은 동시를 던져 버리자』, 창비 2014, 60~66면.

주미경 「놀이터에서」를 참고해서 2연짜리 동시를 써 보자.

[1단계] 제목과 첫줄 채워서 동시 완성하기

_____(제목)

_____ 하나
내려놓았을 뿐인데

하늘로
저절로
솟구친다.

[2단계] "~했을 뿐인데"로 연결해서 동시 써보기

_____(제목)

_____

_____ 뿐인데

_____

_____

_____

_____

보편과 특수라는 두 날개
—신경숙과 김애란을 통해 본 한국 문학의 세계화

_____장두영 | 문학평론가, 서울대학교 기초교육원 강의부교수

1. 들어가며

최근 한국 문학의 세계화에 관한 긍정적인 소식이 연달아 들려온다. 미국에서 들려온 신경숙의 성공 소식과 프랑스에서 들려온 김애란의 수상 소식이다. 신경숙의 장편『엄마를 부탁해』가 미국에서 베스트셀러가 되고, 영국, 프랑스, 일본 등 30여개 국에 번역 소개되었다. 작년에는『어디선가 나를 찾는 전화벨이 울리고』가 미국에서 출간되어 긍정적인 반응을 얻고 있다고 한다. '문학 한류'에 대한 기대를 한껏 가지게 하는 소식이다. 한편 작년 김애란은 번역 출간된『나는 편의점에 간다』로 프랑스 비평가와 기자가 선정한 '올해의 주목받지 못한 작품상'을 수상했다. 상의 제목대로 '주목받지 못한' 채 작품성만 인정받은 것이지만, 2009년 신경숙이 장편『외딴방』으로 같은 상을 받은 적이 있다는 점에서 김애란의 수상 소식은 한층 더 기대를 갖게 한다.

두 작가의 사례는 우리에게 여러 시사점을 던진다. '문화적 할인'을 최소화할 수 있는 번역, 평론가와 편집자 집단이라는 관문의 통과, 출판 유통 채널

의 확보 등 한국 문학의 세계화를 위한 조건들에 대해 많은 암시를 준다. 그런데 그중에서도 보편과 특수 사이에서 어떻게 균형을 잡아야 하는지에 관한 실마리는 특히 중요하다. 보편과 특수의 문제는 작품의 번역과 출판·유통과 같은 작품 외적 영역이 아니라 주제와 소재 같은 작품 내적인 영역에 속하는 것이다. 주지하다시피 한국 문학의 해외 소개는 정책적 지원에 힘입은 경우가 많은데 같은 번역·출판 지원을 하였음에도 정작 해외에서의 반응은 다르다고 할 때, 우선적으로 작품 내적인 특성의 검토가 필요할 것이다.

이 글에서는 신경숙과 김애란의 사례를 통해 보편과 특수의 관계를 거칠게 살피고자 한다. 이것은 한국 문학의 세계화에서 '문화장벽'을 어떻게 인식할 것인가에 관한 질문으로 바꿀 수 있다. 문화장벽을 신경 쓰지 않고 '가장 한국적인 것이 가장 세계적인 것이다'라는 신조를 밀고 나아갈 것인가, 아니면 문화장벽과 국적을 뛰어 넘어 보편성을 지향하는 초국적성(혹은 무국적성)의 상태로 나아가야 할 것인가 하는 식이다. 수박 겉핥기식의 지극히 단순화된 접근이기는 하지만 이러한 질문을 통해 한국 문학 세계화의 방향성을 잠시 생각해 볼 수 있는 계기가 될 수 있다는 점에 미약한 의의를 두고자 한다.

2. 신경숙의 성공 : 문화장벽의 문제

단적으로 말해서 미국 출판 시장에서 이룬 신경숙 작품의 성공은 '외국 문학으로서' 이루어낸 성과라는 점을 부인할 수는 없다. 미국의 독자는 신경숙의 작품이 보여주는 주제나 정서가 이국적이고 예외적으로 여겼기 때문에 관심을 가진 것이다. 그들의 입장에서 '엄마'에 대한 정서는 지극히 동양적인 것으로 간주된다. 미국에서 자식과 엄마 사이에 애정이 없다는 말이 아니다. 가족들을 위한 엄마의 희생이라든가, 그러한 희생을 당연히 하면서 살아온 자식들의 모습 등은 동양적 가부장제의 산물이다. 서구적인 기준에서는 그러한 맹목적인 헌신이 언뜻 이해되지 않을 수 있다. 즉 미국인의 시선에서 신경숙의 소설은 낯선 정서적 체험이며, 그것은 신선하고 신기한 것을 즐기려는 이국 취향과 근본적으로 동일하다. 이를 매우 부정적으로 본다면 신경숙의 성공에는 오리엔탈리즘적인 시선이 투영되어 있다고 할 수 있다. 미국에서는 한국 출신 이민자 혹은 그 이민자의 2, 3세가 문단의 주목을 받는 경우가 종종 있다. 그런데 그렇게 주목 받는 작가는 대체로 한국적인 특수성을 작가적 표지로 내세우는 경우가 많다. 그 결과 이중적인 문화적 정체성 사이에서 빚어지는 고민이나 갈등을 주제로 삼거나, 한국 전쟁 같은 미국과 관련된 역사적 소재를 다루는 경향이 있다. 여기서 그러한 작품이 좋고 나쁨을 따지는 것은 아니다. 다만 전 세계적인 문화적 패권을 장악하고 있는 미국 문단에 편입하기 위해서는 일정하게 고정된 인식의 틀을 통과할 수밖에 없다는 것이다.

미국 출판 시장에서는 비단 신경숙의 작품만이 아니라 전 세계 여러 나라의 다양한 작품이 소개되고 그중 소수는 상당한 주목을 받는다. 일본 문학이나 중국 문학에서는 그러한 경우가 더 많았고, 신경숙의 작품으로 인해 앞으로 한국 문학에 대한 관심이 확산되기를 기대한다. 그러나 일본 문학이나 중국 문학의 사례에서 그러하듯 세계 각국의 문학에 대한 관심은 어디까지나 외국 문학의 범주 안에서 이루어지는 관심이다. 그들이 일차적으로 관심을 갖는 것은 외국 문학과 외국 문화이다. 곧 어느 정도의 이국적인 신선함이 있어야 그들의 관심을 얻을 수 있다. 역설적으로 어느 정도의 '문화장벽'이 있어야 오히려 그들의 관심을 끌 수 있다.

만약 한국 작가가 한국판 『섹스 앤 더 시티』 같은 작품을 쓴다고 가정해 보자. 국적을 초월한 코스모폴리탄이 주인공으로 나오고 뉴욕 못지않은 화려한 도시의 일상을 그려진다고 상상하자. 아예 서울이 아니라 뉴욕을 배경으로 삼았다고 해도 나쁘지 않겠다. 문화장벽이 될 수 있는 한국적인 문화적 특수성은 완전히 소거되었다고 가정하는 것이다. 과연 그런 소설이 미국 문단에서 관심을 받을 수 있겠는가? 정확한 답은 아니겠지만 한국의 주요 명소를 배경으로 촬영한 태국 영화 「헬로 스트레인저(꾸언믄호)」를 떠올리면 어느 정도 짐작이 된다. 태국인이 한국을 배경으로 찍었네 하는 호기심이 생길 뿐 외국 문화에 대한 호기심은 충족시킬 수 없다. 마찬가지로 뉴욕을 배경으로 국경을 초월하는 현대의 도회적 생활을 다룬 한국 소설이 있다면 미국 독자가 아니라 한국 독자만 관심을 가질 뿐이다.

그렇다고 해서 문화적인 특수성이 미국 독자들의 관심을 일으킨 전부는 아니다. 이국적인 취향은 낯선 대상에 관한 호기심을 유발함으로써 그것에 접촉할 기회를 제공하는 것은 분명하지만, 신기하고 새로운 것이 주는 자극은 지속력이 짧다. 지속적인 판매량을 보여 베스트셀러 목록에 이름을 올렸다는 것은 미국의 독자들이 이국적 취향을 넘어 좀 더 길게 지속되는 만족감을 얻었다고 가정할 수 있다. 가부장제하에서 엄마의 희생은 동양적인 정서지만, 엄마라는 존재를 향한 감정이란 모든 문화와 문명을 초월하는 보편적인 주제다. 끊임없이 헌신하고 아낌없이 모든 것을 내주었던 존재의 가치를 정작 그 존재가 부재하는 상황에 이르러야 깨달을 수 있는 상황 역시 인간이라면 누구나 공감할 수 있는 아이러니가 아닌가. 결국 관심을 유지하고 확장시키는 것은 이와 같은 '보편적인 정서에의 공감'이다.

정리하면 신경숙의 사례에서 확인하는 보편과 특수의 관계는 '순서'의 문제로 바꾸어 볼 수 있다. 냉정히 말해 미국에서 한국 문학은 여전히 비주류이며 낯설게 여겨진다. 이때 낯설다는 것은 한편으로는 문화장벽이 되지만, 다른 한편으로는 본격적인 관심을 유발하는 시발점이 될 수 있다. 현 단계에서 국적이나 민족을 초월하고자 노력한 한국 문학 작품은 '외국 독자의 관점에서' 그다지 매력적이지 않다. 그러나 이질적인 문화에서 비롯하는 관심은 오래 지속되지 않는다. 지속적인 관심을 위해서는 보편적인 공감을 얻어낼 수 있는 주제가 필요하다. 특수한 소재와 보편적 주제의 결합이 현재 한국 문학의 세계화에 요구되는 점이다.

3. 김애란의 가능성 : 보편성의 전제조건으로서의 특수성

프랑스에서 호평을 받은 김애란의 작품은 특수와 보편의 면모를 동시에 보인다. 이것은 시공간적 배경 설정에서도 뚜렷이 드러난다. 번역·출간된 단편집 『나는 편의점에 간다』는 2005년 국내에서 출간된 『달려라 아비』에 수록된 9편의 작품 중 「나는 편의점에 간다」, 「노크하지 않는 집」, 「영원한 화자」, 「누가 해변에서 함부로 불꽃놀이를 하는가」 4편을 골라 실었다. 앞의 세 작품은 편의점, 지하철, 잠만 자는 방 등 서울의 특수한 주거 환경 내지 생활 양식과 밀착되어 있으며, 어린 아들과 철없는 아버지의 대화 내용으로 이루어진 「누가 해변에서 함부로 불꽃놀이를 하는가」는 앞의 작품과는 정반대로 구체적인 시공간이 별다른 의미를 지니지 않는 것처럼 보인다.

그런데 '편의점' 같은 김애란 소설의 배경은 2000년대 한국 사회의 사회·경제적 표식에 가까운 것이라 그 의미를 해독하지 못하면 작품의 주제에 가까이 다가갈 수 없다. 단순히 아느냐 모르느냐의 문제가 아니라 IMF 이후 한국 사회에서의 존재 조건에 관한 문제다. 깊이 파고들려고 마음먹는다면 문

면에 미처 다 드러나지 않는 역사적인 맥락까지 이해해야만 하는 결코 녹록
치 않은 문제이기도 하다. 시공간적 배경이 덜 중요해 보이는 「누가 해변에
서 함부로 불꽃놀이를 하는가」도 한국 사회의 문화적 배경은 작품 해석에 결
정적인 요인이 된다. 신경숙의 작품에서 '엄마'가 한국적 가족 구도와 상황을
응축하고 있듯 김애란의 작품에서 어머니 없이 아버지와 자식으로만 구성된
가족 관계는 가족에 관한 서구적 관념과는 다른 방식의 접근이 요구된다.

배경의 시공간적 특수성은 작가 특유의 발랄한 상상력을 발휘하기 위한
전제조건으로 기능하며 나아가 자유로운 상상에 이어진 일상적 생활에 관한
통찰은 한국이든 프랑스든 국적을 가리지 않고 적용될 만한 주제를 담아낸
다. 예를 들어 「나는 편의점에 간다」에서 찾을 수 있는 일상적 생활에 대한
통찰은 '나는 소비한다. 고로 존재한다.' 곧 '나는 물건이 필요하다. 고로 편의
점에 간다.'라는 코기토의 패러디로 압축된다. "내가 편의점에 갈 때마다 어
떤 안심이 드는 건, 편의점에 감으로써 물건이 아니라 일상을 구매하게 된다
는 생각 때문인지도 모르겠다. 비닐봉지를 흔들며 귀가할 때 나는 궁핍한 자
취생도, 적적한 독거녀도 아닌 평범한 소비자이자 서울시민이 된다."(『나는 편
의점에 간다』, 41쪽) 그러나 '나'를 포함한 서울 시민들은 마치 자신이 소비의 주
체인 듯한 착각에 현혹되어 있지만 실제로는 획일적이고 규격화된 취향과
생활 습관에 이끌려 살아가는 지극히 수동적인 존재에 불과하다. '나는 편의
점에 간다. (고로) 이상하게도 내겐 반드시 무언가 필요해진다.'라는 것이 진
실에 한층 더 가깝다. 이처럼 거대한 착각 속에서 살아가는 것은 비단 서울
시민만의 문제가 아니라 오늘날 현대인의 공통적인 문제다. 만약 외국의 독
자들이 공감할 수 있는 부분이 있다면 이 같은 상상력과 통찰력일 것이다.

「영원한 화자」나 「노크하지 않는 집」 역시 친숙하게 여겨오던 서울에서의

일상이 낯설게 느껴지는 기묘한 감정 상태를 포착하는 데 주력한다. 무의식적으로 반복되던 일상이 사실은 엄청난 인식적 착각에 기초하고 있다는 사실을 깨달을 때 평온하던 생활은 산란해지고, 급기야 극심한 공포에 시달릴 수 있다. 일상 속에서의 발견되는 낯설음은 「영원한 화자」의 배경이 되는 서울 지하철에서 건져 올린 것이지만 프랑스의 지하철이라고 해도 크게 다르지 않을 것이다. 「노크하지 않는 집」의 그로테스크한 상상력은 '잠만 자는 방'이라는 서울의 특수한 주거 형태에서 시작하지만 익명성, 타인에 대한 무관심, 몰개성적인 생활양식 등은 전 세계 대도시에서 흔히 발견된다. 결국 서울 생활의 디테일이 현대 사회의 보편적인 삶의 방식에 대한 통찰을 개연성 있게 만든 셈이다. 김애란의 작품에서 상상력에만 국한한다면 국적을 초월한 자유분방한 발산의 운동성에 주목할 수 있다. 현실의 무게나 비루함을 가볍게 전도시키는 위트나 유머가 마법을 발휘하는 것은 작가의 개성이기도 하다. 그러나 현실을 초월하는 자유로운 상상력은 2000년대 한국 사회라는 특수한 시공간에 굳게 발붙일 때 가능하다는 점을 간과해서는 안 된다. 그리고 그러한 발산적인 상상력을 통해서 우리가 살아가는 사회의 냉혹한 현실적 질서를 꿰뚫어 볼 수 있는 통찰력이 발휘된다. 보편적인 공감의 능력은 특수성을 거칠 때 한층 강화될 수 있다.

4. 나오며

미국 출판 시장에서 신경숙이 거둔 성공과 프랑스 평단에서 김애란이 받은 호평이 가리키는 바는 동일하다. 한국 문학의 세계화에서 보편과 특수라는 두 날개가 동시에 필요하다는 것이다. 그리고 특수성이 어느 정도 만족스럽게 충족되었을 때 보편성이 제대로 발휘될 수 있다는 사실도 확인된다.

신경숙의 사례를 살펴보았을 때 한국 문화의 특수성은 일방적으로 문화장벽이 되기보다는 오히려 외국 독자들의 관심을 불러일으키는 계기가 될 수 있다. 한국 문학은 아직까지 비주류로 취급되고 있으며 낯설고 신기한 것에 대한 호기심이 한국 문학을 향한 일차적인 관심이다. 이러한 현실적인 조건 하에서 초국적이나 무국적 성향의 작품은 처음부터 관심의 대상에서 제외될 가능성이 크다. 일단은 외국 독자들의 관심을 얻는 것이 중요하다고 할 때 특수성은 보편성보다 우선적으로 요구되는 속성이다.

그러나 특수성은 지속력이 짧다. 『엄마를 부탁해』가 지속적인 관심을 이끌어낸 것은 보편성 때문이다. 초기의 관심을 불러일으키기 위해서는 특수한 것이 필요하고, 관심을 유지하고 확장하기 위해서는 보편적인 것이 필요하다. 즉 소재적인 측면에서의 특수성에 대한 관심은 주제적인 측면에서의 보편적 공감으로 전환될 때 문학적 가치를 온전히 인정받을 수 있을 것이다.

김애란의 사례를 살펴보면 보편과 특수 문제는 무엇이 앞서고 무엇이 뒤를 따른다는 순서의 차원에서만이 아니라 특수성에 굳게 발을 딛고 있을 때 한층 더 보편성이 확보될 수 있음을 확인할 수 있었다. 김애란의 작품에서는 2000년대 한국 사회의 현실에 대한 이해 없이는 주제에 깊이 접근하기 힘들다. 현실의 누추함을 가볍게 뛰어넘는 자유로운 발상의 유머와 위트가 작품의 곳곳에서 발휘되지만 그와 같은 비약적 상상력은 늘 현실적 제약을 디딤돌로 삼고 있다. 단단한 현실에 제대로 서 있을 때 발휘되는 상상력이 결국 또다시 우리가 살아가는 사회의 은폐된 속성을 간파하는 통찰력으로 이어진다는 점에서 김애란의 경우에도 특수성은 보편성을 확보하기 위한 필수적인 요건이다.

창작의 원천으로서 장소애(場所愛)
—김동리의 무녀도와 화개장터를 중심으로

안미영 | 평론가, 건국대학교 글로컬캠퍼스 교양교육원 교수

1. 서두 : 장소

 '한글문학'은 다른 문자로 발표하는 문학과 구분해서 한글로 발표하는 문학을 일컫는다. 한글을 사용한다고 해서, '한글문학의 세계화'를 '한글의 세계화'와 동일시해서는 안 된다. '한글문학'은 '한글'로 되어 있는 데서 더 나아가, '한국문학'이라는 정체성을 실현해야 하기 때문이다. 그러므로 한글문학은 한글로 발표되면서 한국적 특수성을 반영한 문학이어야 한다. 그렇다면 무엇이 가장 한국적인 것일까. 한글 구사 능력이 뛰어난 작가도 중요하지만, 그보다 더 한국을 잘 담아낸 작품에 '한국적'이라는 수식어를 쓸 수 있다.

 다수의 작가들은 한국적 작가로 '김동리'를 지목한다. 김동리가 다루는 소설의 소재와 주제들이 한국 전통을 담고 있어서일 것이다. 그들은 토속적 샤머니즘, 한국적 운명관 등 다양한 추상어를 동원하여, 김동리가 구현해 낸 한국 문화를 설명한다. 이 글에서는 조금 더 구체적인 관점에서, 김동리 소설에 나타난 한국적 특수성을 규명해 보고자 한다. 특히 토포필리아, 자신이 살고 있는 삶의 터전에 대한 이해라는 관점에서 김동리 소설을 소개하려 한다. 결

론부터 말하자면, 김동리는 자신이 살아가는 터전에 대한 정서적 관계가 여느 작가보다 긴밀하며, 그 돈독한 장소애가 독창적인 창작의 근원으로 작용하고 있다는 것이다.

장소는 공간과 다른 개념이다. '공간(空間)'은 한자어에서도 드러나듯 아무것도 없는 빈 곳으로서 인식적 요소가 배제되어 있다. 반면 '장소(場所)'는 어떤 일이 이루어지거나 일어나는 곳을 의미하는데, 사람들이 인위적으로 관여하는 곳을 의미한다. 소설에 구현된 공간은 작가의 인식적 요소가 가미됨으로써 장소가 된다. 작가는 특정 공간을 설정하여, 그곳에 사건을 배치하고 일어나게 하여 일정한 의미를 자아내도록 한다. 작가는 지리적으로 존재하는 공간을 소설 속에서 특정한 역사와 창조적 상상력이라는 인식적 요소를 가미하여 '장소'로 거듭나게 만든다.

삶의 터전에 애정을 가진 작가는 비단 김동리에 국한되지 않는다. 김유정의 강원도 산골, 이문구의 관촌, 오정희의 중국인의 거리 등 한국소설의 대표 작가들은 그들이 몸 담아온 터전에 대해 각별한 애정을 가지고 있으며, 그러한 애정이 소설 창작의 배경이자 기폭제로 작용하고 있다. 이들을 단순히 장소애를 가진 작가들이라고만 일축할 수 없다. 장소애의 근원에는 삶의 터전을 이루는 공간에 대한 깊이 있는 탐구와 관찰이 전제해 있기 때문이다. 작가는 눈에 보이는 공간만이 아니라 눈에 보이지 않는 사건과 현상을 탐색하여 이야기의 배경을 이루는 장소를 창조해 낸다. 이때 역사에 대한 통찰력 못지않게 인류에 대한 박애가 전제해야 한다.

이 글에서는 김동리의 「무녀도」(『중앙』, 1935.6)와 「역마」(『백민』, 1948.1)를 대상으로, 작가의 각별한 장소애를 살펴보고 창작의 원동력으로서 장소애의 의의를 확인하려한다. 주지하다시피 두 작품은 각각 경주와 화개장터를 배경으로 하고 있다.「무녀도」외에도 경주를 배경으로 한 소설들이 많으며, 화개장터 외에도 다양한 공간들이 김동리 소설의 배경으로 등장한다. 일련의 작품 중에서 작가의 장소애가 작품 형상화에 성공을 이루었다고 판단되는 두 작품을 통해, 물리적인 공간이 작가 김동리를 통해 창조적인 장소로 거듭나는 과정에 주목해 보려는 것이다.

2. 경주 혹은 비(非)경주 : 김동리의「무녀도」(『중앙』, 1935.6)

김동리의「무녀도」는 액자식 구성으로 이루어졌다. 소설의 서두에는 '무녀도'라는 그림을 얻게 된 경위가 소개되어 있는데, 본격적인 서사는 외부액자에서 빠져나온 다음, '그림'에 등장하는 인물들의 이야기에서 시작된다. 김동리는 그림에 등장하는 인물들의 사건을 설명하기에 앞서, 인물들이 살고 있는 공간을 묘사한다. 작가는 작중 주인공 모화와 낭이 그리고 욱이에 대한 성격 창조보다, 작중 배경으로서 이들이 터를 이루어 살고 있는 공간 묘사에 심혈을 기울인다.

① 경주읍에서 성 밖으로 십여 리 나가서 조그만 마을이 있었다. 어민촌 혹은 잡성촌이라 불리는 마을이었다.

② 이 마을 한 구석에 모화(毛火)라는 무당이 살고 있었다. 모화서 들어온 사람이라 하여 모화라 부르는 것이었다. 그것은 한 머리 찌그러져 가는 묵은 기와집으로 지붕 위에는 기와버섯이 퍼렇게 뻗어 올라 역한 흙냄새를 풍기고, 집 주위는 앙상한 돌담이 군데군데 헐린 채 옛성처럼 꼬불꼬불 에워싸고 있었다. 이 돌담이 에워싼 안의 공지같이 넓은 마당에는, 수채가 막힌 채 빗물이

고이는 대로 일년 내 시퍼런 물이끼가 뒤덮여, 늘쟁이, 명아주, 강아지풀 그리고 이름도 모를 여러 가지 잡풀들이 사람의 키도 묻힐 만큼 거멓게 엉키어 있었다. 그 아래로 뱀같이 길게 늘어진 지렁이와 두꺼비같이 늙은 개구리들이 구물거리고 움칠거리며 항상 밤이 들기만 기다릴 뿐으로, 이미 수십 년 혹은 수백 년 전에 벌써 사람의 자취와는 인연이 끊어진 도깨비굴 같기만 했다.

③ 이 도깨비굴같이 낡고 헐린 집 속에 무녀 모화와 그 딸 낭이는 살고 있었다. 낭이의 아버지되는 사람은 경주읍에서 칠십 리 가량 떨어져 있는 동해변 어느 길목에서 해물 가게를 보고 있는데, 풍문에 의하면 그는 낭이를 세상에 없이 끔찍이 생각하는 터이므로, 봄 가을철이면 분 잘 핀 다시마와, 조촐한 꼭지 미역 같은 것을 가지고 다녀가곤 한다는 것이었다. 나중 욱이(昱伊)가 돌연히 나타나지 않았다면, 이 도깨비굴 속에 그녀들을 찾는 사람이라야, 모화에게 굿을 청하러 오는 사람들과 봄 가을 한 번씩 낭이를 찾아주는 그녀의 아버지 정도로, 세상 사람들과는 별로 교섭도 없이 살아야 할 쓸쓸한 어미 딸이었던 것이다.

인용문은 원문의 형태를 그대로 가지고 왔으며, 번호는 설명을 위해 임의로 표시한 것이다. ①은 마을, ②는 집, ③은 작중 등장인물인 모화와 낭이를 소개하고 있다. 작가는 원근법적 구성을 취하면서 점차적으로 대상에 초점을 맞추어 나간다. 특히 마을보다도 작중 인물이 살고 있는 집을 묘사하는 데 집중하고 있음을 알 수 있다. 묵은 기와집, 헐린 돌담, 물이끼가 덮여 있고 이름 모를 잡풀이 우거져 있다. 뱀 같은 지렁이, 두꺼비 같은 개구리들이 그 집을 도깨비굴처럼 보이게 만든다. 이 집에는 무녀 모화와 그녀의 딸 낭이가 살고 있으나, 외부 사람들과의 교섭이 없다.

인용문에 묘사된 장소는 얼핏 보면 시간이 무화된 공간인 듯하지만, 특정 공간과 대비를 이룸으로써 독자성을 띠고 있다. 그것은 바로 인용문 ①에 제시된 바와 같이, "경주읍에서 성 밖으로 십여 리 나가서 조그만 마을", "여민촌 혹은 잡성촌"이라는 구절에 함축되어 있다. 경주라는 공간은 화랑의 후예들이 사는 곳이다. 비록 근대 문명의 유입에 따라 과거의 전통이 영락해 있을망정, 여전히 유구한 전통의 그늘과 정형화된 삶의 형식이 존속하는 공간이다. 김동리는 「무녀도」에서 경주의 전통과 형식에서 벗어난 공간을 그리고자 했다. 여러 성씨가 모여 사는 잡성촌이라는 마을의 성격에서 드러나듯, 그곳은 혼종의 공간이다.

외부액자에는 "재산과 세도" 있는 "옛날의 소위 유서 있는 가문"에서 그림을 입수하는 과정이 제시되어 있다. 요컨대 그림 밖의 공간은 경주이나, 그림 속의 공간은 경주가 아닌 다양한 삶의 에너지들이 혼재하는 비정형의 공간이다. 김동리는 그림 속의 공간에 애정을 가지고, 창조하는 데 심혈을 기울였다. 비(非)경주로서 모화가 정주해 있는 공간은 경주로 대변되는 전통에 가려져 있었을 뿐, 이미 경주보다 앞서 존재해 있었던 곳이다. 그 공간의 정점에 '모화'가 놓여 있다. 잡성촌, 이끼와 잡풀이 무성한 집, 외부와 관계가 없는 모녀, 이러한 설정은 섞여 있되 이질성이 공존하며 고유의 독자성을 유지한다.

김동리는 전통보다 앞서 있었던 전통을 천착해 놓았다. 위 인용문에 나타난 공간이 바로 그러한 곳이다. 그로테스크한 도깨비굴을 연상시키는 그 공간이야 말로, 김동리가 생각하는 태초의 인간 원형이 존재하는 곳이다. 그러므로 모화의 집은 김동리가 새롭게 창조하고 재현해 놓은 장소이다. 그는 시간을 초월하여 과거부터 있어 왔던 인간이라는 생명체의 존재 방식을 재현하기 위해, 비(非)경주로서 여민촌 혹은 잡성촌을 배경으로 근대적 기획과 정제가 이루어지지 않은 제3의 또 다른 장소를 창조했던 것이다.

모화는 유교와 불교의 자장을 벗어나 그 이전부터 살아 왔던 온갖 다양한 생명체의 에너지들과 교감한다. 모든 에너지가 혼재되어 있는 그곳에서, 모화는 무녀로서 생명의 에너지를 전달해주는가 하면 그 에너지들이 섞이고 흐르게 하는 일을 담당한다. 기독교의 신 또한 그녀가 일상에서 만나는 다양한 생명 에너지와 다를 바 없다. 차이가 있다면, 기독교의 신은 이미 그녀에게 익숙해 있던 '님'이 아니라 외부로부터 유입된 낯선 귀신이라는 점이다. 낯섦은 본능적으로 두려움을 동반한다. 모화는 자신과 아들에 대한 보호 본능으로 적극적으로 방어하고 대응한다. 성서를 태우는 등 욱이가 전하는 기독교에 대한 공격은 아들을 지키고 자신을 보호하려는 본능의 발산이다.

모화는 거스를 수 없는 힘에 대항하지만 종국에는 자멸하고 만다. 그것은 인류의 역사 이래 자연의 섭리이다. 모든 생명체는 생명의 유지와 존속을 위해 처음에는 강한 힘에 대항하지만, 그 강함을 이기지 못해 멸하고 만다. 낭이가 그린 그림 '무녀도'는 모화라는 생명체가 강함에 대항하여 자멸해 가는 풍경을 아름답게 그려 놓은 것이다. 김동리는 물리적으로 존재하는 공간에 창조적 생명력을 불어 넣는다. 그가 작품 초반에 구현해 놓은 장소는 작품 전체의 밑그림이기도 하거니와, 이 작품이 실현하는 처연한 아름다움의 실체이기도 하다. 김동리는 독자적으로 특정 장소를 구현함으로써, 이미 작품전체의 맥락과 주제를 확고히 하고 있음을 알 수 있다.

3. 화개장터 : 김동리의 「역마」(『백민』, 1948.1)

김동리의 「역마」는 '화개장터'라는 장소에 대한 설명으로 시작된다. 다소 장황하지만, 작가의 서술은 지리적 공간의 소개를 넘어서서, 그 공간에 대한 인식적 요소까지 내포하고 있다. 경상도와 전라도가 만나는 접경이라는 점에서, 더 나아가 이곳을 오고가는 사람들의 생활 모습과 인정을 소개하고 있다. 김동리에게 '화개장터'는 공간이 아니라 건강한 삶이 생생하게 재현되고 유구하게 지속되는 장소로 자리 잡고 있다. 작품의 서두에 이미 이 작품의 방향성과 주제가 시사되고 있음을 알 수 있다.

① 〈화개장터〉의 냇물은 길과 함께 흘러서 세 갈래로 나 있었다. 한 줄기는 전라도 땅 구례 쪽에서 오고 한 줄기는 경상도 쪽 화개협(花開峽)에서 흘러내려, 여기서 합쳐서, 푸른 산과 검은 고목 그림자를 거꾸로 비춘 채, 호수같이 조용히 돌아, 경상 전라 양도의 경계를 그어주며, 다시 남으로 남으로 흘러내리는 것이, 섬진강 본류였다.

② 하동, 구례, 쌍계사(雙磎寺)의 세 갈래 길목이나 오고 가는 나그네로 하여, 〈화개장터〉엔 장날이 아니라도 언제나 흥성거리는 날이 많았다. 지리산(智異山) 들어가는 길이 고래로 허다하지만, 쌍계사 세이암(洗耳岩)의 화개협 시오리를 끼고 앉은 〈화개장터〉의 이름이 높았다. 경상 전라 양도 접경이 한두 군데일 리 없지만 또한 이 〈화개장터〉를 두고 일렀다. 장날이면 지리산 화전민들의 더덕, 두릅, 고사리 들이 화갯골에서 내려오고 전라도 황아 장수들의 실, 바늘, 면경, 가위, 허리끈, 주머니끈, 족집게, 골백분 들이 또한 구렛길에서 넘어오고 하동길에서는 섬진강 하류의 해물 장수들이 김, 미역, 청각, 명태, 자반 조기, 자반 고등어 들이 올라오곤 하여, 산협치고는 꽤는 성한 장이 서는 것이기도 했으나, 그러나 〈화개장터〉의 이름은 장으로 하여서만 있는 것이 아니었다.

③ 장이 서지 않는 날일지라도 인근 고을 사람들에게 그곳이 그렇게 언제나 그리운 것은, 장터 위에서 화갯골로 뻗쳐 앉은 주막마다 유달리 맑고 시원한 막걸리와 펄펄 살아 뛰는 물고기의 회를 먹을 수 있기 때문인지도 몰랐다. 주막 앞에 늘어선 능수버들 가지 사이사이로 사철 흘러나오는 그 한 많고 멋들어진 「춘향가」 판소리 육자배기 들이 있기 때문인지도 몰랐다. 게다가 가끔 전라도 지방에서 꾸며 나오는 남사당 여사당 협률(協律) 창극 광대들이 마지막 연습 겸 첫 공연으로 여기서 으레 재주와 신명을 떨고서야 경상도로 넘어간다는 한갓 관습과 전례가 〈화개장터〉의 이름을 더욱 높이고 그립게 하는 것인지도 몰랐다.

④ 가운데도 옥화(玉花)네 주막은 술맛이 유달리 좋고, 값이 싸고 안주인—즉 옥화—의 인심이 후하다 하여 화개장터에서는 가장 이름이 들난 주막이었다. 얼마 전에 그 어머니가 죽고 총각 아들 하나와 단 두 식구만으로 안주인 옥화가 돌아올 길 망연한 남편을 기다리며 살아간다는 것이라 하여 그들은 더욱 호의와 동정을 기울이는 것인지도 몰랐다. 혹 노자가 달린다거나 행장이 불비할 때 그들은 으레 옥화네 주막을 찾았다.

앞서와 마찬가지로, 인용문은 원문을 그대로 옮긴 것이며 설명을 위해 문단 서두에 번호를 붙였다. 「무녀도」와 마찬가지로 거시적 맥락에서 인근의 지형과 지리, 장터의 풍경, 장터에 모이는 사람들, 그리고 장터에 사는 주인공의 순으로 원근법적 초점화가 이루어지고 있다. 인용문 ①②③을 유심히 보면, 화개장터는 다음과 같은 세 가지가 모여 혼종을 이루며 새로움을 발산한다. 첫째로 냇물이 모이고 섞인다. 둘째로 각 지역의 특산물이 모이고 섞인다. 셋째로 각 지역의 사람들이 모이고 섞인다. 특히 각 지역의 먹을거리들이 모이고, 각 지역의 놀 거리들이 모인다.

　세 가지 요소들의 공통점은 '모이고 섞임'이다. 다시 말해 만남과 이별 그리고 소멸과 생성이 동시에 이루어지는 공간임을 알 수 있다. 그 결과 화개장터는 항시 성시를 이루는 잔치와 카니발이 지속된다. ④에서 작가는 그 흥성거림과 축제의 현장을 미시적으로 포착하기 위해, 특정 인물 옥화와 성기를 선택하여 축제의 속살을 탐구하여 풀어 보인다.

　작가는 화개장터 중에서도 '주막'에 초점을 맞추었다. 주막은 2대째 여주인이 운영한다. 어머니는 주막을 찾아 온 남자(남사당패)와 관계하여 딸 옥화를 낳았다. 옥화 역시 주막을 찾아 온 남자(중)와 관계하여 아들 성기를 낳았다. 두 여자는 화개장터에 정주해 있지만, 이들을 거쳐 간 남자들은 정주하지 않고 방랑한다. 어머니의 남자가 그랬으며, 옥화의 남자도 마찬가지이다. 그리고 옥화의 아들도 결국 정주하지 않는 방랑의 길을 떠난다. 남자는 사랑하는 그 순간만 정주한다. 정주하는 짧은 시간에 생성과 창조가 이루어진다. 그렇다고 해서 떠남이 종결과 단절을 의미하는 것이 아니며, 오히려 새로운 정주를 향한 첫 걸음이 된다.

　화개장터는 고유의 공간이면서 작가의 세계관을 반영하는 공간이다. 김동리에게 삶이란 정주가 아니다. 섞이고 혼종을 이루어 창조와 생성에 이바지하되, 끊임없이 방랑과 탐색이 이루어지는 것이다. 이것이 '화개장터'에 부가된 작가의 인식이다. 이것은 원형적 인간이 지닌 숙명의 과제이기도 하다. 김동리의 「역마」에 구현된 '화개장터'는 한국에 위치해 있는 지리적 공간이면서, 나아가 작가의 새로운 인식을 담아내는 창조적 공간이다. 작가는 객관적 공간에 주체적인 인식적 요소를 결부하여, 자기만의 새로운 의미를 창조해 낸 것이다.

4. 마무리 : 혼종과 생성

이 짧은 글에서는 '한글문학 세계화'에 대한 거창한 담론을 제시하려고 하지 않았다. 한글문학은 한국문학이라는 것을 제안하려 했다. 구체적으로는 한국문학 창작에 있어서 작가가 지녀야 할 장소애에 대해 제시했다. 작가는 소설 속에서 비어 있는 '공간'을 사건이 벌어지는 '장소'로 변환시키는 역할을 한다. 텅 빈 공간은 작가의 인식적 요소와 결합됨으로써, 장소로 창조된다. 작가는 공간에 대한 객관적 지리적 인식을 가져야 하며, 나아가 공간에 대한 각별한 애정과 통찰력을 가져야 한다.

김동리의 장소애는 역사를 초월하고 제도를 초월한다. 김동리가 구현해 낸 장소에는 살아 있는 생명들이 꿈틀거리며, 그리고 뒤섞이면서 동시에 생성을 거듭하고 있다. 「무녀도」의 서두에서, 김동리는 '무녀도'라는 그림을 다음과 같이 묘사했다.

> 뒤에 물러 누운 어둑어둑한 산, 앞으로 폭이 널따랗게 흐르는 검은 강물, 산마루로 들판으로 검은 강물 위로 모두 쏟아져 내릴 듯한 파아란 별들, 바야흐로 숨이 고비에 찬 이슥한 밤중이다. 강가 모랫벌엔 큰 차일을 치고, 차일 속엔 마을 여인들이 자욱히 앉아 무당의 시나위 가락에 취해 있다. 그녀들의 얼굴 얼굴들은 분명히 슬픈 홍분과 새벽이 가까워온 듯한 피곤에 젖어 있다. 무당은 바야흐로 청승에 자지러져 뼈도 살도 없는 혼령으로 화한 듯 가벼이 쾌자 자락을 날리며 돌아간다.

그림 속의 여자들과 무당은 아주 오래전부터 있어 왔던 인간의 모습을 보여준다. 산과 강물, 들판과 별들, 그리고 밤과 어우러져 한 여인이 춤사위에 취해 있다. 이것은 특정 종교의 의식이 아니다. 인간을 둘러싸고 있는 자연과 일체를 이루며 살아가는 사람의 삶의 방식이다. 우리는 모화의 춤사위를 통해 자연과 교감하면서 자신에게 내재해 있는 자연성을 발산하는 모습을 발견할 수 있다. 김동리가 구현해 낸 장소는 지극히 한국적이다. 김동리는 근대 이전에 존재했던 조선과 고려라는 공간을 작품에 소환해 내지 않았다. 그는 균질화 된 역사 이전의 인간을 구현하기 위해, 특정 공간을 창조적인 장소로 거듭나게 했다.

역사 이전에 존재했던 공간으로서, 김동리가 창조한 장소의 특징은 '혼종'과 '생성'으로 요약할 수 있다. 「무녀도」에서 모화가 굿을 한 뒤 생을 마감하는 예기소는 경주의 서천, 북천, 남천이 합류하면서 생겨난 깊고 푸른 소(沼)이다. 예기소는 여러 곳의 물들이 섞여서 하나로 모아지는 곳이다. 그것은 도래할 바다의 모습을 예감하게 한다. 「역마」에서 화개장터 역시 전라도와 경상도, 산과 들, 성과 속이 뒤섞인 공간이다. 외양으로는 카니발을 연상케 하지만, 혼종 속에 생성과 이별 그리고 만남이 도사리고 있다. 김동리는 한국의 지리적 공간을 역사적 창의적 장소로 재구성하는데, 그 장소에는 시간과 공간을 초월하여 오래전부터 존재해 왔던 인간의 원형적 모습이 존재한다.

고전에서 찾는 스토리 콘텐츠
—설씨녀의 인물 형상

_____ 이성림 | 명지전문대학 문예창작과 교수

1. 들어가기

현대 사회에서 전통사회의 미덕이 많이 퇴색되고 있지만 특히 효행 사상이 많이 빛바래고 있는 작금의 시류를 보면서 우리 고전문학 속 인물인 설씨녀에게 주목하게 된다.

『삼국사기』 열전 중에서 〈설씨녀전〉은 그 문학적 형상성이 뛰어나 각별히 주목을 받아왔다. 특히 90년대에 들어서서 우리 소설사의 시원을 소급하는 문제가 학계의 관심사로 떠오르면서, 〈설씨녀전〉을 어느 정도 소설성을 갖추고 있는 것으로 이해하던 단계를 넘어 그 자체를 전기(傳奇)로 보기에 이르렀다. 〈설씨녀전〉의 장르적 성격을 두고 다양한 시각이 혼재하고 있는데 설화·열전·초기 전계(傳系)소설·전기계(傳奇系)소설·전기(傳奇) 등 몇 갈래로 구분된다.

우리의 마음을 언제고 따스하게 감동시키는 것은 사랑과 효심이다. 사랑과 효행을 실천하며 사는 사람에게는 하늘의 복이 따른다. 믿음과 기다림으로 맺어진 설씨녀와 가실의 이야기는 감동으로 번져오고 있다.

설씨녀 이야기는 효성스런 마음과 의리로 온갖 난관을 헤치고 사랑을 이루게 되는 아름다운 이야기다. 〈설씨녀전〉은 고대인의 연담(戀談)으로서뿐만 아니라, 그 당시 일반 백성의 신고(辛苦)가 그려져 있다는 점에서도 주목된다. 특히, 〈설씨녀전〉은 신라인의 군역 문제를 살필 수 있는 몇 안 되는 사료 중의 하나로서 국사학계의 많은 주목을 받아 왔다.

본고에서는 〈설씨녀전〉의 장르적 문제나 당시의 시대상 등 텍스트 외적인 문제들은 배제하고 김부식의 『삼국사기』 열전에 수록된 〈설씨녀전〉을 중심으로 주인공 설씨녀의 인물 형상을 구축해 보고자 한다. 그것이 현대적 스토리로서의 콘텐츠로서도 충분히 공감할 수 있는 요소가 있기 때문이다.

2. 설씨녀의 인물 형상

1) 효녀

〈설씨녀전〉을 읽었을 때, 가장 먼저 드러나는 설씨녀의 인물 형상은 여자의 몸으로서 늙은 아버지의 군역을 대신하지 못해서 고민하는 '효녀'로서의 모습이다. 군역을 대신해 주겠다는 가실이 나타나자 그와 혼인하라는 아버지의 명령에 곧바로 수긍하는 모습에서도 설씨녀의 효녀적 면모를 알 수 있다. 『삼강행실도』(1434년간 본)에서는 설씨 이야기를 〈설씨분경(薛氏分鏡)〉이라는 제목으로 『효자편』에 수록하고 있다. 이것은 조선시대 지도층들이 설씨녀의 효녀로서의 면모를 백성 교화의 권계로 삼았다는 것을 보여준다. 설씨녀의 효녀로서의 면모는 열전의 내용이 진행되는 과정에서 설씨녀가 6년이 지나도록 돌아오지 않는 가실 대신 다른 남자와 결혼하라는 아버지의 명령을 거부하고 몰래 도망가려는 마음을 품는 과정에서 그 면모가 훼손되는 듯하기도 하다. 그래서 『삼강행실도』(1434년간 본)에서는 설씨녀의 탈주 모의를 삭제함으로써 그 부분을 축소하려고 한 의도가 보인다.

아버지가 노망하여 억지로 마을 사람과 혼인하려고 이미 정혼하였으나, 설씨가 굳게 거절하고 외양간에 가서 말을 보고 눈물을 흘렸다. 그때에 가실이 왔는데, 몸이 마르고 옷이 남루하여 설씨가 알아보지 못하였다.

『동국신속삼강행실도』에서는 설씨 이야기를 『열녀편』에 〈설씨정신(薛氏貞信)〉이라는 제목으로 수록하고 있는데 여기서도 "부친이 강제로 마을 사람에게 시집보내려 하자 설씨녀가 굳게 거절했는데, 그때 가실이 돌아왔다."라고 하여 설씨녀의 도주 모의를 삭제했다. 『신증동국여지승람』에서도 "아버지가 너무 늙었으므로 같은 동네 어떤 사람에게 강제로 시집보내기로 결정하였는데도, 설씨는 완강히 거부하고 외양간에 가서 말을 보며 눈물을 흘렸다. 이때 가실이 돌아왔는데…"라고 하여 설씨녀의 도주 모의를 삭제했다. 이러한 변모는 설씨녀가 도주하려는 마음을 품었다는 『삼국사기』의 내용을 생략하여 아버지의 늑혼(勒婚) 강요에 대한 거부보다 더욱 정도가 심한 불효인 도주 모의를 삭제함으로써 전체 서술 구조를 크게 해치지 않는 범위에서 설씨녀의 효녀로서의 인물 형상을 더욱 공고히 하고자 한 후대인들의 인식을 보여주는 것이다.

그러나 설씨녀가 앞서 보인 효행으로 보건대 애초에 아버지를 버리고 도주할 만큼 모질지 못하다는 점과 아버지가 한입으로 두말하는 잘못을 범하지 않게 하는 것도 효의 한 방편이라고 생각해 본다면, 설씨녀의 도주 모의를 삭제하건 그대로 두건 간에 설씨녀의 효녀로서의 면모는 온전히 인정하지 않을 수 없는 부분이라고 생각된다.

2) 열녀

열(烈)사상은 이미 삼국시대에 가부장제가 확립되면서 뿌리내리기 시작한 것으로 보인다. 왕족과 귀족사회에서는 이미 일부다처제의 풍속이 있었으며 처들 사이의 다툼을 막기 위하여, 여자들에게는 시기하지 않고 무조건 남자들에게 순종할 것이 요구되었다. 삼국시대에 들어서면서 일부다처제는 그 전보다 더욱 널리 확산되고, 그와 더불어 여성들에게는 한 남자에게 확실히 예속될 것을 요구하는 정절과 삼종지도 등의 굴레가 씌워지기 시작했다. 그러나 김부식이 『삼국사기』를 쓴 12세기까지는 이러한 사상이 서민들에게까지 보급되지는 않았고 아직은 불교의 기반에 비하면 유교의 기반은 약한 편이었으므로, 유학 자들은 이러한 유교적 관념을 적극적으로 퍼뜨려 그 세력을 강화하고자 했을 것이다.

〈설씨녀전〉에서 지향하는 핵심적인 인물 성격은 말할 것도 없이 여주인공의 '열(烈)'이다. 아버지가 약속을 뒤집는 것을 신의를 저버리는 행위로 본다는 점에서 일면 평강공주와 닮아 있지만 설씨녀는 가실을 본 적이 있고, 가실이 아버지의 군역을 대신해 줬으며, 아버지와 가실의 약속 외에 가실과 자신의 약속이 이루어졌다는 점에서 차별된다.

『동국신속삼강행실도』와 『신증동국여지승람』은 모두 설씨 이야기를 각각 〈열녀편〉, 〈열녀조〉에 실어 설씨녀를 열녀로 규정하고 있음을 알 수 있다. 설씨녀의 '열녀'로서의 인물 형상을 논의하기 위한 전제로서 열녀에 관한 정의가 선행될 필요가 있을 것이다. 일반적으로 열녀는 '고난이나 죽음을 무룹쓰고, 절개를 지키어 남의 모범이 될 만한 여자', '위난을 당하여 목숨으로 정조를 지켰다거나 또는 오랜 세월에 걸쳐 고난과 싸우며 수절한 부녀자를 일컫는 말'로 정의된다. 아버지의 늦혼 강요라는 일종의 고난을 물리치고 이미 정혼한 가실에 대한 절개를 지킨 설씨녀는 열녀로서 그 면모를 충실히 보여주고 있다고 할 수 있겠다.

설씨녀의 이러한 행동은 열전 초반에 늙은 아버지의 군역에 대해 근심하고 괴로워하다가 가실이 아버지의 임무를 대신할 것을 자청하자 기뻐하며 아버지가 일방적으로 정한 그와의 약혼까지 받아들였을 만큼 아버지를 위하는 '효녀'로서의 면모를 보였던 것에 다소 상치되는 것으로 이해될 수 있는 행동이다. 그렇기에 〈설씨녀전〉에서 김부식이 형상화한 설씨녀의 형상이 '효녀'보다 '열녀'에 더 큰 무게를 싣고 있는 것 같기도 하다. 우선 설씨녀가 다른 곳으로 출가하기를 권하는 아버지에게 했던 말을 살펴보자.

전일에 아버지의 몸을 편하게 하기 위하여 어쩔 수 없이 가실과 약혼을 하였으며 가실도 이를 믿기 때문에 여러 해 동안 군무에 종사하여 굶주림과 추위에 고생하고 있습니다. 더군다나 그가 적의 국영에 임박하여 손에 무기를 놓을 사이도 없고 이는 호랑이의 입 가까이 있는 것과 같은지라 늘 물리지나 않을까 염려되는데 이제 신의를 저버리고 약속을 어기는 것이 어찌 사람의 정리라 하겠습니까? 저는 끝내 아버지의 명령에 복종할 수 없으니 다시 말씀하시지 말아 주십시오.

위의 인용문에 나타난 설씨녀의 태도는 그녀가 아버지의 말이라면 당연히 따라야 할 절대명제로 생각하는 맹목적 인물이 아니라, 인간적 도리에 비추어 바르고 그른 점을 당당히 밝히며 그것에 따라 행동할 수 있는 윤리적 기준을 자신 속에 갖추고 있는 성숙한 인간임을 말해주는 것이다. 또한 그녀의 말은 현실적 이해관계에 따라 움직이는 세속적인 인간관계에 대한 일정한 비판을 담고 있다.

설씨녀의 이러한 모습을 더욱 생동감 있게 구체적으로 형상화한 작품으로 이광사(李匡師, 1705~1777)의 영사악부인 〈파경합(破鏡合)〉이 있다.

> 兩腮下珠淚 양 뺨 아래 구슬 같은 눈물 흘리더니,
>
> 怒氣上淸揚 화난 기운 조용히 치솟는다.
>
> 翁年未耄耄 "아버지 연세가 팔순 아흔도 안 되셨는데,
>
> 言辭何妄荒 말씀이 어찌 망령되십니까?
>
> 少年去時言 소년이 갈 때 한 말,
>
> 豈伊至相忘 어찌 이렇게 잊으려 하십니까?
>
> 與人先結約 그 사람과 먼저 언약을 맺어,
>
> 背之甚不祥 배반하는 일은 매우 좋지 못한 일입니다."
>
> …(중략)…
>
> 其人爲誰□ "그 사람 누굴 위해 갔습니까?
>
> 豈不代老傖 어찌 아버지를 대신하지 않았습니까?
>
> 人遲卽翁遲 그 사람이 늦게 온 건 아버지가 늦게 오신 것이고,
>
> 人亡卽翁亡 그 사람이 죽는다면 아버지께서 별세하신 것입니다.
>
> 翁遲與翁亡 아버지께서 더디고 아버지께서 별세하시는데,
>
> 可見女迎郞 사위를 맞이할 수 있겠어요.
>
> 均之不可見 못 보기가 마찬가지라면

守信寧不臧　신의를 지키는 게 어찌 착한 것이 아니겠습니까?

人能代我死　그 사람은 내 죽음 대신해 주었는데,

我忍負要盟　내 차마 굳은 맹세 저버릴 수 있겠어요.

人不有信義　사람으로 신의가 없으면,

何以別豬羊　무엇으로 돼지 양과 구별하겠습니까?

莫說兩三歲　6년 세월 말하지 마세요.

兒心化孤孀　저의 마음 외로운 과부같이,

百年且可待　백년도 기다리겠습니다.

遲速可較量　더디고 빠른 것만 비교한다면,

馬何在我櫪　말은 어찌 내 외양간에 있으며,

鏡何在我箱　거울은 어찌 내 상자에 있습니까.

欲我嫁他人　나를 다른 사람에게 시집보내시려면,

訪我於北邙　북망산에서 나를 찾아주세요."

후대에 열녀라 불리는 인물들은 대부분 타인의 강압 앞에 절의를 지키기 위해서, 또는 죽은 남편을 따라서 목숨을 끊은 인물들이다. 그러나 설씨녀는 도주에 실패한 후 더 이상의 행동을 시도하지 않았다. 그렇다면 설씨녀는 열녀가 아닌 것일까? 오히려 남성 중심적인 유교 사상이 여성을 구속하기 위해 만들어낸 행위 규범인 '열(烈)'이나 '절(節)'과 같은 외부적 규준이 아닌 자신의 내면에 있는 인간적인 정리인 '신(信)'을 기반으로 하여 한 남자와의 약속을 지킨 설씨녀의 행위는 현실적 이해관계에 따라 움직이는 세속적인 인간관계가 더욱 더 많아진 현대 사회에서 진정 우리가 눈여겨봐야 할 새로운 열녀의 형상이 아닐까 한다.

3. 주체적 자기결정의 적극적 여성

전통시대 여성의 인물 형상을 이야기하면서 '주체적'이라든가 '자기결정'이라든가 '적극적'이라는 말은 전통시대의 여성과 전혀 어울리지 않는다는 느낌을 받기 십상이다. 그러나 아직 여성 억압적인 유교 윤리가 일상의 모든 행위를 구속하기 이전인 삼국시대의 여성인 설씨녀에게서는 그러한 면모를 발견할 수 있다. 김부식이 아무리 유교 사관에 입각해서『삼국사기』엮었어도 미처 산삭되지 않은 그러한 부분들은 기록자인 남성들에 의해 많은 부분 감춰지고 탈각된 여성의 진실된 내면과 삶을 엿볼 수 있는 소중한 자료라고 생각된다.

〈설씨녀전〉에서 설씨녀의 주체적 자기결정의 모습을 보여주는 부분은 설씨녀가 떠나기 전에 혼인 날짜를 정하자는 가실의 요청에 대답하는 부분에서 드러난다.

> 혼인은 인간의 대사이므로 갑자기 치를 수 없습니다. 내가 이미 마음을 허락했으니 죽는 한이 있어도 변함이 없을 것이니 그대는 방어하는 곳으로 나가기를 바랍니다. 교대하여 돌아온 뒤에 날을 가리어 禮를 이루어도 늦지 않을 것입니다.

설씨녀의 말 속에는 자신의 삶에 대한 주체적인 인식에서 나올 수 있는 자신감이 담겨 있다. 외적 조건에 따라 영향을 받는 타율적인 존재가 아니라 자신의 삶을 스스로 책임질 수 있다는 인간적 자각을 보여주고 있는 것이다. 그러면서 자신이 지니고 있던 거울을 반으로 나누어 가실에게 신표로 주는 설씨녀의 모습은 행위 자체의 비장함과 더불어 자신을 비추어보는 물건이라는 거울이 갖는 상징성으로 인해 설씨녀의 올곧은 성품을 더욱 잘 드러내 준다.

설씨녀는 아버지의 결정에 따라 가실과의 결혼을 어쩔 수 없이 선택하기는 했다. 그렇지만 혼인이라는 문제는 인간의 대사라 갑자기 치를 수 없으며, 자신이 이미 마음으로 허락한 이상 절대 변하지 않을 것을 근거로 혼인을 미룸으로써 가실과의 혼인을 단순히 아버지의 결정에 의한 것이 아니라 설씨녀 자신과 가실 간의 약속으로 변모시킨다. 그렇기 때문에 3년이라는 정해진 기간을 넘기고 6년이 넘도록 돌아오지 않는 가실을 기다리며 아버지를 위한 무조건적인 희생이 아닌 자신이 가실과 한 약속을 굳게 지켜나가는 모습을 보여준다. 자신 스스로의 의지에 따라 결단을 하고 그것을 끝내 지키는 주체적 인간임을 분명히 밝히고 있는 것이다. 〈설씨녀전〉에서 혼인에 있어 혼주인 아버지의 의견보다 당사자인 딸의 의견이 중시된 것은 당시 여성들이 스스로의 삶을 인정하는 평등인식이 내재되어 있다고 할 수 있다. 또 설씨녀가 가실을 타이르고 아버지의 명을 논리적으로 반박하여 거절하는 것 자체가 적극적이고 능동적인 삶을 나타내는 것으로 우리가 생각하는 전통적인 여성관과는 다른 모습이라고 생각한다. 주체적으로 자신의 삶을 살아내고자 하는 이러한 모습은 오늘날에 되살릴 수 있는 스토리의 콘텐츠로서 충분히 가치가 있다는 것을 입증하고 있다.

4. 나오기

신라 율리(栗里) 땅에 살았던 설씨녀는 매우 한미한 집안 출신이나 자색이 뛰어나고 행실이 단정하며 무엇보다도 자의식이 분명한 여성으로서 위기 가운데서도 굳세고 변치 않는 믿음으로 사랑을 이루어낸 것이다.

위의 고찰을 통해서 보면 설씨녀는 효(孝)와 열(烈)을 동시에 구현하는 여성이라고 할 수 있다. 그런데 전반부에서 아버지의 건강을 염려하고 그것을 지키는 일에 전념했던 설씨녀는 현실적 여건에 따라 달라지는 아버지의 처신에 대해 인간적 도리를 내세워 반박한다. 지극히 효성스러운 딸이지만 자신의 올바른 의견을 당당하게 피력할 줄 아는 현대여성의 면모를 보이는 장면이다.

가실의 조급한 혼인 요청에 대한 답변과 아버지의 출가 권유에 대한 항변은 설씨녀의 행위의 기준이 외부적 규범에 있는 것이 아니라 자신이 설정한 올바른 인간적 가치에 있다고 볼 수 있다. 그의 행동은 인간으로서의 도리와 신의, 그것을 바탕으로 스스로 길러낸 사랑에서 비롯된 인간다운 삶을 위한 주체적인 결단인 것이다. 즉 설씨녀는 효나 열이라는 이념 자체에 맹종하는 것이 아니라 진정한 의미에서 인간적 윤리를 자각하고 그것을 실천적으로 보여주는 인물인 것이다.

하늘은 스스로 돕는 자를 돕는다 했다. 지극히 순리적이고 올곧은 자에게 복을 내리는 것은 만고의 진리이다. 의리를 지키고 믿음과 신의 속에서 기다린 자에게 끝내는 사랑을 이루게 하신다. 효심 가득한 설씨녀에게 가실이라는 건실한 청년을 보내 주심도 감복할 일이다. 어떤 호의호식, 호강보다도 의리를 지켜낸 설씨녀의 변치않는 마음가짐은 오늘날 본받을 만하지 않은가. 효와 열에 대한 의식이 약화되고, 쉽게 변질되는 피상적인 만남을 일삼는 젊은이들에게 설씨녀 이야기는 커다란 귀감이 될 것이다. 오늘날에도 스토리의 콘텐츠로서 훌륭한 소재가 될 수 있다고 생각한다.

한국 영상문학론
─영상문학은 제3의 문학이다

_____민병기 | 창원대학교 국문과 명예교수

1. 영상문학의 개념과 특징

시나리오는 영화를 제작하기 위하여 새로 생긴 장르가 영상문학이다. 문자 텍스트가 영상 텍스트로 진화하는 과정에서 시나리오가 나왔다. 따라서 그 명칭도 한글로 표현하면 영상화를 위한 문학, 즉 한국영상문학이다. 그러나 영상문학이란 말은 상용화되지 않았고, 문학과 영화는 엄격히 구분되었다. 영화는 문학이 아닌 제7의 예술로 알려졌다. 또 영화는 통속적이고 저급한 대중문화라는 인식되기 때문에 국문학자들은 문학 연구 대상에서 영화를 제외시켰다. 따라서 영상문학이란 말은 학술 용어로 많이 사용되지 않았다.

이러한 보수적인 학계와는 달리 출판 · 방송 · 영화계에서 영상문학이나 그와 비슷한 용어가 이미 널리 사용되었다. 어문각에서 '세계의 영상문학 시리즈'를 낸 것은 1990년대이다. 그 후에 영상소설로 시중에 알려진 것이 곽재용의 『비오는 날의 수채화』이다. 이 작품은 영화로 먼저 상영되고, 그 뒤에 소설로 바뀌어 출간되었다. 이 소설을 계기로 영상소설 시리즈가 나왔다.

현대에 다양한 전자제품들의 등장으로 정보 전달 매체가 활자에서 영상 중심으로 변했다. 그만큼 영상 매체의 사회적 영향력이 커졌다. 영상시대엔 소설 작품들이 영화로 많이 제작된다. 명작 소설일수록 영화로 거듭 제작된다. 이제 영화는 소설의 가장 효과적인 소비 형태가 되어, 그 가치를 재평가 받게 되었다. 예를 들면,『전쟁과 평화』나『레미제라블』같은 명작들이 반복하여 영화로 만들어진다. 이로 인해 명작들이 책으로 읽히기보다 영화로 더 많이 감상된다. 그 내용이 책보다 영화로 대중에게 알려지는 시대가 되었다.

영상매체 시대에 문학을 살리기 위해 문학가들도 영화와 반드시 손을 잡아야 한다고, 미국의 비평가 레슬리 피들러는 주장한다. 문학의 경쟁력을 높이기 위해, 문학가들도 고답적이고 귀족적 자세를 벗어나, 영상 매체가 지닌 대중문화적 요소를 수용해야 한다고 그는 강력히 주장했다. 그뿐만 아니라 영화를 문학 텍스트의 이동이자 확장으로 보는 진보적인 학자들이 많아졌다.

현재 선진국의 대학들도 이를 인정하는 추세이다. 미국의 많은 대학들은 영문학과 교과 과정 속에 〈문학과 영화〉 과목을 개설하고 있다. 이 과목에 대한 수강생들의 인기가 아주 높다. 보수적이기로 유명한 영국의 케임브리지대학도 〈문학과 영화〉 과목을 오래전에 개설했다. 한국에서도 영상문학을 교양과목으로 개설하는 대학들이 많다. 명칭은 좀 다르지만 영상문학의 성격을 지닌 과목을 개설한 대학들이 더욱 증가하는 추세이다. 더욱이 현재 영상문학은 학생들에게 가장 인기 있는 교양과목 중 하나이다.

TV에서 영상소설이나 영상시란 말이 가끔 사용되었다. 영화계에 초대형 사극물에 영상서사시란 용어가 등장했다. 예를 들면『퀴바디스』·『십계』·『엘시드』·『로마제국의 멸망』같은 작품에 영상서사시라는 칭호가 붙었다. 또 문학성이나 상징성이 높은 영화에 대해 영상시란 수식어가 따라 붙었다.

이렇게 영상문학이란 말이 다양하게 쓰였다. 즉 영상미를 극대화시킨 문학으로, 고전 문학성이 강한 영화란 의미로 이 말이 쓰였다.

진보적인 영문학자 김성곤 교수는 영화 제작을 염두에 두고 쓴 소설, 다시 말해 시나리오와 흡사한 소설을 영상소설로 보았다. 즉 스튜디오 소설의 우리말 번역어로 이 말을 사용했다.

문학이 문자 코드에서 영상 코드로 진화한 양식이 영상문학이다. 시나리오란 말이 이를 예증한다. 시나리오는 영상화를 위한 문학이니 바로 영상문학이다. 어의적으로 보면 영상문학이란 영상화를 위한 문학 또는 영상화된 문학이다.

인간이 사상과 감정을 말로 표현한 예술 양식이 구비문학이요, 그것을 문자로 표현한 양식이 활자 문학이고, 그것을 영상으로 표현한 양식이 영상문학이다. 즉 문학의 첫째 양식이 구비문학이고, 둘째 양식이 활자 문학이며, 셋째 양식이 바로 영상문학이다. 즉 영상문학의 제3의 문학이다.

이 3자 관계를 설명하기 좋은 예가 〈조신 설화〉이다. 이는 『삼국유사』에 나오는 꿈에 관한 설화이다. 단일한 구성의 이야기지만 깊은 뜻이 담겨 있다. 조신이란 중이 태수의 딸을 사모하여, 그 사랑이 이루어지기를 대비보살 전에 간절히 빌었다. 애석하게도 그니(그녀)*가 출가한 것을 알고, 그는 불전에서 울다 잠이 든다. 꿈속에서 그니와 결혼을 하고, 5남매를 낳고 잘 살다가 뒤에 불행에 빠진다. 생활이 어려워 구걸하다 마침내 부인과 헤어지며 꿈을 깬다. 꿈을 통해 그는 애욕이 온갖 우환의 근원이 되며, 인간사가 모두 부질없음을

---

* 3인치 여성 대명사로, 순수어와 한자어 결합인 '그녀'보다 '그니'가 적합하다. 더욱이 어머니 · 할머니 · 언니 · 아주머니 · 비구니 등 '니'로 끝나는 우리말이 많다.

깨닫는다. 이렇게 그는 불교적 각성을 하고, 오직 수도(修道)에만 몰두한다. 이것이 설화의 간추린 내용이다.

이 설화를 토대로 춘원은 중편 「꿈」을 썼다. 그는 설화에 새로운 인물을 등장시키고, 사건을 재미있게 발전시켜 소설로 만들었다. 그 내용을 흥미진 진하고 복잡하게 소설로 꾸몄지만, 소설 이야기의 기본 골격과 주제는 설화와 비슷하다. 춘원의 이 소설은 세 번이나 영화로 제작되었다.

신상옥 감독이 2회(1955과 1967) 제작했고, 배창호 감독이 한 번(1990) 만들었다. 세 영화 사이에 많은 차이가 있다. 그 차이를 밝히는 것이 영상문학의 중요한 과제이다. 현대문학 연구가들은 이를 문학 연구의 대상으로 삼지 않고 외면한다. 하지만 이 소설이나 영화의 주제가 '인생무상'이란 불교적 각성이란 점에서 일치한다.

동일한 구조의 이야기를 신라인들은 설화로 들었고, 현대인들은 소설로 읽거나 영화로 보았다. 조신 설화가 활자화된 것이 소설 「꿈」이고, 다시 영상화 된 것이 영화 〈꿈〉이다. 이는 문학 텍스트가 영화의 텍스트로 확장된 것을 의미한다. 이렇게 언어 텍스트가 영상 텍스트로 확장된 것이 영상문학이요, 동일한 텍스트가 문자에서 영상으로 진화하는 과정을 밝히는 것이 영상문학 연구이다.

영화는 분명 종합예술적 성격을 지녔지만, 가장 진화된 현대문학의 성격도 지녔다. 따라서 문학과 영상의 결합이 광의의 영상문학이다. 영화를 문학의 가장 진화된 양식으로 보고, 그 속에 내재한 영화적 발전소를 찾아 밝히는 것이 영상문학 연구 핵심 과제이다.

문학이란 말 속에 문예 작품 자체란 뜻과 문예비평인 문학연구란 뜻이 함께 내포되어 있듯이, 영상문학이란 말 속에는 영상화된 문학과 그 연구란 뜻이 함께 포함된다. 그러나 영상문학과 영화연구 사이엔 차별성이 있다. 즉 영화 제작에 관련된 연구는 연상문학에서 제외된다. 그런 점에서 영화학과 영상문학은 구별된다.

영상문학과 영화학의 차별성은 영상문학에선 영화 제작기술이나 상업적 흥행에 대한 연구는 제외된다는 점이다. 순수 학문성을 지향한다는 점에서 영화평론과 영상문학도 구별된다. 영상문학은 영화의 문학적 성격을 추구하는 학문이다. 영상시대에 문학의 영역을 확대시키기 위한 전략적 학문이다. 즉 문학이 첨단 기술에 의해 새롭게 진화된 양식이 영상문학이다. 광의적 의미에서 애니메이션도 이에 포함된다.

영상문학은 문자의 논리성과 영상의 구체적 사실성을 조화시키려는 전략적 학문이다. 영상매체는 내용을 구체적으로 생생하게 전달하니 책보다 장점도 많고, 사회적 영향력도 훨씬 크다. 이 점은 독서와 관람을 비교하면 잘 드러난다. 독서는 혼자 하는 행위이고, 관람은 여럿이 함께하는 행위이다. 독서는 타인과 차단된 공간에서 이루어지고, 관람은 열린 공간인 상영관에서 이루어진다. 따라서 영상문학은 활자 문학과 달리 여럿이 동시에 감상하는 열린 문학이다.

영화는 책과 장단점이 엇갈린다. 영상물은 구체적 생동감을 지니지만, 순간적으로 사라져 비논리적이다. 이런 단점을 극복하기 위해 문학적 접근이 필요하다. 생생한 영상의 사실성과 글의 논리성을 결합시켜, 문학의 새로운 돌파구를 찾으려는 전략적 학문이다. 이는 단순이 문학의 영역을 확장하는 데 그치지 않고, 양자 모두의 발전에 기여하는 데 그 궁극적인 목적이 있다.

2. 한국 영상문학

영상문학은 영화 기술의 발달과 깊은 관계가 있다. 1895년에 영화가 대중들에게 처음 소개되었다. 이해에 뤼미에르 형제가 파리에서 시네마토그라프를 처음 상영했다. 이들은 상영 단원들을 구성해 영국을 비롯해 구라파를 차례로 돌며 상영했다. 이것이 계기가 되어 영화는 세계적으로 전파되었다. 이들에 의해 아시아에도 소개되었다. 이 무렵 아시아 국가들은 자국이 처한 정치적·경제적 여건에 따라, 영화를 받아들이는 과정이 달랐다. 일본이 가장 적극적으로 신속하게 대응했다. 한국도 자연 일본의 영향을 많이 받았다.

1903년에 한국에서 영화가 처음 상영되었다. 〈황성신문〉(1903.6.24)에 영화 상영에 대한 광고가 실려 있다. 이 영화는 한성전기회사 창고에서 상영되었다. 내용은 실사 풍물에 마술과 춤 같은 오락물이 가미된 짧은 필름이었다. 이곳에서 후에 영미연초회사의 판매 선전 영화도 상영되었다.

〈대한매일신보〉(1906.5.1)의 광고란에 빈 담뱃갑과 입장권을 교환해 준다는 선전 문구가 있다. 그 전에 주한 외교 사절단들이 본국에서 가져온 필름을 호텔에서 상영했다는 주장도 있다. 외국인들이 자국의 이익을 위해, 한국에서 처음 영화를 상영했다.

한국에서 협률사(協律社) 극장이 제일 먼저 영화를 상영했다. 협률사는 한국 최초의 국립극장인 원각사의 전신이다. 이곳에서 1903년 7월부터 외국영화가 유료로 처음 상영되었다. 낮엔 가무공연을 했고, 밤엔 영화가 상영되었다.

1919년 10월 27일 한국인이 제작한 영화가 처음 상영되었다. 박승필과 김도산이 제작한 연쇄 활동 사진극 〈의리적 구토〉가 단성사에서 공연되었다. 완전한 영화는 아니지만, 이날을 기념하여 한국 영화의 날이 제정되었다. 이

연쇄극은 비록 모방적이고 미완의 작품이었지만, 이에 대한 우리 사회의 반응은 대단했다. 이후 이와 비슷한 성격의 연쇄극인 〈장한몽〉과 〈학생 절의〉가 이어서 공연되었다.

한국 영상문학의 전통은 영화 제작 초창기부터 시작되었다. 제작 여건이 열악하고 영화 기술이 미숙한 상황에서 영화인들은 흥행에 성공하기 위해, 일반에 이미 널리 알려진 고전을 활용했다. 일본인 하야카가 「춘향전」을 처음으로 영화로 만들었다. 이것이 한국 최초의 영상문학 작품이다. 이후 한국의 이명우가 다시 영화로 제작했다. 둘은 모두 흥행에 대성공을 거두었다. 이를 계기로 「흥부전」과 「심청전」과 「장화홍련전」 같은 고대소설 작품들이 영화로 많이 제작되었다.

전문 시나리오 작가가 없었던 시절, 창작 시나리오보다 기존의 유명한 소설을 영상화하는 것이 손쉽고 경제적이었다. 고소설보다 현대소설에 대한 일반적 관심이 높았으니, 당연히 현대소설이 더 많이 영상로 제작되었다. 현대소설로 처음 영상화된 것은 춘원의 「개척자」이다. 이것은 「무정」에 이어 두 번째로 신문에 연재되어 독자층의 비상한 관심을 모은 장편소설이다. 이것은 1925년에 이경손 각색·감독으로 고려키네마에서 제작되었다. 이를 계기로 춘원의 작품들이 많이 영상화되었다. 제작된 빈도수 별로 살펴보면 다음과 같다.

세 번 제작된 것은 「꿈」(55.67.90)·「흙」(60.67.78)·「유정」(66. 76. 87)이다. 두 번 제작된 것은 「단종애사」(56.63)·「사랑」(57.67)·「재생」(60.69)이다. 1회 제작된 소설은 「그 여자의 일생」(57)·「무정」(62)·「원효대사」(62)·「이차돈」(62)·「세종대왕」(70) 등이다. 이렇게 많은 소설 편들이 영화로 만들어졌다. 그만큼 당시 춘원에 대한 인기가 높았다.

한국 영상문학의 주제와 경향은 시대별로 계속 변모했다. 우선 해방 전에는 애국적이고 계몽적인 소재들의 영상화되었다. 대표적인 것이 〈아리랑〉(나운규 감독 · 1926) · 〈사랑을 찾아서〉(나운규 감독 · 1928) · 〈오몽녀〉(나운규 감독 · 1937년) 등이다. 그러나 해방 이후에는 민족적인 경향의 작품들이 많다. 〈自由萬歲〉(최인규 감독 · 1946) · 〈柳寬順〉(윤봉춘 감독 · 1948) 등이다.

3. 영미 영상문학

미국의 소설가들은 영상과 손을 잡아야 소설이 살아남을 수 있다는 사실을 일찍이 간파했다. 그들은 영상물을 문자의 경쟁 대상으로 보지 않고 동반자로 보며, 영화를 소설의 파괴자가 아니라 구원자로 생각했다. 소설이 영상화되어 흥행에 성공하면, 그 작가는 영화의 판권과 그 부산물로 엄청난 수입을 올릴 수 있다. 실제로 영화를 염두에 두고 글을 써서, 소설 인세보다 영화 판권으로 돈과 명예를 얻은 작가들이 많다. 순수한 소설 독자가 점점 줄어드는 현대에, 영화는 소설의 새로운 활로는 개척하는 촉진제가 되었다. 미국에서 할리우드는 많은 소설가들의 보물섬이 되었다.

마이클 클라이튼이 그 대표적인 소설가이다. 그는 영화 덕분에 돈과 명예를 얻었다. 그는 영상화를 전제로 소설을 썼다. 그래서 그의 소설은 시나리오와 흡사한 점이 많다. 마치 독자가 그것을 보는 것 같은 착각을 느끼게 한다. 카메라의 눈같이 정밀 간결한 문체, 전환이 빠른 장면, 긴밀한 구성 등, 처음부터 영화 제작을 염두에 두고 썼다는 인상을 강하게 풍긴다. 그는 영상 매체에 익숙한 세대를 상대로 글쓰기에 성공한 대표적인 소설가이다.

그의 소설은 영상 시대에 성공할 수 있는 구체적인 요소를 갖추고 있다.

『쥬라기 공원』은 1억만 부수 이상 팔려 20세기 최고의 판매 부수를 기록했다. 이 작품은 영화로도 성공하여 당시 최고의 수입을 올렸다. 비록 흥행엔 성공했지만 내용은 지극히 비현실적이다. 수천만 년 전에 죽은 공룡의 화석에서 DNA를 추출하여, 이 동물을 현대에 다시 태어나게 한다는 황당한 줄거리이다. 허황한 이야기이지만 유전공학을 잘 모르면 그럴 듯하게 생각할 수 있다. 기발한 아이디어와 유전공학적 지식과 첨단 촬영기술을 교묘히 활용하고, 공룡의 영상미를 잘 살려 관객을 사로잡았다.

그는 영상미를 살릴 수 있도록 대상을 구체적으로 실감나게 묘사했다. 이를 위해 그는 전문적인 주석을 붙일 정도로 대상을 철저히 연구했다. 클라이튼은 도서관에서 전공 서적을 열람했다. 또 전문가들을 찾아가 자문을 구하며, 철저히 공부했다. 자료 조사가 끝나면 집필에 몰두하여 10주 이내로 소설을 완성한다.

이렇게 철저한 연구를 바탕으로, 그가 사건들을 사실적으로 묘사한 소설편들이 베스트셀러로 성공했다. 당대 사회 문제를 주제로 삼은 것이 그의 성공 비결이다. 『떠오르는 태양』이 그 좋은 예이다. 이 소설은 야쿠자가 관련된 살인 사건을 다룬 것이다. 그러나 이것은 단순한 살인사건 소설이 아니다. 그 이면엔 미국 경제시장을 석권하려는 일본의 야욕을 경고한 것이 심층 주제의식이다. 이에 대해 작가가 직접 밝혔다. 미국 제조업계의 처참한 말로를 적나라하게 그려, 일본인들은 달리는데, 미국인들은 잠자고 있다는 사실을 일깨우는 것이 이 소설의 의도라고 그는 밝혔다. 그의 의도가 성공했음을 뉴욕타임지의 기사가 증명했다. 『떠오르는 태양』이 미국 사회의 인식을 바꾸었다는 것이 그 기사의 요점이다.

클라이튼의 소설이 독자들의 관심을 사로잡는 이유가 있다. 그것은 구체적 사건들을 사실적으로 묘사하는 그의 소설 구성 능력과 사회 지향적인 주제의식이다. 그는 미국 사회에서 일어나고 있는 쟁점을 잘 반영했다. 사회에서 열띤 논쟁이 되고 있는 이슈를 소설로 다루었다. 소설『폭로』가 좋은 예이다. 이 작품은 90년대에 미국 사회에 성희롱 문제가 대두되던 시기에 발표된 소설이다. 클라이튼은 이 소설의 착상을 한 식당에서 얻었다고 그는 고백했다. 식사 중에 우연히 옆 손님들의 대화를 엿들은 내용을 소설의 주제로 선택했다. 한 남성이 여성에게 성희롱을 당한 이야기가 그 내용이다. 이렇게 그는 사회에서 논쟁이 되는 문제를 소설로 다루었다.

그의 성공은 영상시대 작가들에게 많은 것을 암시한다. 간결 직핍한 문체와 긴박한 사건 전개와 긴밀한 구성 등 그의 소설은 독자의 관심과 흥미를 사로잡는 영상미의 요소를 고루 지니고 있다. 이러한 요소를 지닌 소설이 영상시대에 폭발적 인기를 누리다는 것이 그의 소설로 입증되었다.

영상화에 성공한 또 다른 대표적인 소설가가 '해리포터 시리즈'를 쓴 조앤 롤링(Joanne Kathleen Rowling)이다. 〈해리포터〉 첫 권을 출간하기 전까지 그녀는 정부 보조금을 받을 정도의 가난뱅이였다. 여러 출판사에 〈해리포터〉의 원고를 보냈지만 퇴짜를 맞았다. 그니(그녀)는 블룸스베리(bloomsbury) 출판사에 단돈 2000파운드를 받고 이 원고의 판권을 팔았다. 그것을 재구입한 미국 출판사가 1997년『해리포터와 마법사의 돌』을 출간했다. 그것이 선풍적인 인기를 끌어, 2001년에 영화로 제작되었다. 그 영화 시리즈가 세계적으로 유명해졌다.

잘 짜인 이야기 구조와 영상미가 조화를 이룬 것이 영화 〈해리포터〉 시리즈의 특징이다. 이 소설의 이야기는 새로운 것이 아니다. 북유럽의 신화나 전설에 바탕을 둔 내용이다. 그니는 현대인들의 무의식 속에 잠재된 친숙한 이야기 편들을 자신의 동화로 재창조했다. 그 시리즈의 바탕에 설화적 요소가 잠재되어 있다.

이 사실은 영상시대의 작가들에게 많은 것은 암시한다. 흥미로운 옛 이야기에 영상미를 극대화시키면, 현대 관객들의 흥미를 사로잡아, 영상시대에도 폭발적인 인기를 얻을 수 있다는 사실이 드러났다. 바로 여기에 영상문학 연구의 밝은 미래가 있다.

현대에 성공한 소설이나 영화의 특징은 흥미 있는 줄거리와 영상미의 조화이다. 그것이 바로 내용과 표현의 조화미요 영상문학의 가치 기준이다. 흥행에 성공한 명작일수록 뛰어난 영상미와 감동적인 스토리를 지니고 있다. 영상문학은 영화의 기술적인 요소보다는 내용적인 요소를 중요시한다. 장면마다의 영상미가 전체 구조와 조화를 이루며 통합되는 것이 중요하다. 따라서 플롯의 관점에서 영상미를 다룬다. 영상문학이 영상과 줄거리의 조화에 주된 관심을 가지는 반면, 영화평론은 종합예술적 관점에서 각 요소들의 조화에 더 비중을 둔다. 영화학의 관점에서 보면 영화평론이 영상문학의 상위 개념이지만, 문학연구의 관점에서 보면 그 반대이다. 즉 영상문학이 영화평론의 상위개념이 된다.

4. 제3의 문학

소설이 영화로 만들어지는 중간 단계가 각색이다. 이 재창조의 과정을 거쳐 시나리오가 완성된다. 이 시나리오를 바탕으로, 감독은 영상미를 살려 영화를 만든다. 시나리오가 원작 소설의 1차 변형물이라면, 영화는 2차 변형물이다. 특히 감독은 영화의 흥행과 관객들의 흥미를 높이려고, 자극적인 장면이나 극적 요소를 부가시킬 수 있다. 따라서 영화엔 원래 소설이나 시나리오에 없는 인물이나 사건을 삽입하거나, 그것들을 삭제할 수 있다. 이 제작 과정이 2차 변형이다. 이렇게 소설은 1·2차 변형을 거쳐 영화로 완성된다.

영화 〈사랑방 손님과 어머니〉는 주요섭의 단편소설을 각색한 영상문학이다. 원래 소설 제목은 '사랑 손님과 어머니'이다. 주인공 옥희는 여섯 살 소녀이다. 그니의 시점으로 묘사된 어머니와 사랑 손님의 사랑은 간접적 관계에 속한다. 사랑의 갈등이 적나라하게 드러나지 않고 은밀하게 암시될 뿐이다. 그만큼 내용이 평면적이고 정적이다.

소설은 옥희와 어머니, 그들과 함께 사는 작은외삼촌과 사랑 손님이 주요 인물이다. 그 밖에 할머니와 큰외삼촌과 계란 장수 같은 보조 인물들이 등장한다. 유복자인 옥희는 어머니와 작은외삼촌과 한집에 산다. 또 큰외삼촌이 소개하여 아버지 친구가 하숙생으로 온다. 사랑 손님인 그는 옥희에게 아버지 없는 빈 자리를 채워 주는 자상한 인물이다.

교사인 사랑손님의 밥상을 외삼촌이나 옥희가 나른다. 그 정도로 어머니는 사랑손님 만나기를 삼간다. 내외하는 어머니와 사랑 손님의 사이에 매개자가 옥희가 있다. 둘 사이의 편지를 옥희가 전달한다. 어머니는 편지를 보는 순간 몹시 당황하며 괴로워한다. 잠도 이루지 못하고, 오래된 장롱 속의 아버지 옷을 꺼내 보곤 한다. 또 엄마는 옥희에게 늘 너와 함께 산다는 말만 한다. 그후 사랑 손님은 짐을 꾸려 서울로 떠난다.

시나리오와 소설의 이야기 구조는 다르지 않다. 그러나 등장인물은 다르다. 각색 과정에서 성환댁 새로 등장한다. 과부인 성환댁도 옥희네에서 함께 지내는 인물이다. 사랑 손님이 달걀을 좋아하여 성환댁과 계란 장수의 사랑 이야기가 시나리오에 끼어 든다. 그들은 남을 의식하지 않고 사랑의 감정을 서로 쉽게 노출한다. 쉬는 날엔 야외에서 데이트를 즐긴다.

그러나 사랑 손님과 어머니의 관계는 옥희를 통해서만 이어진다. 옥희 앞에서 어머니는 '늘 화가 난 것 같'은 표정으로 심기를 드러낸다. 옥희는 어머니가 사랑 손님과 마주치며 어색한 표정으로 화를 낸다고 생각한다. 그들은 가슴에 깔린 사랑의 감정을 억제하려고 애쓴다. 옥희를 통해서 전달되는 편지로 그들의 정분이 내통한다. 그 편지의 내용은 비밀이고 편지를 주고 받으며 당황해하는 어머니의 모습과 그걸 읽고 잠 못 드는 어머니의 모습을 통해 간접적으로 드러난다. 어머니의 답장을 받은 아저씨가 짐을 꾸리는 모습으로 그 내용이 암시된다. 하지만 시나리오엔 편지의 내용이 구체적으로 나온다. 사랑을 거부한 어머니의 답장을 받고 괴로운 사랑 손님이 술에 취해 귀가한다. 그에게 어머니가 물을 건네주는 묘사 장면이 나온다. 그것이 사랑 손님에게 어머니가 사랑을 표현하는 최초·최후의 장면 묘사이다.

그러나 영화에선 이를 계기로 둘은 격렬한 포옹을 한다. 이렇게 영화에서 극적인 장면이 나온다. 이것이 활자매체와 다른 영상매체의 특징이다. 이 장면이 대표적인 영화의 2차 변형이다. 그 효과는 활자매체에서 나타날 수 없다. 그만큼 영상매체는 직접체험의 효과를 높여준다.

시나리오엔 성환댁과 계란장수의 사랑과 소설 속 어머니·사랑 손님의 애정이 대비적으로 나온다. 적극적인 사랑과 은밀한 사랑을 대비시킨 것이 1차 변형이다. 두 쌍 간 사랑의 결말도 상반된다. 성환댁은 계란장수와 결혼해 새로운 삶을 선택한다. 하지만 어머니는 옥희의 장래를 위해, 사랑을 단념한다. 소설엔 사랑 손님이 떠난 이유가 분명하지 않지만, 시나리오엔 명확하게 나온다. 사랑 손님의 처제가 언니의 위급함을 알리러 온다. 그래서 사랑 손님은 짐을 정리해서 서울로 간다. 소설엔 순수한 사랑으로 그려졌지만, 시나리오엔 그렇지 않다. 그것이 1차 변형이다.

영화엔 당대 사회의식이 반영되었다. 큰외삼촌이 사랑 손님을 다시 모시고 와서 재혼을 제의한다. 수절보다 재가하는 것이 최선이라 권유하지만 어머니는 완강히 반대한다. 또 성환댁은 비녀를 내버리고 파마를 하지만 어머니는 변화를 거부한다. 재혼 제기나 신·구 여성상을 대비시킨 것은 2차 변형이다. 영화 결말엔 부친이 위급해, 사랑 손님이 상경하며 옥희에게 선물을 약속한다. 그들이 해후할 수 있는 여운이 영화엔 있다.

「땡볕」은 김유정의 단편이다. 나는 배가 불러온 아내를 지게에 얹고 땡볕에 병원으로 간다. 나는 병원에서 아내 배 속에 열 달된 죽은 애가 있음을 안다. 아내의 생명을 구하려면 수술을 해야하는데, 그 비용이 없는 것이 큰 걱정꺼리이다. 다시 아이를 가질 수 없다는 의사의 말에 나는 수술을 포기한다. 희귀병이라 월급을 주면서 치료해준다는 헛소문을 믿고 병원을 찾아갔지만, 실망만 하고 되돌아온다. 병원에 오가는 길이 땡볕이 쏟아진다.

이 짧은 소설을 바탕으로 시나리오가 만들어졌다. 그 내용은 원작과 차이가 많다. 춘호와 순이는 간단한 부엌도구만을 가지고 광산촌으로 온다. 얼마 지나지 않아 광산은 문을 닫는다. 일자리를 잃은 동네의 장정들은 향심이네 술집에 모여 가재도구나 연장을 팔아 술을 마신다.

이 마을에는 이주사라는 고리대금업자가 있다. 그의 돈을 빌린 이들이 많다. 그의 애첩 강릉댁은 이주사의 손발이 되어 마을을 휘젓고 다닌다. 춘호는 광산이 문을 닫자 술과 노름에 빠진다. 그는 착한 아내 순이에게 돈을 빌려오라고 행패를 부린다. 마을에서 신용을 잃은 춘호는 더 이상의 빚을 얻지 못한다. 그는 순이를 이주사 집으로 보내 돈을 빌려오게 한다. 순이는 이주사에게 돈 빌리러 가고 싶지 않지만, 남편의 행패에 못 이겨 돈을 빌리러 가

몸을 더럽힌다. 돈을 빌려 돌아오는 길에 순이는 개울에서 빌린 돈을 입에 물로 온몸을 씻는다.

「땡볕」의 춘호와 순이의 모습은 김유정의 단편 「소낙비」의 부부 모습과 유사하다. 「소낙비」에 등장하는 남편의 이름도 춘호다. 그는 노름에 미쳐 아내에게 돈을 빌려 올 것을 요구하며 구타한다. 아내는 매를 이기지 못해 이주사에게 돈을 빌리러 간다. 이주사는 동네 고리대금업자로 호색가이다. 돈을 빌리러 간 아내는 이주사에게 자신의 몸을 허락하면서 다음날 돈을 줄 것을 약속받는다.

그때부터 춘호는 향심을 찾아 나선다. 그녀의 특징적인 외모를 설명하며 그녀가 지나간 곳을 뒤쫓는다. 춘호는 그렇게 향심이를 찾다가 그녀의 삼촌과 어린 사내아이를 부두에 만난다. 춘호는 그제야 그들이 향심의 남편과 아들이라는 것을 안다. 춘호는 향심에게 일본에서 한 자리하는 삼촌은 없었다는 것을 안다. 향심은 바닷가 어부를 상대로 술과 몸을 판다. 그는 그녀의 모습을 보면서 이 시대는 어떻게 사는 것이 아니라 살아 남는 것이 더 중요하다는 사실을 깨닫는다.

춘호가 집으로 돌아와 순이를 데리고 병원으로 가는 것이 결말 부분이다. 이 부분이 소설 「땡볕」의 이야기와 유사하다. 결국 순이는 병원에서 돌아와 남편과 새로운 곳으로 떠나는 도중에 죽는다. 그녀는 죽기 전에 자신이 끼고 있는 반지의 속이 금이라는 사실을 말한다. 그녀는 남편에게 그것을 밑천으로 새로운 삶을 살아가길 바란다. 회한에 젖은 춘호는 아내가 그렇게도 아끼던 무쇠 솥을 지게에 메고 새로운 터전을 잡기 위해 길을 떠난다.

소설 「땡볕」에는 아내의 죽음이 드러나지 않는다. 다만 그녀가 죽을 것이라는 사실을 짐작할 수 있을 뿐이다. 이와는 달리 시나리오에서 순이는 죽고 춘호는 새롭게 살 길을 찾아 떠난다.

영화는 시나리오와 크게 달라지는 부분이 없다. 영화에서는 다른 등장인물에 비해 여성 인물이 부각된다. 특히, 순이와 객줏집 향심의 모습을 중심으로 전개된다. 향심은 끈질긴 생활력으로 이주사의 일을 돕는 강한 여성이다. 그런 향심이도 밤이면 머리를 빗으며 정선아리랑을 서글프게 부르며 눈물을 흘린다. 이런 모습에서 그녀의 내면에 감춰진 한이 있음을 알 수 있다. 그녀는 자신의 몸을 희생하여 아픈 남편과 아들을 공부시킨다. 그녀는 강인한 정신력과 삶에 대한 끈질긴 애착을 가진다.

순이는 춘호의 아내다. 그녀 역시 어려운 상황에 흔들리지 않는 강인한 여인이다. 그녀를 지탱하게 하는 것은 무쇠솥과 씨를 받겠다는 생각이다. 그녀는 시집 올 때 어머니가 주신 무쇠솥을 애지중지한다. 어려운 세상에 이 솥만 있으면 먹는 것은 해결될 것이라 생각한다. 늘 그 솥을 닦고 마음의 안정을 얻는다.

그녀는 방랑벽과 헛된 욕망을 가진 남편의 아이를 낳길 원한다. 그녀는 향심이와 멀리 떠난 남편이 꼭 돌아올 것이라 믿고 늘 향불을 피운다. 어려운 세상을 견디기 위해서는 새로운 생명이 자라기를 바라는 마음이다. 이런 소박한 꿈과 어떤 어려움이라도 견딜 수 있는 굳건한 심지를 가진 인물이다.

두 사람 모두 같은 시대를 살아가는 여인이다. 향심은 시대의 조류를 타고 흐르는 여인이라면 순이는 자신의 믿음을 버리지 않는 여성이다. 그렇지만 두 여인 모두 그 시대를 강하게 버티고 인내하는 인물이다. 두 사람은 가족을 부양하려는 생각으로 자신의 희생을 아끼지 않고 고난을 참고 견딘다.

영상문학은 영화의 기술적인 요소보다는 내용적인 요소를 중요시한다. 부분부분이 전체와 어떻게 조화되고, 또 전체에 어떻게 기여하느냐의 문제이다. 따라서 플롯의 관점을 중요시한다.

이에 대해 N. 하르트만은 심미작용에서 가장 중요한 것은 관조(觀照)라고 주장했다. 관조엔 육안으로 보는 1차 관조와 마음으로 보는 2차 관조가 있다. 중요한 것은 2차 관조다. 하지만 1차 관조를 떠나서는 2차 관조는 존재할 수 없다. 언제나 1차 관조에 의존한다. 또 모든 예술 작품들은 1차 관조를 위해 존재한다는 사실을 그는 강조했다.

소설 텍스트로 시작된 한국 영화는 영상문학이다. 그 주제의식과 경향은 시대별로 변모했다. 해방 전에는 애국적이고 계몽적인 내용들이 영화로 많이 제작되었다. 이 시대의 보편적인 가치에 따른 영상미를 영화가 구현했다.

표현 매체가 추상적 언어인 소설에서 시나리오로 각색되는 과정에서, 표현이 구체화된다. 지루한 관념어들이 점차 사라지고, 간명한 대화체 문장으로 바꾸는 것이 각색 과정이다. 이 과정을 거친 시나리오를 영화로 만들려고, 감독은 더 자극적인 영상매체로 전환을 시도한다. 시나리오가 더 진화한 것이 영상문학이다. 더욱 자극적인 실감을 높이기 위해, 감독은 시나리오에도 없는 새로운 인물이나 사건 들을 추가하거나 기존의 비효과적인 지루한 것들을 삭제한다. 그런 2차 변형을 거쳐 완성되는 것이 영상문학이다.

영상시대에 영화와 문학의 합성어인 영상문학이란 말과 함께, 한국 영상문학이란 용어도 탄생했다. 이 말이 일반화되면 문학과 영화가 손을 맞잡고 서로 발전하여, 대학의 문예창작과나 국문학과에서 영상문학이 제일 중요한 분야로 자리를 잡게 되었다.

영화는 기술적인 측면과 내용적인 측면이 있다. 내용적인 것은 문학의 속성이 강하다. 시나리오를 각색한 것이 영화요, 시나리오는 문학이다. 즉 문학이 진화된 형태가 영화이다. 그런데 영화가 통속 예술로 인식되어, 문학 연구의 대상으로 취급되지 않았다. 이는 영화와 문학 모두의 발전을 위해 바람직하지 않다.

영상 매체의 비중이 커질수록 문학가들이 활자에만 매달리는 것은 결코 바람직하지 않다. 보수적인 영국의 케임브리지대학에서도 〈문학과 영화〉 과정이 이미 개설되었다. 또 미국 대학들의 영문학과 교과과정에서 〈문학와 영화〉가 인기 과목이다. 그만큼 영화에 대한 문학인의 관심이 커졌다.

문학작품이 영화로 수용되는 과정에 영상문학 연구자들은 비중을 두지만, 원작에 대한 충실성을 그 절대적 기준으로 삼지는 않는다. 감독의 재창조물인 영화에서 최종 소비자는 관객들이니, 그들의 반응이 고려한다. 따라서 관객 동원이란 객관적 근거가 영상문학에 항목에 속한다. 따라서 문학적 가치와 영화적 가치는 별개이다.

예를 들면 춘원의 작품 중에 「유정」보다 「무정」이 문학사적으로 높이 평가되고 있지만, 영상문학의 관점으로는 그 반대이다. 「무정」은 한 번 영화화되었지만, 「유정」은 세 번 영화로 제작되었고, 관객들의 반응도 좋았다. 이런 점에서는 「유정」이 더 높이 평가되는 것은 당연하다. 세 편의 영화 「유정」이 원작과 각기 어떻게 다르며, 관객의 호응도가 높은 원인은 어디에 있는가를 추적하는 것이 영상문학의 핵심 과제이다. 즉 소설은 영상문학의 관점에서 최종적으로 평가받게 된다. 그것이 영상문학의 중요한 존재 이유이다.

「경마장 가는 길」 같은 포스트모던 계열의 소설들이 영상화에 실패한 원인이 작품 자체에 있느냐 감독에게 있느냐, 또 「서편제」의 영화적 성공이 작가의 몫이냐 감독의 몫이냐의 문제도 영상문학에서 중요시되는 항목이다. 「경마장 가는 길」 실패 원인 중에는 분명 작품 자체와 관련된 부분이 있다. 관념적 독백의 지문들이 지나치게 많아 영상미를 살리기 힘든 소설 자체의 단점을 극복하지 못한 것이 실패 원인이다. 동일한 이유로 최인훈의 「화두」 같은 작품도 영상미학의 관점에서 보면 부정적으로 평가된다. 또 「서편제」의 영화적 성공도 소설가의 몫이 아니라 감독의 몫이다. 이런 문제들이 영상문학에서 대단히 중요시된다. 소설의 유명세를 노린 제작자의 안일한 선택은 영화의 실패로 이어지기 쉽다. 영상미학의 관점에서 소설의 가치를 평가하는 것이 영상문학에서 매우 중요하다.

영상문학은 관념적이고 자족적인 기존의 문학 연구를 부정하는 것이 특징이다. 자족적 연구란 연구를 위한 연구로 그 사회적 가치가 전혀 없는 것을 의미한다. 영상문학 연구를 위한 연구라는 뜻이다.

자족적 연구 풍토애서는 연구 성과가 연구자 자신을 위한 것이었지 사회에 전혀 기여하지 못했다. 심하게 말해, 문학연구는 교수가 되고 또 유지하기 위한 자족적 학문일 뿐이었다. 이는 문학연구서가 일반 독자들에게 전혀 팔리지도 읽히지도 않는다는 사실이 입증한다.

자족적인 연구에서 사회 지향적인 열린 연구로 바뀌는 지점에서 영상문학 연구는 시작된다. 사회에서 필요로 하는 열린 연구로 전화해야 한다. 영상문학은 열린 연구의 출발점에 서고자 했다. 관람의 가치가 높은 한국영화는 어떤 것이고, 또 영화로 성공하기 위해서는 문학은 어떻게 영상화되어야 하는가의 문제에 많은 관심을 두었다. 그러다 보니 독자들이 싫어하는 관념적 문학성에 연연하지 않았다. 소설과 영화의 상호 텍스트성에 비중을 두었기 때문이다. 영상문학은 영화 에세이나 영화평론과 성격이 좀 다르다. 영화의 문학적 성격에 비중을 두었다는 점에서 영화 에세이와 차별성이 있다.

영상시대를 맞이하여, 문학가들도 활자 문화에만 의존할 것이 아니라, 영상 매체를 활용하는 방법을 찾아야 한다. 그런 관점에서 문학연구의 범위를 확대한 것이 바로 영상문학이다. 즉 문학 연구의 대상을 영상 매체까지 확대하는 개방적 관점이다. 영화는 기술적인 측면과 내용적인 측면이 있다. 내용적인 것은 문학의 속성이 강하다. 시나리오를 각색한 것이 영화요, 시나리오는 문학이다. 문학이 진화된 형태가 영화이니 문학 연구의 대상으로 삼는 것은 당연하다. 이는 영화와 문학 모두의 발전을 위해 바람직하다.

영상매체 시대에 태어난 가장 진화된 현대문학 양식이 영상문학이다. 소설 작품들을 영상미학의 관점에서 재창조한 것이 영상문학이요, 그 과정을 연구하는 것도 영상문학의 영역이다. 말과 글이 구분되지 않고 사용되는 현상과 비슷하다. 구비·활자문학에 이어 진화된 제3의 문학이다. 따라서 영화를 문학 텍스트의 확장으로 보고, 3자의 통합관계를 탐색하는 학문 또한 영상문학의 영역이다. 즉 영상으로 완성·소비되는 문학이면서, 영화를 문학적으로 연구하는 학문이다.

영상문학은 문학적 성격과 영화적 성격을 동시에 지니고 있다. 좁은 의미로 본다면 영상화를 전제로 한 문학 또는 문학 작품이 영화화된 것을 의미하지만, 넓은 의미로 본다면 문학이 첨단 기술에 의해 새롭게 진화된 것이 영상문학이다. 이는 미래에 무한한 가능성을 가진 신세대 문학이며, 앞으로 문학의 영역을 확대하기 위한 최선의 길이다. 문학편론과 영상문학론이 혼합되는 것이 사이버시대의 문학론의 특징이다.

5. 소설과 시나리오와 영화의 상호 텍스트성

1) 박경리의 〈김약국의 딸들〉
〈김약국의 딸들〉은 박경리의 원작소설이며 영화제목이기도 하다. 이 영화의 제작자는 원작소설의 내용을 충실하게 영화로 제작했지만, 등장인물들의 성격이나 그들의 행동과 사건들은 영상으로 살리지 못한 아쉬움이 있다. 따라서 원작 소설보다 영화의 작품성이 떨어진다. 사건의 인과관계가 소설처럼 영화에서도 명확하지 않게 묘사되었다.

통영의 부유한 가정이 몰락하는 이야기인 〈김약국집 딸들〉은 1864년에서 시작하여 1930에 끝이 나는 소설이다. 주인공 김약국(金藥局) 주인 김성수는 고집이 세고 말이 없는 사람이다. 그는 큰아버지에게 물려받은 관약국으로 부유하게 생활하였다. 그러나 그에게는 아주 어두운 과거가 있었다. 그가 갓난아이 때에 어머니는 비상을 먹고 자살하고, 아버지는 살인을 저지르고 도피한 후 행방불명되었다.

성수의 모친은 냉정하고 정숙한 여자인 반면에, 부친은 성미가 급하고 거친 사람이었다. 성수 부친이 사냥을 나간 날에, 처녀 때에 모친을 연모한 가매골 도령이 방문했다. 모친에게 한 번 만나자 애원하지만, 완강히 거절했다. 그때 마침 사냥에서 돌아온 부친이 그 장면을 목격했다.

둘의 관계를 오해한 부친이 흥분하여 모친을 폭행하고, 도망치는 그 도령을 쫓아가 죽였다. 그 사이에 모친은 비상을 먹고 자결했다. 관약국을 하던 큰아버지는 성수의 부친을 피신시킨 다음에, 성수를 친자식처럼 키워 약방을 물려주었다.

백부의 재산을 물려받은 김성수는 결혼하여 유복한 생활을 했지만, 바깥출입을 하지 않고, 집에 파묻혀 지냈다. 그는 관약국을 접고 어장을 운영했다. 어장일은 귀두라는 청년에게 맡겨두고 자기는 일체 관여하지 않았다.

겨울방학에 용빈이가 고향에 내려오자, 김성수는 논문서를 잡히고 돈을 얻어서 어장을 확장하였다. 원래 경영에는 무관심한 그는 귀두에게 모든 어장

일을 맡겼다. 유독 고기가 잘 잡히지 않아, 그해엔 손해가 막심하였다. 그러나 귀두를 믿고 계속 어장을 확장하였다.

김성수는 용빈에게 용란과 귀두의 혼인 이야기를 꺼냈다. 대차고 건실한 귀두 같은 남자를 만나야 용란이 탈 없이 잘 살 수 있다고, 둘의 혼사를 언급한다. 그 혼사를 용빈은 반대했다. 김성수로부터 용란과 자신의 혼사 이야기를 들은 귀두는 내심으로 좋아한다. 자기를 홀대하는 용란에 더욱 마음이 쏠린다. 성격은 못됐지만 인물이 빼어난 철부지 같은 용란을 귀두는 이미 짝사랑하고 있었다.

네 딸들을 중심으로 이 소설과 영화의 내용을 순차적으로 정리하면 다음과 같다.

〈1〉 맏딸 김용숙

인물은 출중하지만, 시샘이 많고 괄괄한 성미를 가진 큰딸을 아버지는 미워했다. 그니는 부유한 집안의 아들과 결혼을 하였으나, 일찍 과부가 되어 동훈이라는 어린 아들을 데리고 혼자 살았다. 용숙은 친정을 자주 드나들며, 눈에 드는 물건들을 자기 집으로 늘 가져갔다.

겉으로는 요조숙녀처럼 행세했지만, 밤마다 자기 집에서 유부남 의사와 정분을 나누다 급기야 낙태죄로 고발을 당한다. 이 사건으로 용숙은 통영시에서 화제가 되었다.

〈2〉 둘째 김용빈

둘째딸 용빈은 기상이 활달하고 침착한 아이였다. 서울에서 전문학교를 졸업한 영특한 인물이라 아버지의 사랑을 많이 받았다. 용빈은 방학에 고향집에 내려오면, 아버지는 둘째하고만 가사를 의논했다. 그만큼 둘째를 신임했다. 용빈은 같은 마을 출신으로 서울에서 공부하는 홍섭과 교제했지만 결혼하지 못했다.

⟨3⟩ 셋째 김용란

용란은 뛰어난 미인이었는데 말괄량이였다. 매사에 조급한 성미를 가지고 있고 워낙 사나워서, 언니들과 좌충우돌했다. 말괄량이 용란은 부모의 걱정거리였다. 자신과 귀두 간의 혼사 이야기가 오가는 줄도 모르고, 용란은 밤마다 뒷산 대숲에서 머슴 한돌이와 섹스를 즐겼다. 마침내 김성수가 이를 목격했다. 그는 머슴 한돌이를 통영에서 쫓아냈다.

딸 용란을 정미소집 아들 연학과 결혼시켰다. 하지만 연학이는 성불구자인 아편쟁이다. 정미소집에서 분가한 연학은 틈만 나면 용란을 두들겨 패고, 돈이 궁하면 심지어 용란의 결혼 패물조차 빼앗아 판 돈으로 아편을 맞았다. 그래 부부싸움이 그치지 않았다. 비정상적인 가정생활과 남편의 폭행을 견디지 못한 용란은 얼빠진 여자처럼 비실거리며 친정으로 도망오곤 했다.

⟨4⟩ 막내 김용옥

마음씨가 곱고 성격이 차분한 막내딸은 집안의 살림을 도맡아 했다. 순수한 용옥은 남편이 언니를 좋아하는 줄 알면서, 언니 대신에 귀두와 결혼한 뒤에 묵묵히 집안 살림에만 신경을 쏟았다.

용란과 밀애사건이 발각되어 추방당한 한돌이가 통영에 돌아왔다. 이로 인해 김약국 집에서 살인사건이 발생했다. 용란과 한돌이 함께 있는 장면을 남편 연학이 목격한다. 광분한 그가 도끼를 휘둘렀다. 그것을 말린 모친이 먼저 도끼에 맞아 죽고, 이어 한돌이도 살해당했다. 이후 용란은 미친다. 용빈은 아버지와 용란을 막내에게 맡기고, 배를 타고 통영을 떠난다. 그후 김성수가 운영하던 어선들이 풍랑으로 모두 침몰하면서 집안은 폭삭 망한다. 하루아침에 식구들이 모두 알거지가 되었다.

영화 〈김약국의 딸들〉은 비극적 장면으로 시작하여 비극으로 끝이 난이다. 김성수 엄마 숙정의 자결사건과 아버지의 도피 행위가 처음에 나온다. 말미에 어선들의 침몰하는 장면이 나온다. 이렇게 수미일관 비극이다. 부유했던 김성주 집안이 파산하며, 딸들이 많은 사건을 저질러 가문이 멸망한다.

1864년에서 1930년 사이에 발생한 관약국 가족의 멸망사이다. 김씨 집안의 불행과 파탄이 나라의 멸망과 궤를 같이한다. 한 가문의 파산 원인은 김성수의 무능함에 있다. 이는 조선의 멸망은 왕조의 무능함에 있음을 상징한다. 가족들의 만류를 외면하고 경험도 없이 땅문서를 잡히고 무리하게 어선을 사들여, 불가능한 상황에 출어해 선박들이 모두 침몰한다. 경험도 없이 점원들에게 사업 운영을 전적으로 맡기는 것도 상식 밖의 일이다.

이상으로 보아 김성수라는 인물은 철저히 권위적인 인물임과 동시에 삶에 애착이 없는 무심한 사람이다. 이런 가장이 다스리는 집안은 결코 건강할 수 없다. 그의 딸들의 부도덕한 여러 행위들은 아버지의 권위에 대한 반발임과 동시에, 철통같은 사회적 관습에 대한 도전일 수 있다.

과부인 용숙은 시댁으로부터 많은 재산을 받은 대신 수절을 해야 했다. 그녀는 개가하면 재산이 몰수되기 때문에, 의사와 남몰래 정분을 나누었다. 1930년대엔 과부의 개가가 허용되던 시기였다. 평범한 서민층 여자들은 관습에 얽매이지 않고 쉽게 개가하는 반면, 체통을 중시하는 가문의 여자들은 평생을 과부로 늙어야 했다. 용숙도 완고한 아버지와 명망 있는 시댁 가문의 압력으로 과부로 살다가 유부남 의사와 간통하여 구설수에 오른다.

용란도 원하던 대로 머슴 한돌이와 결혼했다면, 비극적 종말을 맞이하지 않았다. 머슴과 혼인시킬 수 없다는 김성수의 고집과 주변사람들에 대한 체면 때문에, 아편쟁이 총각과 결혼해 불행해졌다. 아편쟁이 남편에게 어머니와 남편 한돌이 살해되고 용란도 미쳐 버린다.

그런 불행의 원인은 용란 자신에게도 있지만, 강제로 결혼시키고 머슴 한돌을 억지로 떼어 놓은 김성수의 책임이 더 크다. 결국 김약국 집안이 망하게 된 가장 큰 이유는 현실에 능동적으로 대처하지 못하고 가부장적 권위의식과 사회적 통념 얽매여 산 김성수의 무능함에 있다. 당시 조선이 일본에게 국권을 빼앗긴 원인도 비슷하다. 급변하는 국제정세에 대응하지 못하고 불합리한 사고방식 빠진 조선왕조 집권층의 무능함이 국권 상실의 원인이다. 즉 영화 〈김약국의 딸들〉로 가문의 몰락을 국가의 명망으로 대응시켰다.

소설 원작과 차이 나는 부분이 있다. 이는 불필요한 부분을 삭제해 극적 효과를 높이려는 의도로 해석된다. 원 소설엔 딸 다섯이 등장한다. 12세 막내 용혜가 영화에 없다. 용혜는 어리광이나 부리는 인물로 의미가 없다. 영화감독은 극적 구성 효과를 높이려 그녀를 뺐다.

또 소설에서 막내 용옥도 일찍 죽지만, 영화에선 오래 산다. 용옥이 남편 귀두와 떨어져 사는 날들이 많았다. 그러자 시아버지가 그녀에게 흑심을 품는다. 급기야 시아버지는 며느리를 겁탈하려 한다. 이를 피해 남편을 찾아 부산으로 갔다. 남편과 어긋나 돌아오다 풍랑을 만난 배가 침몰하여 아이와 함께 익사한다.

소설 속 용옥은 불행한 여자이다. 그녀 남편 귀두는 언니 용란에 사랑하여 용옥은 늘 슬펐다. 더욱이 짐승 같은 시아버지 때문에 익사한다. 그러나 영화에서 막내가 아버지와 미친 언니를 끝까지 보살핀다. 이를 보면서 관객들은 안도감을 느낄 수 있다. 그런 점에서 영화가 성공적이다.

1864년에서 1930년 사이에 발생한 관약국 가족의 멸망사인 영화 〈김약국의 딸들〉은 소설 원작에 비해 스토리 구성의 치밀성이나 사건들의 인과관계가 분명하지 않다. 하지만 스크린에서 인물들의 행동과 대사가 생동감 있게 펼쳐지는 것이 영화의 장점이라, 관객들에게 생생한 인상을 줄 수 있다.

2) 박경리의 〈토지〉

1973년 김수용 감독이 박경리의 〈토지〉를 영화로 제작했다. 장편 〈토지〉가 완간되기 전에 영화가 먼저 제작되어, 소설과 영화의 내용이 일치하지 않는다. 최씨 가문의 유일한 계승자인 최서희가 외삼촌 조준구의 핍박을 피해 간도로 도망을 가는 부분까지만 영화로 만들어졌다. 최참판 가문은 진주에서 상당한 세도가였다. 최치수와 그 모친 윤씨와 아내인 별당아씨, 어린 딸 서희가 전 가족이다. 그들은 평사리의 많은 전답과 재물을 가진 지주였다.

그러나 표면적으로는 행복해 보이지만, 가족끼리 갈등이 심했다. 방탕한 생활로 최치수는 몸이 망가져 후손을 가질 수 없었다. 또 부인과의 관계도 원만하지 않았다. 더욱이 윤씨 부인이 동학군 우두머리 김개주에게 겁탈을 당해 낳은 아들 환이가 최씨 집안에 하인으로 들어와 윤씨부인의 마음은 편하지 않았다. 설상가상으로 별당아씨와 환이가 눈이 맞아 도망해 최치수는 둘을 죽이려고 사냥꾼을 거느리고 그들을 추적한다. 별당아씨와 환이를 도망시킨 윤씨부인은 큰아들 최치수에 대한 죄책감과 도주하는 둘에 대한 염려로 노심초사한다.

한편 최씨 집안의 하녀 귀녀는 최치수의 씨를 받으려 넘본다. 후손 생산

능력이 없는 줄도 모르고, 그의 아이를 가지려는 야심을 품는다. 몰락한 양반 김평산의 지략으로 귀녀는 칠성이와 관계하여 임신한다. 평소에 귀녀를 짝사랑한 강포수는 최치수에게 귀녀를 요구한다. 최치수는 별당아씨와 환이를 잡아오는 대가로 귀녀를 강포수에게 주기로 약속했다. 계획이 불가능한 것을 안 귀녀와 김평산은 최치수를 살해한다.

그러나 윤씨부인은 침모인 봉순네의 귀띔으로 귀녀가 최치수의 살해에 관여했음은 짐작한다. 윤씨부인이 귀녀를 닦달하여 김평산과 칠성이가 살인에 가담했음을 밝힌다. 둘은 살인죄로 처형을 당한다. 귀녀는 옥중에서 아이를 낳고 강포수의 사랑을 거부한 자신을 후회한다. 강포수는 귀녀를 끝까지 보살피다 그니가 처형되자 아이를 데려가서 키운다.

최치수가 죽은 뒤로 윤씨부인의 조카 조준구가 마누라와 함께 평산리로 낙향한다. 남자 후손이 없는 최참판댁 재산을 차지하려는 의도였다. 조준구의 처는 낙향 첫날부터 거만하게 굴다가, 서희에게 호되게 당한다. 이때부터 둘은 원수지간이 된다.

마을에 돈 전염병으로 최참판댁 하인들도 죽어간다. 침모 봉순이도 죽는다. 급기야는 윤씨부인도 사망한다. 서희는 홀로 초상을 모두 관장한다. 그러나 조준구는 이때를 기다렸다는 듯이 안방을 차지하고 집안의 실권을 장악한다. 그뿐만 아니라 최씨 가문의 재산을 더욱 안전하게 자기 것으로 만들기 위해 자신의 아들 꼽추와 서희를 혼인시키려 한다.

극심한 가뭄으로 인해 생계가 어렵게 된 평산리 사람들은 최씨 집안에 구휼미(救恤米)를 간청한다. 윤씨부인 생존시에는 곡식이나 옷감을 마을 사람들에게 자주 나누어 주었다. 하지만 윤씨부인 사망 후부터, 조준구는 한 번도 그런 배려를 베풀지 않았다. 그의 처사에 불만을 품은 마을 사람들과 동학군은 밤중에 최씨 집을 습격해 곳간의 곡식과 옷감을 탈취한다. 그 과정에서 서희는 그들에게 호의를 베풀어 최씨 가문의 당주 대접을 받는다.

곡식을 탈취한 동학군들이 산 속에서 군사 훈련을 한다. 이에 마을 사람들도 참여한다. 농사군 용이와 최씨 집안의 하인 길상이와 강포수 등이 동학군에 합류한다. 그들은 모두 일본군을 조선 땅에서 몰아내는 투쟁을 결의한다. 그러나 이들은 신식 소총으로 무장한 일본 군인들의 공격을 거의 사살된다. 단지 용이와 길상이만 간신히 살아 마을로 돌어 온다.

조준구가 서희를 꼽추도령과의 강제혼인을 시키려하자, 이를 피해 그니는 도주할 계획을 세운다. 최씨 집안에 대대로 전해 오던 전답문서를 스승인 마을 훈장에게 주면서, 자기 집안의 재산이 일본놈들의 손에 넘어가지 않고, 마을 농군들에게 돌아가게 해달라고 부탁한다.

서희는 하인 길상이와 용이의 계획대로 조준구의 처를 속이고 약속한 장소에 도착한다. 서희는 몸종 봉순이로 위장하고 안전하게 도망갔지만, 그 대신 서희로 분장시킨 봉순이는 다른 길로 가다가 일본군들에게 무참히 살해된다. 그 사실을 안 서희는 슬퍼한다. 길상이 그리고 용이와 그의 연인 월선이와 함께 서희는 간도행 배에 오른다. 언젠가는 반드시 돌아와 모든 재산을 되찾을 결심을 하며 먼 타국 땅으로 떠난다.

70년대 제작된 영화 〈토지〉는 미완의 소설로 제작되었다. 간도에서 서희가 쌀상회를 운영하여 엄청난 부를 축적한 부분은 많이 생략되었다. 건너 뛰어 큰재산을 모아 평사리에 금의환향하는 부분으로 영화는 이어진다. 길상이와 결혼한 서희는 일본인들이 판을 치는 조선에서 자존심을 지킨다. 길상이도 독립 운동에 군자금을 대준다.

등장인물의 성격과 행동도 영화와 소설은 차이가 많이 난다. 소설에서 윤씨부인은 대장부적인 기질을 가진 엄격한 여성이다. 최치수나 서희가 그니 앞에서 얼굴을 똑바로 들 수 없을 정도이다. 그니는 자식들에게 다정하게 말 한마디를 건넨 적이 없다.

그러나 영화에선 그니는 매우 인자하고 자애롭다. 다정스럽게 서희의 앞 날을 염려한다. 최치수 살인사건을 추궁하기 위해 귀녀를 추달하는 대목에 서도 아주 다르게 나타난다. 소설의 윤씨는 귀녀를 표독스럽게 대하며 증오 하지만, 영화 속에선 슬픔과 충격에 빠져 쓰러지기 직전의 모습으로 나약하 게 비친다. 영화 속 심약한 성격보다 소설의 강인한 모습이 더 윤씨답다.

봉순이에 관한 부분도 소설과 영화의 내용이 상당히 다르다. 영화에서 일 찍 죽지만 소설에선 봉순이가 노래 부르는 기생이 되어 간도를 떠돈다. 최씨 집안과 막역한 사이인 이부잣집 아들의 사생아를 낳는다. 유부남인 그는 옛 날 서희를 짝사랑하던 지식인이다. 서희가 길상이와 결혼하자, 그 좌절감으 로 봉순이는 방황하다 아편에 빠져서 비참한 최후를 맞이한다. 길상이를 중 심으로 서희와 봉순이의 삼각 애정 행각이 영화엔 모두 빠져 아쉽다. 대하소 설의 지루함을 깨는 달콤한 연애담이 필요하다.

소설 완간 이전의 영화 〈토지〉는 원전에 미치지 못하는 한계가 있다. 그러 나 주제의식은 뚜렷하다. 땅에 대한 애착과 외세에 대항하는 선조들의 민중 의식을 잘 반영시킨 소설의 주제의식을, 이 영화가 잘 살렸다. 그런 점에서 이것은 영상문학의 가치가 높은 작품이다.

3) 최인호의 〈별들의 고향〉

이 소설은 연재소설로 〈자유부인〉 이래 사상 최대의 관심을 모았고, 단행 본으로 출판되어 10만부를 돌파한 베스트셀러다. 그 내용은 한 여성이 첫사

랑 남자에게 버림받고, 호스트스로 전락하는 과정이다. 이 이야기는 영화로
도 성공했다.

여주인공 경아는 같은 직장에 다니던 직원과 사랑에 빠진다. 그니는 처음
으로 사랑한 남자를 위해 자신의 모든 것을 건다. 그니는 그의 아이를 가지지
만, 그의 강요에 의해 중절수술을 한다. 그 남자는 그니를 유희의 대상으로만
생각할 뿐이다. 결국 그 남자는 그니를 버리고 다른 여성과 결혼한다. 그 후
그니는 갈등과 방황의 시간을 보낸다.

경아가 두 번째 만난 사람은 중년의 이안준이다. 그니는 그의 후처로 들어
간다. 그는 죽은 아내와 외모가 비슷한 그니에게 집착을 보인다. 그는 죽은
전처의 모든 물건을 한 방에 두고, 늘 그 방에서 전처를 그리워한다. 그는 경
아를 그니 자체로서 인정하지 않고, 죽은 아내의 모습으로만 생각한다. 그의
집착에서 벗어나려 그니는 노력한다. 그러던 중에 그니는 그의 아이를 가진
다. 그러나 그니가 과거에 임신했던 사실 때문에 그와 헤어진다. 그니는 또
한번의 상처를 받는다.

경아는 서서히 술에 의지하며 호스티스의 길로 접어든다. 그때 동혁을 만
난다. 동혁은 그니를 자신만이 소유하려는 욕망을 가진 남자다. 동혁은 그녀
의 몸에 자신의 이름을 새기는 등 갖은 고통을 준다. 그니가 동혁에게서 벗어
나기 위해 다가간 사람이 중년 화가인 문오다.

문오는 그니를 순수하고 밝은 아가씨로 생각한다. 그는 차츰 그녀의 밝음
에 매료당한다. 그는 쇼핑을 하면서 그니와 함께 시간을 보내면서 더욱 가까
워진다. 그니는 문오의 더 넓은 사랑을 받으면서도 무언가 불안한 빛을 감추
지 못하고, 술에 의지해 매일 보낸다. 새벽에도 잠옷 바람으로 아파트 계단에
앉아 있기도 한다. 동혁이 그런 생활을 하던 그니를 찾아온다. 그래서 문오

와의 만남도 깨어진다.

그후 동혁은 작품 생활에만 열중하던 문오를 찾아온다. 지난 세월 동안 자신도 노력했지만 경아의 술버릇은 더욱 나빠졌다. 그는 경아를 책임질 사람은 문오뿐이라 말하며 떠난다. 문오는 순수함과 발랄함은 사라지고 이젠 삶에 지친 호스티스 경아를 본다. 그러나 문오 역시 그런 그녀에겐 도움이 되지 못한다. 그녀의 술에 대한 집착은 더욱 깊어진다. 술을 먹기 위해 어떤 남자에게라도 자신을 허락하는 여자로 전락한다. 그니는 매일 밤 새로운 상대에게 몸을 허락하면서 그날 밤만은 그에게 순결한 처녀가 된다.

결국 그니는 눈밭을 걸으며 잠을 자기 위해 약을 먹는다. 저 멀리 눈 위에는 첫사랑의 그 남자가 손짓하고 있다. 그니는 그를 따라 눈길을 걷다가 새로운 사람들의 모습을 본다. 또 그니는 그들에게로 다가간다. 결국 그니는 눈밭에 쓰러져 깊은 잠에 빠진다.

이 작품은 소설과 영화가 크게 다르지 않다. 경아라는 여성이 남성에게 버림받으면서 호스티스 생활과 알콜중독자로 전락하다가, 결국은 스스로 목숨을 버리는 과정이다. 이 작품은 74년에 발표되어 많은 관객들을 동원했다. 70년대 우리 사회는 급속한 성장을 위해 열심히 달려가던 시기였다. 급속한 성장으로 인해 농촌에서 도시로 유입된 인구들이 많아진다. 이때 여성들도 도시로만 가면 돈을 벌수 있을 것이라는 생각으로 상경한다. 그들이 급속히 변하는 사회 속에서 돈을 벌기 위해 찾아 간 곳은 결국 밤거리의 뒷골목이다. 여성들은 그곳에서 번 돈을 고향에 보내고 고향에서는 그 돈으로 집도 개량하고 밭도 늘이면서 생활한다.

경아는 그러한 부류의 여성이다. 그 당시의 호스티스들이 대부분 경제적인 이유로 그 길에 접어들었다. 그러나 경아는 경제적인 이유가 아니라 사랑으로 그랬다. 여러 남성들에게 버림받으면서 타락해 가는 그니를 통해 많은 호스트스들의 애환을 엿볼 수 있다. 그니가 죽음에 이르는 순간까지 잊지 못한 것은 첫사랑의 남자다. 화류계의 여성에게 감춰진 진실한 순정을 엿볼 수 있다.

최인호는 자신을 버렸지만 죽음의 순간까지도 그를 잊지 못하는 순정을 간직한 경아라는 인물상을 창조했다. 그니는 사랑 때문에 길고도 험한 인생을 맛보며 호스티스로 전락한다. 하지만 그니는 죽음을 선택한 순간까지도 첫사랑을 잊지 못한다. 그는 그니를 통해 사회 음지에서 진정한 사랑을 느끼는 호스티스의 전형을 창조했다.

4) 최인호의 〈바보들의 행진〉과 〈고래 사냥〉

대학생들의 방황하는 삶이 잘 그려낸 최인호 원작 소설 작품으로 만들어진 영화 〈바보들의 행진〉과 〈고래사냥〉은 유사한 점이 많다. 두 작품에 등장하는 주인공 대학생들은 암담한 사회 현실을 탈출하기 위해, 망망대해를 자유롭게 누비고 다니는 고래를 잡는 것을 꿈꾼다. 그런 점에서 위 영화 두 편은 유사하다.

〈바보들의 행진〉에서의 병태는 신검에 합격하지만 친구 영철은 눈이 나빠 불합격한다. 둘은 미팅에서 만난 여자 친구와 짝을 지어 데이트를 즐긴다. 캠퍼스에선 시위하려는 학생들과 이를 저지하려는 교수들과의 대립이 계속된다. 이 사태를 수습하지 못한 대학은 학교 문을 닫는다. 그들은 대학에 다시 돌아오리라 생각지만, 이를 괴로워하는 영철은 술만 퍼마시며 고래사냥 타령을 한다.

현실이 암담할수록 대학생들이 집착하는 꿈인 고래사냥이란 연인과의 사랑에 빠지는 것은 의미한다. 병태의 여자 친구 영자는 시집가겠다며 병태에게 절교 선언한다. 친구인 순자도 영철에게 예의가 없다는 이유로 단교를 선언한다. 헤어지자며 택시를 타고 달아나는 순자를 영철은 자전거를 타고 뒤쫓아 간다.

따라 잡으려다 영철은 사고를 당한다. 그 순간 영철을 고래의 영상을 본다. 달아나는 순자를 뒤쫓아 달려가는 영철에게 순자의 모습은 고래상으로 바뀐다. 그 모습은 미소짓는 순자의 모습과 일치한다.

영자와 결별한 병태도 실연의 아픔을 안고 입영열차를 탄다. 그러나 영자가 그를 찾아와 둘은 뜨거운 키스를 나누며 헤어진다. 병태에게 냉랭했던 영자가 돌아왔다. 병태는 영자를 통해 자신의 마음이 사는 고래의 이미지를 발견한다. 그리고 그 고래를 결국 잡는다. 병태와 영철은 암울한 시대를 함께 산 대학생들이지만, 둘의 생애 결말을 정반대였다.

학교가 폐교된 절망적 상황에서 희망을 잃은 대학생들의 꿈은 고래 사냥이었다. 고래는 사랑하는 여인의 이미지이다. 그들 가슴엔 꿈의 상징으로 고래는 여인들이었다. 병태의 영자와 영철의 순자가 그 대상이었다. 그러나 그들의 결말은 상반된다. 조급하게 순자에게 접근했던 영철은 교통사고로 죽는다. 반면 병태는 사랑을 이룬다. 그가 영자에게 접근하는 길은 멀었다. 하지만 가슴에 품은 꿈을 이룬다.

영화 〈고래사냥〉의 병태는 철학과 3학년에 재학 대학생이다. 그는 고래를 잡기 위해 먼 여행을 떠난다. 그 길에서 품바 타령꾼 민우를 만난다. 그를 따라다니는 병태는 함께 처음으로 사창가를 간다. 그곳에서 벙어리 춘자를 만난다. 새벽에 잠꼬대를 하는 춘자를 보고 그니에게 말을 찾아주고 싶다고 생각한다. 그래서 그들은 춘자를 사창가에서 탈출시켜 고향에 데려다 주기 위해 여행을 떠난다.

기본적인 스토리는 원작과 영화가 다르지 않다. 원작에서는 철학과 학생 병태가 2학기 등록금을 내기 위해 학교에 간다. 다른 친구들은 열심히 공부하는데, 자신은 허송한다고 후회한다. 그는 사모하는 미란에게 실연당하고 실망하고 여행을 떠난다. 병태의 여행 목적은 고래 사냥이지만, 고래는 다양한 여인상이다.

춘자는 병태가 여행을 떠나 처음으로 만나는 여성이다. 그니는 몸을 파는 여성이긴 하지만 새벽이면 교회에 다니는 순수한 여인이다. 병태는 춘자와 함께 하룻밤을 보낸 새벽에 그니가 혼자 중얼거리는 소리를 듣는다. 이때 병태는 춘자가 선천적인 벙어리가 아님을 알아차린다. 그는 사창굴에서 그니(그녀)를 해방시켜 말을 되찾아 주려 한다. 병태에게 춘자는 고래와 동일한 이미지였다. 그 역시 처음으로 여행을 떠날 때 뚜렷하게 고래의 의미를 깨닫지 못했다. 여행하며 춘자라는 가여운 여인의 모습이 그에게 고래의 이미지로 다가왔다. 그는 그니를 고향에 데리고 가서 그니에게 잊었던 말을 찾아주는 것이 진정한 고래를 찾는 것이라 생각한다.

하지만 영화에서 춘자는 포주들에게 굉장히 고통받는 인물로 그려진다. 춘자를 그곳에서 데리고 나오는 방법도 병태와 민우가 직접 사창가를 찾아가 데리고 온다. 그들은 춘자를 고향으로 데리고 가는 도중에 계속적으로 포주들의 추격을 받는다. 하지만 원작에는 포주가 아니고 훔친 자전거 주인들로부터 매를 맞는다. 그 순간 춘자는 지금까지의 일을 모두 말한다. 그니는 자신의 고향에 도착해서 잊었던 말을 되찾는다. 춘자는 윤락녀가 되면서 갑자기 말을 잃게 되고 그런 답답함과 자신의 생활에 대한 반성으로 교회를 다녔다. 그러다 자신의 고향에 도착하는 순간 예전 그녀로 돌아간다.

고래의 의미를 다양하게 생각해 볼 수 있으나 누구나 마음속에 진실로 그리는 대상이라고 한다면, 그 순간 춘자의 마음속에 있던 고래의 모습을 본다. 그녀의 마음 깊이 간직한 고래는 바로 고향이었다.

　춘자가 고향집에서 어머니를 만나는 것은 원작에는 없다. 그니가 어머니에게 선물로 준비한 안경을 주면서 순박하게 웃는다. 병태에게 있어 춘자는 고래와도 같은 존재다. 동해 바다에 뛰노는 고래가 아니라, 그 자신의 마음속에 있던 고래이다.

　미란은 병태가 처음으로 호감을 가진 여성이다. 원작에서 미란은 병태에게 큰 영향을 주는 인물이다. 병태가 동해 바다로 고래를 잡으러 갈 결심을 하고 처음으로 찾아 간 사람이 미란이다. 미란은 방학동안 현장에서 노동을 체험하는 노동운동가다. 병태는 미란의 강인한 모습에 호감을 가진다.

　동해 깊은 바다에 고래가 산다고 생각한 병태는 멀리 고래를 찾으려 하지만, 결국 고래는 그걸 깨달은 순간 미란에게 돌아온다. 미란은 자신이 돌아갈 마음의 고향 같은 여인이다. 그니는 그리움과 회귀의 대상이다. 그러나 영화 속의 미란은 포크댄스를 열심히 배우는 인물이다. 노동자의 현실보다 자신의 외모와 그니가 누릴 수 있는 문화적 혜택에 관심이 더 많다. 그리고 병태는 그녀의 그런 모습을 보고 한때 좋아한 여성으로만 생각한다. 영화 속의 미란은 향락적인 여성으로 가볍게 그려졌다.

　결말 부분은 원작과 영화가 다르다. 병태와 민우는 춘자를 고향에 데려다 주고 다시 서울로 돌아온다. 거기서 민우는 지금처럼 떠돌이 생활로 돌아가고, 병태는 등록금을 지참하고 학교로 온다. 그는 진정한 고래는 모든 사람들의 마음속에 있다는 사실을 안다. 먼 곳에서 자신의 이상과 꿈을 찾는 것이 아니라, 자신의 내면 깊이 간직된 진정한 자아가 바로 고래임을 깨닫는다. 하지만 영화에서 병태와 민우가 춘자를 고향집에 데려다 주고 돌아서는 모습에서는 또 다른 방황을 읽을 수 있다. 그들은 아직도 찾지 못한 고래를 잡으러 갈 생각을 한다. 영화에서는 찾지 못한 고래를 찾으러 여행을 떠난다.

〈바보들의 행진〉에 드러난 고래는 사회적으로 어려운 상황을 벗어나려는 희망과도 같은 대상이다. 〈고래사냥〉의 고래는 사회적 상황보다 자신의 내면에 있는 자아에 가깝다. 병태가 미란에게 돌아와 "다른 사람을 위한 삶이란 허위이며 가식이다. 사람은 누구나 나를 위해 사는 것이다."라고 말한다. 병태는 긴 여행 속에서 춘자가 고향에 도착해서 잊었던 말을 다시 하는 것을 본다. 그는 춘자에게 말을 찾아주려는 어떤 노력도 하지 않았다. 단지 그녀를 고향에 데리고 간 것뿐이다. 고향에서 춘자는 스스로 잊었던 말을 찾는다. 그때 병태는 고래는 멀리 있지 않고 자기 마음에 있다는 사실을 안다.

고래의 의미는 시대가 변하면서 그 의미가 변모한다. 70년대의 고래는 어려운 사회적 상황을 벗어나려는 젊은이들에게 남아 있는 꿈이었다. 반면에 80년대의 고래사냥은 자신의 내면에 있는 진정한 자아의 발견이다. 즉 그것은 먼 곳의 파랑새를 잡는 것이 아니라, 자신의 내면 깊이 숨어있는 진정한 자아를 찾는 것이다.

이런 측면에서 임권택 감독의 영화 〈서편제〉는 가장 한국적인 영상미학을 담고 있는 작품 가운데 하나이다. 그것이 영화의 장점이다. 〈서편제〉가 '판소리'를 다루고 있다는 점이 이를 말해준다. 판소리는 우리 고유의 전통 예술로 오랫동안 구전되는 과정에서 우리의 고전적 정서가 많이 스며 있게 되었다. 영화 속의 판소리는 오랜 세월을 뛰어넘어 잊었던 우리 선조들의 소리를 들려주었다. 고유의 애상적 가락과 스토리가 조화되어 관객을 사로잡았다.

눈먼 송화가 어린아이에게 의지해 정처 없이 길을 떠나는 장면은 사라져 가는 우리 것에 대한 애잔한 그리움을 느끼게 했다. 결말이 해피엔딩으로 처리되었다면 아마도 관객들이 느끼는 감동은 반감되었을 것이다. 영상미의 효과적인 처리도 감동을 돋구었다. 계절이 바뀌면서 이어지는 한국의 경치가 영화 속에 잘 담겨 있다.

서편제가 영상문학으로 성공할 수 있었던 가장 큰 요인은 뛰어난 문학성에 있다. 작가의 소설적 상상이 다채롭게 영상화되어 관객에게 더욱 실감을 느끼게 했다. 영상문학의 감동은 소설의 상상력의 영상화에 달려 있다.

영상문학도 문학과 마찬가지로 감상하는 과정에서 이미지가 생성된다. 영상 자체도 이미지이지만 감독의 의도에 따라 영상에서 영상으로 다양하게 발전시킬 수 있다. 활자로 유발하는 추상적 상상력을 더욱 발전시킬 수도 있고, 축소시킬 수도 있다. 그 성공 여부는 제작자의 역량에 달려 있다.

5) 이청준의 〈서편제〉와 〈축제〉

임권택 감독의 〈서편제〉는 이청준의 연작소설의 일부를 각색한 영화이다. 이 작품은 우리에게 전통 예술에 대한 현대인의 무관심을 반성하는 기회를 주었다. 주인공 유봉은 정처 없이 떠돌아다니는 전문 소리꾼이다. 그는 가진 것도 배운 것도 없지만, 소리에 대한 애착과 집념은 대단하다. 밥을 굶더라도 판소리의 맥을 지키려는 긍지가 강한 가객이다.

그에게는 양아들 동호와 수양딸 송화가 있다. 이들은 남남이지만 의남매를 맺어 한가족이 된다. 그는 이들에게 판소리 전수시키려 한다. 가객의 재질이 없는 아들에게 북 치는 법을, 딸에게는 소리를 열성적으로 지도했다. 그는 이들이 나이가 들자 혹독한 훈련을 시킨다. 딸은 훈련에 무조건 순종하지만 아들은 그렇지 않았다. 반발하고 대들다가 마침내 그의 곁은 떠났다.

양딸만을 데리고 유랑하던 그는 한(恨)을 심어주기 위해 그녀의 눈을 멀게 한다. 딸을 명창으로 만들기 위해 그녀의 멀쩡한 눈을 멀게 만든 것이다. 그 후 그는 깊은 산 속에서 딸의 소리 훈련에 전념한다. 몸을 돌보지 않고 지나치게 무리한 나머지 그는 병사한다. 이때부터 송화는 혼자서 주막을 찾아다니며 소리를 팔아먹고 산다. 노래를 불러 주는 대가로 잠자리와 밥을 얻어먹는 것이다.

한편 동호는 나이가 들어 약재상에 취직하고 가정을 꾸린다. 그는 송화와 유봉을 찾아 나선다. 약재를 구하러 다니면서 그들의 행방을 찾는다. 수소문 끝에 그들의 소식만 들을 뿐 쉽게 만나지 못한다.

눈이 내리는 겨울 어느 날 우연히 그는 주막에서 송화를 만난다. 그들은 서로 상대방을 알아차리지만 모르는 척 말 한마디 건네지 않는다. 밤새 소리를 하고 북을 치며, 오직 판소리 장단으로 그동안의 회포를 푼다. 날이 새자 그들은 말없이 서로 다른 곳으로 떠나며 영화는 끝난다. 이 내용을 다음과 같이 정리할 수 있다.

① 동호는 유봉과 송화의 행방을 찾는다.(현재) ② 동호가 과거를 순차적으로 회상한다.(과거, 이하 과거) ③ 유봉은 스승에게서 오해를 받아 쫓겨난다. ④ 유봉은 송화와 동호를 자식으로 삼고 판소리를 가르친다. ⑤ 세 사람이 전문 소리꾼 가족으로 나선다. ⑥ 그들은 양악대에 밀려나 방황하게 된다. ⑦ 동호는 가난과 고된 훈을 못 견디어 가출한다. ⑧ 송화는 깊은 산 속에서 창 연습에 전념한다. ⑨ 유봉은 득음을 위해 송화의 눈을 멀게 만든다. ⑩ 송화가 득음하자 유봉은 모든 것을 고백한다. ⑪ 동호는 유봉과 송화를 계속 찾아다닌다.(현재, 이하 현재) ⑫ 주막에서 서로 우연히 만나 판소리로 한을 푼다. ⑬ 의남매를 말 없이 각기 다른 길을 떠난다.

소설은 현재와 과거가 교차되면서 플롯이 진행되지만, 영화는 현재-과거-미래라는 단일 구조로 진행된다. ③, ⑥은 원작에 없는 부분을 각색하여 넣음으로써 이야기를 매끄럽게 진행시키고 있다. ⑦에서 동호의 가출 동기도 소설은 아버지의 살해 계획이 실패한 데 있지만 영화에서는 가난이 주된 동인이다. 원작에서 사내(동호)가 아버지에 대해 살의를 느끼는 이유는 과부인 어머니가 소리꾼을 만나 결국 그의 아이를 낳다가 죽었기 때문이다. 그래서 사내는 언제가 자신도 아버지에게 죽임을 당할 것이라는 강박관념에 빠지게 된다. 원작을 바탕으로 동호의 가출을 이야기하려면 또다른 사건의 전개가 필요했겠지만 영화에서는 가난한 삶이 주된 모티프가 됨으로써 영화의 전체적 흐름과 잘 맞아 순조롭게 진행되었다. ⑨에서 송화가 눈이 멀게 되는 것도 원작에서는 아비(유봉)가 계집애(송화)가 잠든 사이 몰래 청강수를 찍어 넣는다. 하지만 영화에서는 한약을 다려먹임으로써 멀게 된다.

　이 영화를 다 본 관객들은 사건의 흥미진진함이나 갈등의 첨예화로 인한 긴장감은 느낄 수 없었을 것이다. 뿐만 아니라 일관되게 꿸 수 있는 스토리조차 없다. 그렇기 때문에 자칫 지루함을 느꼈을 수도 있다. 그러나 이 영화는 개봉되자마자 엄청난 반향을 불러일으켰고, 임권택은 한국을 대표하는 감독으로서 확고한 위치를 차지하게 되었다.

　이청준의 원작소설은 별반 인기를 얻지 못했던 데 비해 그것을 각색하여 제작한 〈서편제〉라는 영화가 한국의 대중들에게 그토록 많은 관객층의 사랑과 갈채를 받은 이유는 무엇인가. 그것은 소설보다 영화에서 주인공들의 성격이 생생하게 묘사된 결과이다. 원작 인물들은 익명이다. 그들이 영화에서 각자 이름을 가지고 등장한다. 소설보다 영화 속 인물들의 행위와 심리 변화가 훨씬 입체적이고 생동감이 넘친다.

유봉이 송화의 눈을 멀게 만들어 그니(그녀)로 하여금 득음의 경지에 이르게 한 행위나, 그의 말이면 무조건 순종하는 그니의 태도는 소설과 판이하다. 영화엔 다소 부족하지만, 유봉의 집념과 그니가 순종하는 모습에서 다수의 관객들은 공감한다. 그것이 영화의 장점이며 특징이다. 영화 〈서편제〉의 성공은 영상화의 효과 덕분이다.

영화 〈서편제〉는 몰락하는 전체 모습을 보여 주고 있다. 소리꾼과 그 수양딸의 삶의 모습을 통해 사라져 가는 장인정신과 함께 우리 민족 정신의 정체성까지 보여 주고 있는 셈이다.

유봉이 생계를 이어갈 수 없는 상황에서도 소리꾼으로서의 자긍심을 잃지 않는 모습이라든지, 송화의 눈을 멀게 하여 그녀의 수발을 들면서까지 득음을 하게 하려 한 점들은 전통을 고수하려는 집념이자 장인정신을 지키려는 의지로 볼 수 있다. 뿐만 아니라 자기가 지켜온 삶의 정신들을 송화와 동호를 통해 이어나가려는 끈질긴 모습은 그 합리성 여부를 떠나서 우리 민족 고유의 정신을 후대에까지 계승하려는 의지로 볼 수 있을 것이다.

우리의 삶이 서구화되고, '우리 것'이라고 할 수 있는 것들이 천시되고 사라져 가는 현실에서 〈서편제〉는 진정한 우리 것에 대한 관심을 환기시키고 그것 속에 깃들인 삶의 정신을 되새기게 한 셈이다. 이러한 주제의식을 영상을 통해 잘 형상화했기 때문에 영화 〈서편제〉는 그토록 큰 찬사와 갈채를 받을 수 있었던 것이다.

영화 〈축제〉를 '영화와 소설의 동시 작업'이라고 이청준은 스스로 말했다. 그의 동화까지 영화에 삽입되었다. 영화의 줄거리 요약본은 다음과 같다 글쟁이 이준섭은 팔순 노모가 돌아가서 고향에 간다. 약속된 일들을 미루고, 조카들에게 장례 준비를 시킨다. 그리고 친구들에게 부음을 알리면서, 딸에게 할머니의 장사를 치르러 간다고 말한다. 고향집에 도착하니, 죽었던 노모가 회생한다. 준섭은 치매인 노모를 보며, 상념에 빠진다.

준섭은 계모와 이복형제들 틈바구니에서 외톨이인 자신을 끔찍이 사랑한 어머니에게 깊은 애정을 가지고 있다. 하지만 여유가 있으면서, 말년에 어머니를 서울에 모시지 못한 불효를 그는 뉘우친다. 그 후회감을 준섭은 술을 마시며 장 기자에게 털어 놓는다. 서울에서 문상 겸 놀기를 작정하고 내려온 준섭의 친구들과 동석한다. 술이 취한 용순은 집으로 돌아가 삼촌을 비난한다.

지관을 맡은 우록 선생과 동네 어른들은 묘한 언쟁을 한다. 어머니를 입관할 때 준섭의 형수는 노모의 머리를 자르며 나 중에 넣어준다던 비녀와 어머니가 수십 년 동안 자식을 위해 모은 부적도 넣는다.

장례가 진행될수록 가족간의 갈등은 점차 눈에 드러난다. 게다가 술을 마신 소리꾼은 인사불성이 되고, 새말 아제가 삼경 때 소리를 하게 된다.

준섭은 노모 앞에서 통곡하며 임종하는 가족들을 본다. 망자를 칠성판에 모시는 수시와 혼령을 부르는 초혼과 저승길을 지체하는 사자상을 마련하고, 부고 작성 등의 장례 절차를 밟는다. 마을 사람들이 마당에 모이고, 집안 어른들은 장례를 의논한다. 하지만 치매로 고생한 팔순 노모 죽음을 슬퍼하는 문상객은 별로 없다. 13년 전 자기 돈을 훔쳐 도망친 이복조카 용순도 왔다. 가족들은 그를 모른 척한다. 하지만 그는 할머니에 대한 추억에 잠긴다. 준섭을 취재하러 온 장 기자는 마을 사람들에게 준섭과 그의 가족들에 대해 인터뷰을 한다. 준섭의 자신의 소설에서 용순을 언급하지 않았지만, 지금 그에게 관심을 갖는다.

상여는 집을 떠나가고, 준섭의 동화를 본 용순은 책장을 덮는다. 가족들은 돌아와서 가족사진을 찍기 위해 모여 있고, 준섭은 용순을 부른다. 그들은 모두 웃으며 사진을 찍는다.

동화내용 : (은지의) 할머니는 이제 새 아기로 태어나기 위해 간난아이처럼 긴 잠을 주무신다. 할머니는 마음 속에 가득 찬 사랑 때문에, 꼭 다시 새아기로 태어날 것을 믿는다. 그래서 이담에 내게 지혜가 가득하고 사랑으로 흘러넘치는 어른이 되면 할머니 대신 새로 태어나는 아기들에게 그 나이를 다시 나눠줄 것이다.

할머니의 장례식을 기점으로 불신과 원망이 청산되고 가족애가 확립되는 모습을 보여주는 〈축제〉는 현대 사회에서의 가족의 의미를 일깨워 준다. 또한 중간중간에 할머니가 돌아가시기 전까지의 모습을 동화로 보여주는 방식을 취하고 있는데 "할머니는 나이를 은지에게 나누어 주시기 때문에 아기처럼 되었다"라든지, "지혜를 다 나누어 주신 할머니는 점점 작아져서 눈에 보이지 않게 된다" 라는 내용을 통해서 할머니의 죽음이 영원한 육체의 소멸이 아니라 후손들을 통해 새롭게 태어나 영원히 살아있게 된다는 것을 나타내고 있다. 할머니의 죽음은 새로운 탄생으로 승화되는 것이다.

초상이라는 슬픈 문제에 직면한 사람들이 마치 잔칫집에 온 것같이 흥청거리고 즐거워한다. 이는 작품의 제목이 〈축제〉라는 것과도 관련된다. 소설가 이청준과 임권택 감독은 장례식의 모습을 축제로 비유했다.

신화시대엔 지금과 같은 의미에서의 죽음이라는 개념이 없었다. 현세의 죽음은 다른 자연물의 신이 되어 가족의 수호신이 된다고 믿었다. 모든 생물은 죽지 않고, 그 생명이 영원히 윤회한다고 믿었다. 때문에 장례식은 헌 몸을 버리고 새로운 육신으로 태어나기 위한 준비 과정이라고 생각했다. 그래서 장례식은 축제이다.

〈축제〉엔 할머니와 은지의 동화적 이야기가 삽입되었다. 아담한 전통가

옥의 마당에 매화꽃잎들이 휘날린다. 그 사이를 날아가는 나비가 조화를 이룬다. 그 동화 제목은 은지 아빠가 지은 〈할미꽃은 봄을 세는 술래란다〉이다. 할머니가 자꾸 작아져서 결국은 배추흰나비가 되어 날아가는 동화 이야기이다. 〈축제〉에 삽입된 이 동화는 영화에 환상적인 분위기를 제공한다. 산만하고 부산한 내용의 영화 전반에 청초하고 정적인 분위기를 부여해 준다.

6) 이문열의 〈우리들의 일그러진 영웅〉

한병태가 초등 담임선생님의 부고를 듣고, 고향으로 문상을 간다. 동창생 친구와 함께 고향으로 가는 기차 안에서, 그는 30년 전 일을 회상한다. 그해 봄에서 가을까지 외롭고 힘든 싸움을 했다. 그때처럼 막막하고 암담했던 시절을 없었다고 그는 회고한다. 아직도 그 기억에서 벗어나지 못했다고, 한숨을 내쉬며 자조적인 목소리로 이야기를 시작했다.

회고한 내용은 원작과 영화가 크게 다르지 않다. 자유당 정권의 말기인 3월에 한병태는 아버지 전근에 따라 낙향했다. 당시 그는 5학년 학생이었다. 그때 반장 엄석대는 절대적 지도자로 군림했다. 반장이 직접 청소검사를 했고, 점심시간마다 주번이 물을 떠오게 지시했다. 반장은 학생보다 오히려 선생님에 가까운 존재였다.

도시에서 온 그는 그런 분위기에 적응하지 못했다. 그는 반장도 학생일 뿐이라고 친구들에게 설득하려 했지만, 그럴수록 자신만이 따돌림을 당했다. 반장에게 대항하는 외로운 싸움을 그는 포기했다. 그리고 다른 학생들처럼 반장의 지시에 순응했다. 다른 이후 그는 학교 생활을 즐길 수 있었다.

6학년이 되자 학급에 새로운 기운이 돌았다. 3·15 부정선거로 집권한 정권의 부정을 대학생들이 4·19의거로 뒤엎는 사회변혁이 일어났다. 때마침

새 담임선생님이 획일적인 학생들의 태도를 이상하게 생각했다. 담임은 원인이 엄석대임을 눈치 채고 그의 행동을 주목했다. 반장이 강압적으로 자신의 시험을 학생들에게 과목별로 대리로 치르게 압력을 가한 사실을 알았다. 결국 엄석대의 왕국은 붕괴되었다.

영화엔 원작에 없는 인물들이 등장한다. 그 대표적인 인물이 병태 친구 김영팔이다. 영팔은 반장에 대항하는 병태의 외롭고 힘든 싸움에 동조한 유일한 친구이다. 영팔은 허름한 옷차림에 지저분한 얼굴로 다녀 외관상 모자란 듯한 인상을 주는 학생이다. 그는 반장에게 저항하는 병태를 주목하고 자신의 소중한 탄피를 병태에게 건넨다. 또 반장이 병태를 괴롭히는 것은 잘못이라고 다른 친구들에게 말하며 병태를 유일하게 지지했다. 하지만 그는 병태가 반장에 대한 저항을 포기하자 탄피를 되돌려 달라고 말한다.

영팔은 어눌한 말씨에 어리숙해 보이지만 진실을 직시하는 순수한 인물이다. 반장에게 저항하는 병태의 진실성이나 그 포기를 제일 먼저 눈치를 챈 것도 영팔이다. 따라서 그는 병태에게 우정의 증표인 탄피를 돌려달라고 요구한다. 이런 점들에 영팔의 순수성이 드러난다. 더욱이 영팔은 반장에게 아부하던 친구들이 반장 엄석대의 비행을 적나라하게 새 담임에게 폭로하는 것을 보고 실망한다. 반장의 위세에 편승한 친구들이 돌변하는 태도에 영팔은 제일 가슴 아파한다.

감독은 소설에 없는 또 다른 인물인 여중생을 등장시킨다. 엄석대의 여자친구이다. 바닷가 허름한 창고에서 술 마시고 토끼를 구워먹는 장면이다. 그들은 어른들의 모습과 유사하다. 이런 장치를 통해 엄석대는 다른 아이들에 비해 더 빠른 사춘기 체험을 한다. 소설에 없는 담임도 젊은 패기가 넘치는 의욕적인 인물이다. 그는 아이들에게 진실과 자유에 대한 의미를 깨닫게 하려 애쓴다. 그로 인해 엄석대의 권위가 무너진다. 아이들은 과거의 어리석음을 깨닫고 다른 반보다 활기차고 민주적인 분위기로 운영된다. 그런 모습은 원작과 크게 다르지 않다.

한병태는 5학년 담임의 문상을 가서 6학년 담임을 다시 만난다. 그는 지역구 국회의원이 되어 보좌관들과 함께 문상을 온다. 단정한 차림과 격에 맞는 행동을 한다. 학생들에게 자유와 진실의 의미를 강조한 분이 국회의원이 되었다. 그는 정의와 진실을 실현하려고 노력한 것이다. 학생들에게 정의와 진실을 강조하던 대로, 또 국회에서 그 뜻을 펼치는 활동을 할 수 있었다. 더욱이 정치에 대한 부정적인 반응으로, 그도 속세적인 인물로 변할 수 있다. 6학년 담임선생님의 순수하고 강한 이미지가 조금은 색이 바랜 느낌이다.

소설과 영화의 가장 큰 차이는 엄석대를 둘러싼 결말 부분이다. 소설에서는 엄석대의 비리들이 밝혀져 그는 학교를 떠난다. 그는 등교하는 학생들 중에 자신의 비리를 고발한 아이들에게 폭력을 휘두른다. 하지만 영화에선 자신의 비행을 아이들이 말하자 그는 학교 밖으로 뛰쳐 나간다. 그는 저녁에 자기 교실에 불을 지르고 더 적극적인 행동을 한다.

원작에서 한병태는 30년 후 엄석대의 현재 모습을 본다. 한병태는 강원도행 피서 열차에서 엄석대를 본다. 그는 역에서 선글라스를 쓴 엄석대가 경찰들에 연행되는 모습을 본다. 몸싸움하다 선글라스가 벗겨진 그의 얼굴이 분명히 드러났다. 초등 시절에 당당하던 엄석대, 아이들 앞에 굴림하던 당당한 모습이 아니라, 초라하게 연행되는 그를 보며 병태는 서글퍼진다.

그러나 영화에선 석대의 모습은 다르다. 상갓집에 모인 친구들이 보았다는 석대의 모습은 각기 달랐다. 고급 승용차를 탄 모습이나 금융계의 큰손이 되었다는 소문 등 추측만이 난무했지, 엄석대는 끝내 나타나지 않았다. 단지 그의 이름으로 배달된 큰 화환이 있었다.

상가를 나오며 한병태는 "5학년 2반에 군림하는 반장은 모습이 영원히 사라진다는 확신이 없다."라고 독백한다. 이 독백이 감독의 생각이다.

7) 이문열의 〈젊은 날의 초상〉

이 작품은 자신의 과거를 회상하는 자서전 형식의 「하구」와 「우리 기쁜 젊은 날」, 「그해 겨울」로 이루어져 있다. 영화에서 부각되는 부분은 대학생활을 그린 「우리 기쁜 젊은 날」과 방우로 있던 「그해 겨울」이다.

영화에서 구체적으로 드러나지 않은 「하구」의 이야기를 짧게 정리하면 다음과 같다. 그가 고등학교를 중퇴하고 형님의 일을 도우면서 검정고시를 준비하던 때의 이야기다. 그는 모래밭을 중심으로 모여 사는 사람들을 만난다. 만나기만 하면 늘 싸우는 박용칠과 최광탁, 어두운 얼굴을 한 서노인과 그의 가족, 호화로운 생활을 하는 별장집 남매. 그는 이들을 하구에서 만난다. 이때 그는 검정고시를 준비하면서 일에 지치고 대학에 갈 수 있을 것인지에 대한 생각으로 괴로워한다. 그는 하구에서 만난 여러 사람들의 삶을 감정없이 관찰한다. 그는 그들의 비밀이 드러날 때, 대학에 입학하여 하구를 떠난다.

영화는 하구를 떠나 대학에 입학하는 시기부터 그려진다. 원작의 『우리 기쁜 젊은 날』은 그가 대학에 진학하면서 대학에서 만난 사람들의 이야기다. 영화와 원작의 이야기는 크게 다르지 않다. 다만 인물의 세부적인 설정에 차이가 있다.

그의 친구는 도서관에 다니면서 알게된 하가, 정치적 색채를 띤 모임에서 만난 김형으로, 이들이 그가 대학에서 만나는 인물이다. 그들의 만남도 원작과는 조금 다르다. 그러나 가장 큰 차이는 하가와 김형의 죽음이다.

하가는 도서관에서 공부를 하며 대학생활을 보낸다. 그러다가 점점 써클과 술집에서 보내는 시간이 많아지고 젊은 날의 방황이 시작된다. 그는 이러한 생활을 계속하다 지금까지 흘러 버리듯 소비한 대학생활에 회의를 느끼고 군에 입대하기로 결심한다. 영화 속의 하가는 시위하는 군중들을 이끄는 선도적 위치의 혁명적인 활동가다. 하가는 시위 중에 그를 잡으러 온 사람들을 피해 옥상에 올라간다. 거기서 그는 시위대를 향해 삐라를 뿌리고 투신 자살한다. 원작에 비해 하가는 당대 사회 현실을 비판적으로 바라보는 젊은 대학생으로 그려진다. 그런 시각에서 직접 시위대에 참여하고 그들을 이끄는 적극적인 행동인으로 표출시킨다. 이런 설정은 원작과 큰 차이가 있다.

그의 또 다른 친구는 김형이다. 그는 별다른 신념 없이 기웃거리던 정치적 성향의 모임에서 만난다. 하지만 그들의 모임도 이념과 목소리들만 난무할 뿐, 아무런 현실적 영향력을 발휘하지 못하면서 세 사람은 학교 앞의 술집에서 시간을 보낸다. 방학이 끝나고 다시 만난 그들은 조금씩 다른 계획을 가지고 있었다. 김형은 지금까지의 갈등과 방황을 종지부 찍고 소설을 창작하기로 결심한다. 그 작업을 위해 자료를 조사하러 학교를 떠난다. 이런 김형을 영화에서는 사회적 문제로 갈등하며 괴로워하는 인물로 그린다. 그는 군대를 다녀온 복학생이다. 그는 군대 입대하기 전에는 정치적인 성향을 띠고 활동했지만, 군대 제대 후에는 그런 학생들의 행동을 방관한다. 다만 그의 내면적 갈등을 술에 의지하며 지내는 생활을 통해 드러난다.

가장 큰 차이는 김형의 죽음에 대한 설정이다. 원작에서 김형은 문학동아리 회장직을 맡을 정도로 문학에 대한 관심이 많은 인물이다. 그가 같은 문학도의 출판기념회에 갔다가 술에 취해 지하도 층계에서 떨어져 뇌진탕으로 죽는다. 김형의 죽음은 너무나 갑작스럽고 어이가 없다. 단순하게 그렇게 서술하고 있기에 김형의 죽음에 또 다른 의혹이 숨어 있는지 아닌지는 알 수 없다. 그러나 영화에서 김형의 죽음은 간접적이다. 김형은 술병을 들고 건물 위에서 게슴츠레한 눈빛으로 아래를 주시한다. 다음 장면은 하가가 학우들에게 김형의 자살 소식을 전한다. 김형이 죽기 전에 어떤 갈등을 했는지 다른 이유가 있었는지에 대한 구체적인 표현은 없다. 다만 김형이 술에 집착하며 시간을 보내는 모습만을 드러낼 뿐이다. 이렇게 김형의 죽음도 역시 사회적 상황을 인정하지 못한 젊은이의 극단적인 행동으로 드러난다.

하가와 김형은 원작에서는 각자의 방황을 마무리하고 자신의 길을 찾은 인물로 설정된다. 그러나 영화 속의 하가와 김형이 운동권 학생이고 사회의 부조리한 현실에 대한 반대 입장을 취하다가 죽는다.

이것은 작품을 해석하는 감독의 시각이 반영된 것이다. 영화는 대중성에 가장 관심이 높다. 다른 장르에 비해 대중들의 호응이 가장 빠르고, 너무 현실에 뒤떨어지는 이야기에는 흥미를 잃는다. 영화가 제작되던 80년대는 우리 사회의 다양한 민주화 모습을 느낄 수 있다. 그런 민주화 물결이 일기 시작하던 80년대를 우리 사회의 상아탑이라 할 수 있는 대학 사회를 통해 드러낸다. 그역시 학교에 휴교령이 내려 학교를 떠날 수밖에 없는 사회적 상황에 직면한다. 영화에서는 이런 사회적인 분위기를 극명하게 드러내기 위해 등장인물들의 성격을 좀 더 강하게 설정하고 그 역시 사회적 환경으로 대학을 떠나게 만든다. 이렇게 감독은 인물의 성격과 행동의 적극적인 설정을 통해 기존의 작품에 사회성을 부여한다.

또 다른 차이는 여성 인물을 통해 드러나는 사랑의 문제다. 그에게 사랑의 감정을 가져다 준 사람은 정임누나, 혜연 그리고 윤양이다. 이들의 환경이나 설정이 원작과 조금씩 차이가 있다. 이러한 차이를 통해 그가 그리는 사랑의 의미를 생각하게 한다.

정임누나에 대한 기억은 영화에서 뚜렷하고 강하게 그려진다. 영화 속의 그의 이름은 영훈이다. 영훈은 그가 고향을 떠나는 순간부터 자신의 첫사랑인 정임누나에 대한 생각을 지울 수가 없다. 대학에 들어가 그가 처음으로 사귄 혜연에게 만족감을 느끼지 못한다. 다만 그는 그녀의 풍족한 환경에 대해 열등의식을 가진다. 또 그런 환경이 사회의 악이라도 되는 것처럼 생각한다. 그는 혜연을 만나면서도 채워지지 않는 빈자리에 정임누나를 그린다.

그가 대학을 떠나 고향에 들렀을 때 정임누나를 본다. 아버지 부음을 듣고 하얀 소복에 어린 딸아이의 손을 잡고 찾아온 정임누나. 그러나 집안에서는 그녀를 받아 들이지 않는다. 그녀는 아이 손을 잡고 도망치듯 상가를 빠져나온다. 그는 그런 그녀를 만나기 위해 뒤쫓지만 잡을 수 없다. 다시 그는 허탈감에 빠진다. 영훈은 정임누나의 동생으로부터 누나의 연락처를 얻는다. 영훈은 고향을 떠나 정임누나가 있는 곳으로 찾아가지만 멀리서 그녀의 모습을 바라보고 길을 떠난다. 그에게 있어 정임누나는 늘 지울 수 없는 영원한 사랑의 대상이다. 늘 손에 잡힐 듯 하면서 잡을 수 없는 그리움의 대상이다.

그는 산간 지방에서 술집 방우 노릇을 한다. 그는 술집에서도 정임누나에 대한 생각을 버리지 못한다. 자신을 따라다니던 윤양과 관계를 맺을 때도 그는 꿈 속에서 정임누나를 본다. 그에게 정임누나는 배꽃이 날리던 과수원을 노란 원피스를 입고 달려가던 모습으로 기억된다. 그는 늘 누나에 대한 생각을 하면 그 모습을 떠올린다.

그는 술집을 떠나 정임누나를 찾아간다. 정임누나의 집에서 하루를 지내면서 자신이 지니고 있는 갈등과 방황을 말한다. 누나는 이런 방황은 헛된 것이라고 말하며 그가 있을 자리로 빨리 돌아가라고 한다. 그녀는 "절망이야말로 가장 순수하고 치열한 정열이다. 사람들이 불행해지는 것은 진실하게 절망하지 않기 때문이다"라고 말한다.

이렇게 그의 내면에 끝없이 흐르고 있는 인물이 정임누나다. 그런 정임누나의 생각은 늘 자신을 떠나지 않는다. 그의 방황을 마무리할 결심을 하는 것도 정임누나와의 만남을 통해서다. 그에게 있어 정임누나는 방황의 시작이며 끝이다. 그는 지금까지 정임누나에게 돌아가기 위해 먼 길을 돌아 온 것이다. 그에게 있어서 정임누나는 방황의 요소이기도 하고 그가 돌아가야 할 마지막 귀착지이기도 하다. 그만큼 그에 큰 영향을 주는 인물이다.

하지만 원작에서 정임누나에 대한 이야기는 단순하다. 그의 첫사랑이었고 유부남과 바람이 나 인생을 망쳐 버렸다는 소문이 있다. 그런 누나를 여행 중에 우연히 만나게 된다. 그는 누나가 지금은 유부남과 헤어졌다는 사실을 알게 된다. 그 남자의 아내가 자살을 한 후, 그는 아이들을 데리고 미국으로 이민을 떠났다 한다. 그후 누나는 혼자 지내고 있으며 내년에는 대학원에 진학할 것이라는 말을 듣는다. 원작에서는 다만 여행 중에 만나는 인물 중 한 사람으로 처리한다. 이런 인물을 영화상에서는 그의 내면을 지배하는 절대적 인물로 부각시킨다.

그가 끝까지 지워 버리지 못한 것은 정임누나에 대한 사랑이다. 그것은 온전하게 익은 사랑의 모습은 아니다. 다만 정임누나는 그의 학창시절 흠모하는 대상이었다. 그가 성인된 후에도 어린 날의 감정이 그의 내면을 지배한다. 그는 그녀를 늘 그리워하기만 할 뿐 직접 만나거나 그녀를 보지 못한다. 다만 그의 마음에 변하지 않고 흐르는 감정일 뿐이다. 그런 그의 꿈 속에서 보이는 그녀는 똑같은 모습이다. 그는 자신의 마음에 간직하고 있던 정임누나를 여행의 마지막에 만난다. 그리고 거기서 자신의 방황을 마무리할 결심을 한다. 그가 바닷가에 도착했을 때 그는 지금까지의 방황이 헛된 것이라는 생각을 한다. 그는 지금까지 지니고 있던 편지와 약병과 함께 채 익지도 않은 감상을 바다에 던진다.

감독은 이런 그를 통해 사랑을 드러내고 있다. 늘 자신의 가슴에 담아 두고 꿈에서도 잊지 못하는 그런 순수한 마음. 그것이 영훈의 사랑이다. 그 대상과의 직접적인 만남으로 감정을 쌓아가는 것이 아니라 어린 시절 과수원에서 보았던 그 모습 그대로의 누나를 사랑한 것이다. 사랑은 늘 그를 허전하고 그리움이 생기게 한다. 이것은 원작에는 크게 부각되지 않는 정임누나를 중심인물로 해서 전하려고 한 사랑의 의미인 것이다.

또 하나는 윤양의 영훈에 대한 사랑이다. 그녀는 술집에서 일하는 아가씨다. 그러나 의리와 사리 분별력이 뛰어난 인물이다. 그녀는 영훈에게 술을 가져다 주거나 술도가를 갔다오는 길목에서 그를 기다리는 것으로 관심을 드러낸다. 늘 말없는 영훈을 시인이라 생각한다. 그리고 부잣집 아들이지만 경험을 쌓기 위해 산골로 들어온 것이라는 자기 논리를 만든다. 그런 윤양은 적극적인 사랑을 표현한다. 혼자 자고 있는 영훈의 방에 들어와 하룻밤을 지내기까지 한다. 그렇게 윤양의 사랑은 적극적이다. 영훈이 그 집을 떠날 때 그녀도 아무런 미련 없이 그를 따른다. 그러나 그녀는 자신에게 관심이 없는 영훈을 보내준다. 윤양은 영훈이 건강하고 안전하게 여행을 마치기를 빈다.

원작에 등장하는 윤양은 방우로 있던 그에게 관심을 가진다. 하지만 그녀의 관심을 적극적으로 드러내지 않는다. 다만 그녀는 그가 떠나는 날 손수건을 선물로 주면서 자신을 잊지말라는 부탁을 한다. 원작에서 윤양의 성격은 소극적이고 순박한 여성이다. 이런 윤양의 이미지를 영화에서는 적극적이고 강한 여성으로 변화시키고 있다.

그의 또 다른 여성은 대학에서 만난 혜연이다. 혜연은 아름답기도 하고 집이 부유한 상류 가정의 여성이다. 그는 혜연을 만나면 무언가 불만스러운 생각과 열등의식을 느낀다. 그는 늘 그녀에게 많은 책들을 읽게 한다. 늙으면 없어질 몸뚱아리보다 지적인 인간을 지향해야 한다는 말을 한다. 처음에는 서로에 대한 관심으로 극복할 수 있었다. 하지만 그녀의 친구들과 어울리면서 너무나 다른 세계에 있는 두 사람을 인식하게 된다. 결국 그들은 헤어질 결심을 한다. 그는 혜연을 정말 사랑한다고 믿었다. 하지만 그런 생각을 하면 할수록 채워지지 않는 빈자리를 느끼게 된다. 그는 빈자리가 어디서에서 생기는 것인지 알 수 없어 갈등한다. 하지만 그 빈자리는 결국 자신의 내면에 자리한 정임누나에 대한 기억 때문이었다. 이렇게 사랑은 어떤 목적을 달성하거나 무언가를 바라는 것이 아니다. 그는 혜연에게 진정한 사랑의 감정을 느낀 것이 아니라 마치 서로 다른 환경에 저항이라도 하듯 그녀를 교육시키려 했다. 그가 원하는 지적인 여성으로 만들려는 노력을 한다. 하지만 사랑은 서로가 서로에게 안정을 느끼고 편안함을 줄 수 있는 것이어야 한다. 늘 전투적인 자세로 길들이는 목적이 필요한 것이 아니다.

이렇게 그의 젊은 날의 긴 여행을 그리면서 만난 사람들의 이야기가 전개된다. 하지만 그 인물들의 성격과 상황들을 변화시키면서 조금은 다른 환경과 인물을 만들어낸다.

8) 이문열의 〈레테의 연가〉와 〈추락하는 것은 날개가 있다〉

「레테의 연가」와 「추락하는 것은 날개가 있다」는 이문열이 본격적인 사랑 문제를 소재로 한 작품이다. 이문열의 대부분의 작품이 사회성이 짙다면 이 작품은 남녀의 사랑을 좀더 구체적으로 표현한다.

〈레테의 연가〉의 테마는 잡지사 여기자 이희연과 중년화가인 민승우와의 사랑 이야기다. 영화의 처음은 긴 자막과 강에 서 있는 여주인공 희연의 모습이 잡힌다.

"나는 내일이면 한 남자의 아내가 된다. / 나는 그 남자를 사랑하게 될 것이고 (중략) 그러나 여자에게 있어 결혼은 하나의 레테, 즉 망각의 강이다. / 우리는 그 강물을 마심으로써 / 강 이편의 사랑을 잊고 / 강 건너의 새로운 사랑을 맞이해야 한다"는 자막이 화면을 메운다. 이것은 앞으로 전개될 내용에 대한 흥미를 유발하고, 대략적인 이야기를 짐작하게 하는 역할을 한다.

그들의 사랑과 함께 전개되는 테마는 여성 문제다. 이희연이 취재하는 결혼, 간통, 불륜에 관한 문제들이 부분부분 제시된다. 영화는 여성문제의 테마와 희연과 민승우와의 사랑 이야기가 함께 그려지면서 진정한 사랑의 문제를 드러내고 있다.

먼저 희연을 둘러싼 다양한 형태의 사랑의 모습을 살펴본다. 그중에서도 가장 두드러지게 나타나는 것이 민승우와의 사랑이다.

이희연은 한때 교직 경력이 있고 지금은 잡지사에서 일하는 노처녀. 그녀는 결혼에 관심을 가지지 않고 일에만 매달린다. 그런 그녀가 한때 같은 학교에 있었던 민승우를 우연히 만나면서 변화하기 시작한다. 그들은 가끔 분위기 좋은 카페에서 술을 마시면서 서로에게 마음이 향하는 것을 느낀다. 그들은 서로 다른 환경을 인식하며 자신의 감정을 드러내는 데 신중하다.

그러나 희연은 승우에 대한 사랑을 표현한다. 기차에서 그의 어깨에 머리를 올리거나 손을 잡는 모습 등에서 그녀의 사랑은 드러난다. 그녀는 사랑은 피와 살이 있는 살아 숨쉬는 것이라 믿는다. 그래서 민승우에게 적극적인 모습으로 사랑을 표현하길 원한다. 그녀는 사랑한다면 도덕이나 윤리는 문제되지 않는다고 생각한다.

민승우는 화가로 가정이 있는 중년의 남자다. 희연을 만나면서 그녀에게로 향하는 마음을 억제하지 못한다. 그러나 민승우는 그가 가정이 있는 중년 남자라는 것을 깨닫게 된다. 그러면서 희연을 자신이 어릴때 폐렴으로 죽은 누이 동생이라 생각한다. 그의 내면에 그녀를 갈망하는 욕구를 없애기 위해 노력한다. 그것으로 그는 끝없이 갈등하고 괴로워한다.

그는 사랑은 윤리적이고 도덕적인 것이라 생각한다. 그래서 성과 사랑은 구분해야만 하는 것이고, 성은 사랑의 일부분이라고 생각한다. 그의 무의식적인 세계에서는 끝임없이 희연을 원하지만 그의 이성은 그것을 부정한다. 그는 파리로 유학을 가서 정착하는 동안 아내와 이혼을 할 것이니 희연에게 파리로 오라는 말을 한다. 하지만 민승우는 갑자기 잠적한다. 끝내 그는 스스로 자신의 모습을 드러내지도 않고 파리로 떠나지도 못한다. 끝내 그는 사회의 윤리와 도덕적 관습을 벗어 버리지 못한다.

이들 사이에 희연에게 결혼을 원하는 닥터 송이 있다. 그는 자신이 원하는 것은 적극적인 행동으로 얻어낸다. 사랑과 결혼도 마찬가지라 생각한다. 그는 희연을 만나는 순간 결혼할 것을 결심한다. 그녀와 함께 살 집을 구하고 그녀와 어디든 함께 가기를 원한다. 그는 희연에게 편하게 만나는 사람이 있다는 사실을 알고 관계를 정리할 것을 요구한다. 좀 더 적극적으로 민승우를 만나 자신을 도와 달라고 말한다. 이렇게 그는 자신의 사랑을 얻기 위해 적극적으로 행동한다.

그리고 희연의 대학 동창이 있다. 그는 제대를 하고 그녀를 만나지만 술에 취해 그녀에게 무례한 행동을 한다. 그 뒤 희연은 그를 만나지 않는다. 하지만 민승우와의 관계로 괴로워할 때 우연히 술집에서 만난다. 그때 그는 안정된 사회인의 모습이다. 그의 희연에 대한 사랑은 직접적으로 드러나지 않는다. 다만 그는 변함없이 희연에 대한 사랑을 간직하고 있었다. 희연이 망각의 강을 건너 걸어가는 대상이 그이다. 결국 희연이 선택한 사랑은 가슴 설레거나, 적극적인 사랑이 아니라 강물이 흘러가듯 늘 변하지 않는 정적인 사랑이다. 그들은 결혼함으로써 그들만의 사랑을 이룬다.

이렇게 긴 자막으로 시작된 영화는 희연이 그 망각의 강을 건너는 것으로 끝맺는다. 그녀는 "나는 내일이면 한 남자의 아내가 된다. / 나는 그 남자를 사랑하게 될 것이고 / 그는 내 삶에 가장 가까운 사람이 될 것이다"를 중얼거리며 그에게로 간다. 이렇게 사람들은 그 망각의 강을 건너면서 일상으로 돌아가는지도 모른다. 그 깊고 깊은 강을 건너 현실로 돌아오는지도 모른다. 희연과 승우의 사랑은 사회적으로 불륜에 가까운 사랑일지도 모른다. 하지만 그들은 서로에 대한 진실한 마음으로 속되기 쉬운 사랑을 정신적인 사랑으로 승화시킨다. 희연과 승우의 정신적인 사랑을 통해 갈등하고 괴뇌하는 사랑을 그린다. 희연을 둘러싼 여러 사랑의 모습을 통해 진정한 사랑의 모습은 어떤 것인지 생각하게 한다.

이희연의 사랑과 함께 전개되는 것은 여성문제에 관한 테마들이다. 이런 테마들은 대부분이 희연이 취재하는 내용이다.

이희연의 첫번째 취재는 소극장에서 공연하는 연극이다. 그 연극의 테마는 '여자에게 결혼은 해야 하는 것인가, 하지 말아야 하는 것인가'이다. 연극은 재판관과 결혼을 거부하는 딸, 그런 딸에게 결혼은 꼭 해야 하는 것이라는 어머니가 등장한다. 이 두 사람의 대립은 팽팽하다. 딸은 여성들 모두 결혼이라는 제도 속에 갇혀 사회에서 멀어지게 하는 것은 옳은 일이 아니라고 주장한다. 여성도 스스로 만족할 만한 일을 가지게 되면 결혼은 필수적인 사항이 아니라 단지 선택적인 문제라고 한다. 그러나 어머니는 여자에게 있어 결혼은 어떠한 일이 있더라도 꼭 해야하는 것이고 여자가 공부한다고 결혼하지 않는 것은 시간낭비라는 생각이다. 이렇게 대립되는 모녀의 주장이 다양하게 전개된다. 이 재판은 '여성은 누구나 가정이라는 울타리 속에서 현모양처가 되어 흰머리가 파뿌리가 될 때까지 남편을 부양할 의무가 있다'는 판결을 내린다.

작품이 시작되는 전반부에 여성의 결혼이라는 문제를 드러낸다. 아무리 똑똑한 여성이라 할지라도 여성은 누구나 가정을 가지고 가정에 충실해야 한다는 판결을 내린다. 이것은 감독이 의도적으로 여성문제를 부각시려는 장치로 보아야 한다. 이와 같은 생각은 영화의 후반부로 갈수록 짙어진다.

이희연은 화가의 사랑이 깊어가면서 갈등한다. 그때 새로운 취재 내용이 '간통'에 관한 것이다. 그녀는 간통죄라는 것이 있어야 하는지 없어야 하는지에 대한 여러 의견들을 발표하는 세미나를 취재한다. 간통이라는 것은 비도덕적이고 여성에게 있어 하나의 인권을 모독하는 행위와 같다는 여성 패널의 이야기가 담겨진다. 희연은 취재를 하면서 가정이 있는 남자를 사랑하는 자신의 모습을 생각한다. 그녀는 자신의 사랑도 사회 관습에서는 간통에 지나지 않는다는 죄책감으로 갈등한다. 그녀는 진정으로 사랑한다는 것이 어떤 것인지 알지 못한다.

작품의 후반부에 잡지사의 특집은 '우리 시대의 불륜'이다. 불륜에 관한 기사들을 스크랩한 것이 화면에 잡힌다. 마치 그녀와 화가와의 사랑이 불륜을 가장한 사랑이라고 생각하게끔 다양한 내용의 스크랩이 화면 가득 잡힌다.

이렇게 감독은 처음부터 여성의 문제를 제시한다. 다만 그런 문제를 심각하게 접근하는 것이 아니라 마치 흘러가는 듯한 장면으로 드러낸다. 다만 이

희연이 취재하는 내용으로 처리할 뿐이다. 하지만 이런 테마들은 여성이라면 누구나 한 번쯤은 생각해 볼 수 있는 내용이다. 여성에 있어 결혼의 문제, 간통과 불륜, 등의 문제들은 가정을 이루면서 생길 수 있는 일들이다. 이런 테마는 희연의 심리 상태에도 영향을 미친다. 감독은 처음부터 여성의 문제를 짧은 화면으로 제시할 뿐 어떤 해답도 제시하지 않는다. 다만 일상에 묻혀 있는 문제들을 드러내 보인다. 이런 관계 속에서 진정으로 우리가 추구해야 할 사랑의 모습은 어떤 것인지 생각하게 한다.

〈추락하는 것은 날개가 있다〉는 열정적인 젊은이들의 사랑 이야기다. 일류대학을 다니던 윤주와 형빈은 캠퍼스에서 우연히 만난다. 형빈은 윤주를 처음 본 순간부터 그녀에게 매혹된다. 그때부터 그들의 긴 사랑의 행로가 시작된다. 이들이 처음 만났던 때는 70년대다. 70년대는 경제적인 안정을 얻어 조금 더 잘 살아보기 위해 애를 쓰던 시기다. 이때 형빈은 고향에서 대대적인 축하를 받으며 우리나라 제일의 명문대학 법학과에 들어간다. 한편에서는 사회의 올바른 방향에 대해 절실하게 고뇌하던 시기이기도 하다. 특히 우리 사회의 지성이라는 대학을 중심으로 그런 움직임들이 일던 때다. 그런 시대적 배경을 뒤로 하고 임형빈과 서윤주는 처음 대학 캠퍼스에서 만난다.

형빈은 윤주를 처음 본 순간부터 사랑에 빠진다. 지금까지 열정적으로 공부했던 만큼 그녀에 대한 열정은 대단했다. 그는 어렵게 그녀의 학과와 주소를 알게 되어 만나기 시작한다. 형빈은 그들의 사이가 깊어지면서 윤주를 안고 싶어 한다. 그는 윤주가 순결하지 않다는 사실을 알면서부터 갈등한다.

윤주는 지금까지 자신의 삶과는 관계없이 대학에서 자신을 가꾸어 가면 새로운 인생을 펼칠 수 있을 것이라 생각한다. 하지만 그녀는 대학에서 사랑이란 감정을 느끼게 된 형빈을 만나면서 또 다른 혼란에 빠진다. 형빈은 사랑의 결실로 그녀를 안고 싶어한다. 그때 그녀는 자신에게는 이미 순결이나 동정은 없다는 사실을 말한다. 그때부터 두 사람의 관계는 무너지기 시작한다. 윤주는 학교를 떠나 동두천의 술집을 전전하며 방황한다. 형빈 역시 고향에서 몇 달을 지내면서 그 생각에서 벗어나기 위해 노력한다. 그러다 그는 직업여성을 사서 자신의 동정을 버린다. 그들은 서로에 대한 그리움을 어떤 갈등속에서도 버릴 수 없어 함께 살기로 한다.

그들의 비교적 안정적이고 짧은 행복은 시골에서 형빈의 아버지가 올라오면서 깨진다. 아버지는 윤리적이고 도덕적인 제도를 대변하는 인물이다. 그는 유교적인 사회 속에서 절대적인 권위를 가진다. 그런 아버지는 그들의 생활을 인정할 수 없다. 형빈이 시험을 치르고 안정이 될 때까지 서로 헤어져 있게 된다. 윤주의 순결 문제로 갈등한 그들에게 또 다른 어려움에 부딪친다. 아버지는 가부장적 제도 속의 절대적인 존재다. 특히 아버지는 윤리적이고 도덕적인 성향을 대변하는 인물이다. 이런 아버지에게 그들의 생활은 인정될 리 없다. 그들의 일시적인 행복도 무너지고 만다. 그때부터 그들의 긴이별이 시작된다.

80년대 우리 사회는 빠른 성장과 미국을 향한 꿈에 부푼 시대였다. 그동안 윤주는 자신의 과거를 문제 삼지 않을 미국으로 간다. 형빈은 집안에서 원하는 여자와 결혼을 하고 안정된 직장도 가진다. 그러나 그의 마음에 떠나지 않는 것은 윤주에 대한 그리움이다. 그는 윤주가 있는 미국지사로 근무지를 희망한다. 그는 미국에서 윤주의 소식을 수소문한다. 어떤 곳에서는 흑인 남자와, 또 어떤 곳에서는 백인과 함께 지냈던 그녀의 흔적을 좇던 그는 마침내 윤주와 재회한다. 그들의 미국에서의 재회는 비교적 순탄했다. 그러나 윤주의 채워지지 않는 허영심과 향락적인 습관으로 형빈 역시 직장을 잃게 된다.

그는 윤주에게 자신들이 안정할 수 있는 한국으로 돌아갈 것을 권하지만 그녀는 거부한다. 그러면서 여기서 새로운 일자리를 구해 살아가자고 한다. 윤주는 자신의 과거가 문제되지 않는 미국에 왔다. 미국에선 과거보다는 현재의 모습이 중요하다. 그러는 사이 그녀는 술로 점점 타락한다. 윤주의 사치와 향락적인 생활에 빠진다. 그들의 대립이 잦아진다. 결국 형빈은 그녀를 살해하며 사랑은 파국으로 끝난다.

사랑의 이야기를 다룬 〈레테의 연가〉와 〈추락하는 것은 날개가 있다〉는 대조를 이룬다. 〈레테의 연가〉는 표면적으로 드러나는 사랑이기보다는 내면에 쌓이는 그리움이다. 그런 사랑을 끝까지 도덕적으로 지켜내는 과정을 두 사람의 갈등으로 보여준다. 반면 〈추락하는 것은 날개가 있다〉는 인생에 있어 가장 열정적인 정열을 가진 대학 때 만난 젊은이의 사랑이다. 그들의 사랑은 시대를 도피하고 윤리와 도덕을 벗어나려는 몸부림이다. 그런 만큼 그들의 노력은 처절할 정도로 적극적이다. 그녀는 우리 시대의 윤리와 도덕을 역겹게 생각했지만 그녀 역시 그런 관습에서 벗어나지 못했다. 그녀는 늘 고뇌하며 술로 세월을 보내다 파국을 맞는다. 이문열은 이렇게 대비적인 두 사랑을 통해 우리 시대의 진정한 사랑의 의미를 생각하게 한다.

9) 황석영의 〈삼포 가는 길〉

이 작품은 추운 겨울 날 새로운 일자리를 찾아 길을 떠나는 세 사람의 이야기다. 정씨는 지난 십년간 교도소에서 복역을 마치고 고향 삼포를 찾아 길을 떠난다. 그 고향에는 아는 사람도 자신을 반겨줄 사람도 없지만 그의 기억 속에 있는 삼포로 간다. 삼포는 참으로 아름다운 섬으로 비옥한 땅도 있고 고기도 많이 잡히는 곳이다. 그의 기억 속 고향은 한가롭고 풍족하다.

노영달은 공사장의 일이 추위 때문에 진행되지 않아 밥값도 갚을 수 없는 처지가 된다. 그래서 일자리가 있는 곳이면 어디든 갈 생각으로 길을 나선다. 그들은 천가네 밥집에서 몇 번 스친 인연으로 동행하게 된다.

그들은 아침을 먹기 위해 해장국 집에 들른다. 식당의 주인은 백화라는 아가씨가 도망을 갔는데 잡아만 주면 현금 만원을 주겠다고 한다. 노영달은 그녀를 잡아 돈을 벌 생각을 하며 길을 나선다. 그러나 그들이 눈길을 걷다가 백화라는 아가씨를 만났을 때는 먼 길의 동행이 된다.

백화는 열여덟에 집을 나와 삼년 동안 술집을 전전했다. 외관상 그녀의 모습은 스물대여섯은 되어 보인다. 그만큼 그녀의 외모는 혹독한 세월의 흔적을 느끼게 한다. 그녀는 이제 이런 생활을 정리하고 고향으로 가기 위해 길을 떠난다. 이렇게 세 사람은 눈 위에서 만나 먼 길의 동행자가 된다.

함께 길을 가면서 노영달은 백화와 같은 직업여성들의 진실하지 못한 행동을 냉소하고 비꼰다. 하지만 노영달은 백화와 동행하면서 그녀의 순수함과 천진함에 매력을 느낀다. 백화는 눈길을 걷다 발을 삐게 되어 정씨와 노영달의 등에 업혀 길을 간다. 그렇게 도착한 곳이 장이다. 장에서 세 사람은 떡을 먹는다. 이때 백화는 자신을 업고 온 것에 대한 감사의 뜻으로 시루떡을 노영달에게 준다. 그녀는 노영달에게 보기보다는 좋은 사람이라고 말한다. 그들은 기차역에 도착해서 백화와 헤어진다.

정씨는 기차역에서 삼포가 예전의 모습이 아니라 많이 변했다는 말을 듣고 매우 실망한다. 소설에서는 노영달과 정씨가 그 기차를 탔는지 안 탔는지 명확하게 드러내지 않는다. 정씨가 십년 동안 그리던 곳이니까 기차를 탔으리란 생각을 할 수 있고, 달라진 고향 소식에 망연자실 기차역에 남아 있을 수도 있다. 그는 처음부터 고향에 대한 기대와 그리움을 가슴에 가득 안고 길을 떠났다. 하지만 그 기대가 무참하게 무너지는 허탈감을 느낀다.

시나리오는 소설의 내용과 크게 다르지 않다. 단지 표현하는 방법과 세부적인 설정에 차이가 있다. 특히, 정씨의 가족과 고향에 대한 이야기가 구체적으로 표현된다.

소설에는 정씨의 가족에 대한 이야기는 없다. 하지만 시나리오에서 정씨에게는 백화의 나이만큼 먹은 청각장애가 있는 딸아이가 있다. 고향으로 가기 전 들른 장에서 딸아이의 고무신을 고르는 모습에서 아버지의 정을 느낄 수 있다. 고향에 도착하여 정씨는 자신의 딸을 먼발치에서 본다. 그녀는 교통 정리를 하는 안내원이 되었다. 그는 딸에게 다가가기 위해 도로를 건너려 하지만 딸아이는 횡단보도를 이용할 것을 깃발과 호루라기로 권한다. 그런 그의 손에는 딸아이에게 줄 고무신을 가진 채 그녀에게 다가 가지 못한다.

정씨와 딸과의 만남은 십년의 세월만큼 거리감을 느낄 수 있다. 여기저기 공사가 한창인 고향의 모습과 그런 혼잡한 교통 상황을 정리하는 딸, 그런 딸에게 주려고 산 고무신. 이제 정씨의 딸은 고무신을 신지 않을 만큼 달라진 환경에 살고 있다. 그만큼 고향도 사회도 변해 버린 것이다. 하지만 그만은 십년 전의 어린아이인 딸을 가슴에 담고, 달라진 고향의 모습에 적응하지 못한다. 그가 딸에게 다가가고 싶지만 어디로 가야 하는지 알지 못해 갈팡질팡 하는 모습이 두드러진다. 그는 십년의 세월을 극복하지 못하고 방향을 잡지 못해 당황한다. 결국 그는 새로운 고향을 찾아 길을 떠난다.

노영달과 백화의 관계는 좀 극대화된다. 소설에는 장에서 시루떡을 나누어 먹는 정도로 서로에 대한 관심을 표현한다. 하지만 시나리오에서는 그들이 처음부터 토닥거리는 싸움으로 서로의 관심을 드러낸다. 노영달이 백화의 몸을 탐하는 모습이 몇 번 보여지나 정씨의 저지를 받는다. 그러다 노영달과 백화는 눈 위에서 관계를 갖는다. 시나리오는 이렇게 그들이 사랑을 육감적이고 자극적으로 변화시키고 있다. 소설에는 소극적으로 보인 서로에 대한 관심이 시나리오에는 적극적이고 선정적으로 그려진다. 이것은 영화의 흥행성과 대중성에 관심을 가진 결과일 것이다.

가장 큰 차이는 후반에 등장하는 정씨의 고향 이야기다. 시나리오에서 노영달과 정씨는 삼포로 간다. 그러나 삼포는 정씨의 생각에 있던, 비옥한 땅이 있고 고기가 많이 잡히는 섬이 아니다. 여기저기서 공사가 한창이고 바다 위에 펼쳐진 다리 위로 달리는 차들에 정신이 혼미할 지경이다. 달라진 고향의 모습을 구체적으로 드러낸다. 결국 그는 달라진 고향에 정착하지 못하고 떠날 결심을 한다. 그의 마음속에 변하지 않고 있는 또 다른 고향으로 간다. 그는 마음의 고향인 삼포를 찾아 길을 떠난다.

소설보다 영화의 초점은 백화에게 많이 맞춰져 있다. 그녀의 가방 속에는 다 낡은 속옷, 오래 쓴 화장품, 짝이 맞지 않는 화투짝, 동전 몇 개가 들어 있다. 카메라는 눈 위에 던져진 내용물을 세세히 보여준다. 이 물건들은 그녀가 지금까지 세상 풍파에 휩쓸려 지내온 인생을 보여주고 있다. 그녀는 모진 세파를 겪으면서 세상을 조금 더 편하게 살아가는 방법을 터득한다. 또 그녀는 목적지까지 편하게 가기 위해 지나가는 차를 세우기도 하고, 돈을 벌기 위해 아무 술집에서나 하루 일을 하기도 한다. 그녀는 험한 세상을 어떻게 살아가야 하는지를 안다. 그녀는 모든 세상사에 달관한 듯한 강인한 모습을 보인다. 그러나 백화가 술집에서 손님들에게 위기에 처했을 때, 정씨가 자신의 딸을 찾은 것처럼 연기하는 장면에서 부정을 그리워하는 모습을 볼 수 있다.

영화는 세 사람이 헤어지는 결말에서도 차이가 난다. 영달이 기차역에서 백화를 먼저 보낸다. 영달은 자기 한 몸도 책임질 수 없는 상황이라 백화에게 함께 가자고 하지 못한다. 다만 헤어지는 그녀에게 기차표와 삶은 달걀을 사준다. 백화는 영달에게 함께 살면 잘 할 수 있다고 애원하지만 거절당한다. 백화는 무거운 발걸음으로 영달과 정씨를 남기고 기차역을 나간다. 이어서 노영달과 정씨는 그들을 삼포로 데려갈 기차를 타고 떠난다.

백화는 떠난 기차의 뒷모습을 보며 가방을 머리에 이고 플랫폼에 나타난다. 그녀는 무표정한 얼굴로 역내에 걸려진 기차의 시각표와 노선을 본다. 다시 그녀는 차창 밖으로 보이는 술집의 간판으로 눈을 돌린다. 영화는 이런 백화의 모습을 마지막으로 끝맺는다.

그녀가 어떤 길을 선택하려는지 알 수 없다. 아무 생각 없는 백화의 표정에서는 뚜렷한 방향을 엿볼 수 없다. 그녀가 어떤 삶의 방향을 선택하는지는 무한하게 열려져 있다. 백화의 모습은 여러 방향으로 뻗어 있는 교차로에 서 있는 현대인의 모습을 보는 듯하다. 늘 하루하루를 열심히 시간에 쫓기어 사는 사람들. 그들은 어디를 향해 그렇게 열심히 달리기만 하는 것인가. 그들이 가야 하는 방향은 어디인가. 하지만 누구도 그 방향을 가리킬 수는 없을 것이다. 영화는 정씨의 고향에 초점을 두는 것이 아니라 또 다른 방향을 생각하며 서 있는 백화에게 초점을 맞추고 있다.

소설에서는 길을 떠나는 세 사람의 중에 정씨의 고향에 대한 그리움이 두드러진다. 정씨는 고향으로 가는 기차를 기다리면서 고향의 달라진 모습을 듣고 당황한다. 지난 십년 동안 그의 생각 속에 있던 고향의 모습은 아니다. 그런 충격 속의 정씨와 노영달이 삼포로 가는 그 기차를 탔는지 아니면 다른 곳을 갔는지 알 수 없다. 그러나 시나리오에서는 정씨의 고향을 직접적으로 보여준다. 고향은 육지와 연결된 다리 위로 달리는 차들과 공사가 한창인 곳으로 변해 버렸다. 그 혼잡한 곳에서 딸은 성장하여 교통 정리를 하고 있다. 그는 딸아이에게 줄 고무신을 손에 쥔 채, 방향을 잡지 못한다. 시나리오에서는 고향에 돌아가 적응하지 못하는 정씨의 모습을 구체적으로 서술한다. 또 노영달과 백화의 서로에 대한 관심을 좀더 적극적으로 그린다. 시나리오는 극적인 그들의 사랑을 통해 대중적인 홍미를 유발시킨다.

영화에서는 고향 상실의 이미지를 정씨보다 백화를 통해 드러낸다. 설원을 배경으로 걷는 세 사람은 정상적인 생활을 하지 못하는 인물들이다. 출감자, 막노동꾼, 술집여자. 이들은 정상적인 사회의 일원으로 적응하지 못한다. 소외된 인물들이 객지를 떠돌다 다시 그들의 고향을 찾아간다. 하지만 정씨가 그리던 그 고향도 예전의 고향은 아니고, 백화는 고향으로 가는 기차를 타지 않는다. 특히, 백화를 통해 방향 상실을 느끼는 현대인의 모습을 적나라하게 드러내고 있다. 영화는 초점이 백화에게로 옮겨지면서 정씨의 고향은 드러나지 않는다. 다만 고향에 가지 못하는 백화를 드러낸다.

10) 김성동의 〈만다라〉

1981년에 임권택이 제작한 〈만다라〉는 우리 영화사에 획기적인 작품이었다. 6.25 이후 신상옥 감독과 함께 반공영화를 주로 만들었던 임권택 감독이 이 작품으로 일반 관객들에게 널리 알려졌다. 더욱이 본격적인 구도 영화가 없던 시대에 나온 작품이기에 주목의 대상이 되었다. 삶의 본질 문제를 탐구하는 데 있어서 그 진지성이 적절히 형상화되어 이 작품은 수작(秀作)으로 평가를 받게 되었다.

영화 〈만다라〉는 김성동 소설의 줄거리와 인물들을 충실히 살려 제작된 영화이다. 관념적인 문제가 주제인 이 원작소설을 읽는 독자들은 다소 지루함을 느낄 수 있지만, 영화에 나오는 인물들의 성격이 뚜렷하고, 그들의 대사도 많아 소설보다 감동의 파급 효과가 크다.

출가 6년 뒤에도 깨달음을 못 얻은 법운은 우연이 파계승 지산을 만난다. 교리에 따라 금욕적으로 사는 법운은 옛 애인을 잊지 못해 괴로워한다. 하지만 지산은 창녀와 동침하며 속된 행동을 거침없이 한다. 또 속세에서의 깨달음이나 중생의 고통 분담을 표방하며 수련이나 참선을 하는 것은 달가워하지 않는다. 더욱이 고통받는 중생을 외면하고, 산에서 자기 수행만을 하는 행위는 바람직한 불자의 삶이 아니라는 생각했다. 그러나 두 승려는 '병 속의 새를 어떻게 꺼낼 것인가?'라는 화두를 풀기 위해 나름대로 수행하지만, 도저히 그 행답의 본질을 깨닫지 못하여 절망한다.

낡은 집을 거처로 삼은 두 승려는 본격적인 수도생활을 한다. 번뇌를 버리지 못한 지산은 괴로워하며 술집을 찾아간다. 지산은 술에 취한 몸으로 탑 앞에서 죽은 채 발견되고 법운은 지산의 시신을 수습하여 화장을 한 다음에 자기의 번뇌를 청산하기 위하여 길을 떠난다.

서울로 올라간 법운은 옛 애인 영주를 만나 감정을 정리하는 한편, 어릴 때 자기를 버리고 떠났던 어머니를 만나 과거를 청산한다. 모든 인연에서 벗어난 법운은 또다시 수행의 길을 떠난다.

위 이야기는 삶의 허상을 벗고, 그 본질을 불교적으로 깨달으려 한다. 그 화두가 '병에 든 새를 어떻게 꺼낼까?'라는 질문이다. 인간이 자신의 욕망의 청산하고, 삶의 본질을 불교적으로 깨닫는 것임을 암시한다.

〈만다라〉를 보면 진정한 깨달음을 얻으려 모든 승려들은 다양한 방법을 모색한다. 법운은 금욕적 생활과 참선을 통하여 깨달음을 얻고자 하지만, 지산은 세속적인 쾌락과 방탕함을 통해서 깨달음을 얻고자 한다. 법운과 같이 행자승 생활을 했던 수관은 육체를 학대하고 인신공양을 하여 깨달음을 얻고자 한다. 그러나 세 명 중 누구도 깨달음의 궁극적 경지에 이르지 못한다.

지산은 방탕함으로 인해서 속인보다 더 황폐해진 자신을 발견한다. 수관도 손가락들만 잃었을 뿐이다. 법운만이 자신의 번뇌를 청산하고 새로운 자세로 구도에 임할 뿐이다.

위의 작품은 일반인들의 관심사와는 무관한 작품이다. 바쁘게 살아가는 현대인들은 '어떻게 살 것인가'에 대해 고민하지 않는다. 단지 앞만 보고 살아간다. 이러한 현대인들에게 〈만다라〉는 자기 삶을 재고하도록 권유한다. '나는 누구인가?'에 대한 의문은 종교인들은 물론 일반인들도 모두 고민할 문제임을 이 영화는 강조한다.

소설의 소재는
갈고 다듬어야 영롱한 보석이 된다

_____채길순 | 소설가, 명지전문대학 문예창작과

1. 소설 소재의 의미와 작가 의식

소설의 소재란 작가의 직접 혹은 간접 체험은 물론 상상에 의해 창조된, 소설을 쓸 때 동원되는 모든 재료를 뜻한다. 소설에 사용된 사건이나 인물 배경 등이 소설의 중심 소재가 된다. 또 소설의 소재란 사건이나 에피소드, 소도구를 뜻하기도 한다. 특히 소설의 주제를 드러내는 중심 소재를 제재라고 하며, 소설 착상의 단초가 된 씨앗 같은 소재를 모티브(motive)라 하여 구별하기도 한다.

1) 작가의 체험은 때로 운명적이기도 하다

사람이 살아가면서 누구나 겪는 일이라 하더라도 일반 사람들에게는 단순한 체험일 수 있지만 소설가는 이를 특별한 혹은 운명적인 체험으로 끌어올린다. 다시 말해 작가는 일반인들에게 평범한 체험도 재해석하여 아주 각별한 의미를 지니는 소설적 소재로 형상화해 낸다.

예를 들면, 누구나 트라우마를 가질 수 있지만 일반인들에게는 그저 가슴 저린 추억, 한 조각 상처쯤으로 인지될 수 있지만 소설가에게는 남다른 의미로 와 닿아서 끊임없는 글쓰기의 원천이 되기도 한다. 서로 죽고 죽이는 처절한 전쟁을 체험하고 돌아왔지만 소설가에게는 각별한 체험으로 남아 있다가 작품으로 형상화된다. 최인훈의 『광장』의 주인공 이명준이 그렇고, 안정효의 『하얀전쟁』에 등장하는, 전쟁으로 정신적인 상처를 입은 젊은이들처럼 전쟁의 기억 때문에 일상적인 삶을 영위하지 못하는 군상들이 바로 그 예가 된다. 이처럼 작가에게 각인된 기억, 풀지 않으면 견딜 수 없는 것을 풀어가는, 운명적인 글쓰기를 하는 작가가 구체적인 예라 할 수 있다.

일찍이 소설가 박범신이 "소설이란 쓰지 않으면 안 되는 사람만 쓰면 된다"고 한 말을 이쯤에서 상기할 만하다.

그렇다고 작가는 스스로 비극적이거나 허무주의적 관념의 함정을 팔 것이 아니라, 독자들에게 좀 더 나은 삶의 길을 열어주어야 한다는 목적이 전제되어야 한다. 이것이 바로 작가의 역사의식이며 사회의식이다.

따라서 작가의 눈에 보이는 현실 사회는 부조리할 뿐만 아니라 늘 불안정하다. 작가들은 늘 낭떠러지 끝에 서 있는 듯한 사회 · 역사적 절망감 속에, 문제에 부딪치고 물러서고 방관하고 외면하고 우회하면서 작가라는 순수 양심에의 호소를 위해 스스로 고통을 겪는 존재일 수밖에 없다.

이렇게, 작가가 만나는 체험적인 소재들은 항상 작가의식에 의해 정련되어 소설로 형상화되는 과정을 거치는 것이다.

2) 체험적 소재는 작가의식으로 담금질하는 과정을 통해 소설이 된다

소설가 황석영이 걸어온 문학의 길은 투철한 작가정신의 면모를 엿볼 수 있는 좋은 예가 된다. 황석영은 소설가로 데뷔한 뒤 10여년간 떠돌이 생활과 베트남 참전으로 창작 활동을 중단한다. 소설의 소재가 말라 버렸기 때문이다. 그러나 베트남 전쟁 체험은 1970년대 그의 소설 문학을 꽃피우는 밑거름이 되었다. 황석영은 1970년 베트남 전쟁을 배경으로 한 단편「탑」을 발표하면서 본격적인 창작 활동을 재개한다. 이 밖에 간척지 공사판의 날품팔이 노동자를 다룬「객지」는 그 시기의 대표작이라 할 수 있으며, 발군의 노동소설로 평가된다. 그 뒤 분단 과정에서 처절하게 희생당한 민중을 다룬「한씨연대기」, 하층민의 애환을 다룬「삼포 가는 길」을 연이어 발표하면서 1970년대 민중문학의 대표작가로 떠올랐다.

2. 체험을 소설 창작에 효과적으로 활용하기

1) 체험이 객관화될 때 비로소 소설의 소재가 된다

작가의 체험이 소설로 형상화되는 과정에서 '의미 있게 재배치될 때' 비로소 소설의 소재가 된다. 체험을 객관적으로 바르게 해석하고, 주제를 드러내는 데 필요하고 적절한 구조물로 구축할 때 비로소 소설 소재로서의 의미를 갖는다는 뜻이다. 이를 주관적인 체험의 객관화 과정이라 한다.

즉, 체험적 소재는 사회를 향한 문제나 주제를 제기한 총체적인 세계를 보여주는 예술적 구조물이라야 한다. 단순한 팔자타령이나 비극적인 자신의 문제가 왜 소설이 될 수 없는지 이유를 알아야 한다. 이는 현재적인 의미를 충족시킬 수 있는 과거 체험이라야 의미 있는 소재가 될 수 있다는 뜻이다.

2) 소재에 대한 접근은 귀납적이지만, 결국은 연역적 접근과 혼용 과정이다

소설 창작 과정에서 주제를 먼저 정해 놓고 소재를 찾아 나서기보다는 재미있는 이야깃거리를 먼저 발견하고 이를 소설화하는 것이 일반적이다. 이 말은, 소설의 주제가 필수적이긴 하지만 주제에 얽매여 이야기가 답답하게 진행되기보다는 도리어 흥미 있는 이야기 자체의 동력을 따라 활달하게 전개되어야 한다는 뜻이다. 결국 소설 창작 과정은 주제를 드러내는 연역과, 주제를 향하여 소재들을 집중시키는 귀납의 두 방법이 혼용된다. 즉 주제에 따라 소재를 취사선택하거나 변형하고, 다시 소재에 따라 주제가 변형되기도 한다는 뜻이다.

소설의 주제에 대해서는 소설가 박범신의 견해를 참고할 만하다. "나는 가급적 내가 추구하려는 주제를 어떤 동그라미 안에 묶어 두려 하지 않는다. 소설이 어차피 '사람들이 살아가는 짓거리'를 그려내는 것이라면 그만큼 주제도 집약되기보다는 다양할 수밖에 없기 때문이다. 즉 주제는 직접적이지 않고, 결국은 다양화된 감동의 틀에서 저절로 획득되어야 한다는 뜻이다."

3) 사회 현상이나 문제가 그대로 소설의 주제가 되지는 않는다

소설의 소재는 현실문제 가운데서 선택되기 마련이다. 그렇지만 같은 현실문제가 소재가 된다 하더라도 작가마다 소설의 주제는 다르게 나타난다. 왜냐하면 현실의 문제들, 즉 소설의 소재들은 작가의 체험 범위와 방식, 그리고 세계관에 따라 새롭게 재해석되는 과정을 거쳐 다양한 양상으로 형상화되기 때문이다.

예를 들면 1920년대 식민지 시대 현진건, 김기진 두 사람은 가난한 계층에 관심을 가진 소재라는 점은 공통되지만 전자는 자본주의의 도덕성(보수, 관념, 도덕, 종교 등)을 통하여 이 주제를 드러내고, 후자는 마르크스의 계급투쟁 사상을 바탕으로 가난한 자들의 계급투쟁이 성공할 수 있다고 역설하고 있다.

또, 같은 체험적인 소재로 같은 분단의 문제를 취급하지만 소재에 대한 해석이 다양하게 나타난다. 김원일은 아버지 중심의 사건으로, 이청준은 형과 가족 관계를 통해서, 현기영은 제주 4·3항쟁, 이문열은 아버지 콤플렉스로 나타나고 있다.

4) 체험적 사건의 시간 변형은 주제를 드러내는 유용한 방법이다

소재의 변형과 확장은 소설 형상화의 중요한 요건이 된다. 좋은 소재란 작가 입장에서는 자신이 가장 잘 아는 체험 세계가 될 것이고, 독자의 입장에서는 신선하고 새로운 문제를 제기할 수 있는 소재일 것이다. 이를 종합하면, 소설의 소재는 독창적인 세계를 구축할 수 있는 것이라야 한다.

소재 활용에서 가장 먼저 주제 문제가 대두된다. 자신이 체험한 다양한 삶이 온전히 소설의 소재가 되는 것은 아니다. 일반적인 체험과 변별력이 있는 각별한 체험이라야 하며, 그것이 작가 자신의 새로운 해석 과정을 거쳤을 때 비로소 가치 있는 소재가 될 것이다. 그리고 소재로 채택된 체험이나 사건은 주제나 문제와의 상관관계에서 특히 시간을 효과적으로 변형시킨다면 의미가 집약될 수 있다.

사건들의 재배열(시간 변형)이 소설 전개의 효과적인 수단이 되기도 하고, 과감한 축약으로 대신하기도 한다. 예를 들면 박태원의 자전적인 소설 「소설가 구보씨의 일일」은 미혼이며 홀어머니와 함께 사는 룸펜 소설가 구보씨가 서울 거리를 배회하면서 보고 느끼는 내면의 방황이나 세태 풍속을 단 하루의 일과를 통해 그린 작품이다. 반면, 이제하의 「유자약전」은 유자라는 한 여인의 온 생애를 짧은 단편 한 편에 담아낸 것이다. 전자는 한 편의 소설에서 시간을 촘촘하게 운영했고, 후자는 한 생애의 시간이 빠르게 흐른다.

이처럼, 소설 쓰기에서 소재에 대한 효과적인 시간 활용은 매우 중요한 요건이 된다.

5) 어느 시기의 어떤 사건을 다루느냐는 소재의 효과적인 활용 문제이다

「홍길동전」은 홍길동이 서자로 태어나 우울한 유소년기를 보내는 과정, 의적으로 활동하는 청년기, 율도국을 건설하고 죽음에 이르는 장년기 등 일대기를 다루고 있다지만, 작가가 인물의 한 생애에서 어느 시기를 중요하게 다루느냐 하는 작가의 의도에 따라 소재 선택이 달라진다. 대체로 고대소설은 태어나서 죽을 때까지 일대기를 다양한 사건을 통해 보여준다. 이때 인물은 보편적이고 전형적이며, 배경은 추상적이고 낭만적일 뿐만 아니라 현실보다 과장된 인물이나 상황이 제시된다.

그러나 현대소설은 특히 중요한 삶의 단면을 집약해서 보여준다. 현대소설은 비교적 사건이 단순하고 집약적이며, 인물이 개성적이고 개인적이다. 사건 전개 또한 개연성이 있어야 하고 사실적이어야 한다.

그렇지만 소설은 어떤 형태로든 어느 시기의 소재(사건)를 중심으로 다루느냐가 정해지게 마련이다. 예를 들면 「춘향전」은 정조를 지켜내고 마침내 신분을 초월하여 아름다운 사랑을 이루어 내는 꽃다운 시기가 중심 소재가 된다. 현대소설은 어떤 의미에서는 이보다 훨씬 집약적이어서, 최인훈의 「광장」의 경우 이명준이 이데올로기 문제로 갈등을 겪는 청년시절(해방공간기와 6·25)에 겪는 사건을 중심으로 전개하고 있다.

6) 소설 소재는 사건, 에피소드, 소도구 등 다양한 층위로 형성된다

소설의 소재는 중심 사건이나 부수적인 사건, 에피소드, 소도구 등이 긴밀하게 호응하면서 다양한 층위를 형성한다. 이런 소재들은 통일된 구조 안에서 조화를 이루어야 한다. 이런 여러 소재 중 중심 소재를 제재(題材)라 한다. 에피소드는 사건 흐름에서 인과관계와는 무관하지만 개연성이나 사실성에 기여하며, 이야기의 흐름을 원활하게 하거나 흥미를 북돋워 주는 역할을 한다.

소도구는 사건과 사건은 물론 과거 장면과 현재 장면을 유기적으로 연결시켜 주는 고리 역할을 하거나, 이미지 연결을 통해 이야기의 흐름을 자연스럽게 하는 기능을 하기도 한다. 예를 들면 '담배 파이프'를 보고 오래전에 세상을 뜬 아버지를 회고하거나, 특정한 사람의 각별한 전화를 받으면서 지난 역사를 뒤돌아보는 것은 소도구를 통해 자연스럽게 장면 전환이 이뤄지는 유형이다. 소도구가 때로는 사건과 사건을 연결하기도 하고, 서로 어긋나거나 떨어져 있는 것을 통일하거나(혹은 정반대) 유사한 이미지를 통해 과거와 현재를 자연스럽게 연결시켜주기도 한다. 예컨대 눈보라가 몰아치는 어느 날(현재), 어렸을 때 눈보라치던 날의 누이와의 결별(과거)을 기억하는 것이 이에 해당한다. 뿐만 아니라 유사한 상황을 통해 사건이 연결되기도 하는데, 현재의 최루탄 총성을 통해 과거 6·25와 4·19 역사를 돌아보는 전개도 소도구를 통한 자연스러운 이미지 연결이다.

이 같은 사건 연결이 때로는 역설적인 상황에서 이루어지기도 한다. 예를 들면 할머니의 죽음에 이어 손자가 탄생하는 사건 연결을 통해 삶과 죽음이라는 순환적인 자연의 섭리를 역설적으로 보여주기도 한다.

7) 번호를 매기거나 소제목을 달아 장을 구별하기도 한다

소설에서 번호를 매기거나 소제목을 다는 경우를 볼 수 있다. 이는 작가의 독창적인 소설 창작법의 하나로 볼 수도 있지만, 대개 소재가 서로 다르거나,

시간을 뚜렷이 구별해줄 필요가 있을 때, 또는 사건의 연결 고리가 애매할 때 소제목을 붙이거나 번호를 붙여 독립시켜 준다. 그렇지만 어느 경우든 소설의 통일된 구조를 형성하기 위한 방편이라는 사실을 잊어서는 안 된다.

3. 소재의 변형과 소설 구상의 실제

1) 소설의 구상은 '어떤 집을 어떻게 지을까'의 문제와 같다

대개 작가들은 소설을 쓰기 전까지 사건 전개는 물론 인물, 배경 등 여러 요소가 불투명하고 막연한 상태에 놓여 있기 마련이다. 이는 아직 구체적인 줄거리를 완전하게 갖추지 못했다는 뜻이기도 하다. 대개 소설 창작 과정은 이처럼 골격만을 대충 세워 놓고 집필해 가면서 세부 문제는 그때그때 해결해 나가기도 한다. 작가가 계획했던 대로 소설이 진행되기도 하지만 어떤 때는 전혀 예상하지 못한 방향으로 흘러가기도 한다. 이렇게 소설 쓰기란 추상적인 줄거리로 시작하여 차츰 완성도를 높여 가는 과정이라고 볼 수 있다. 집필 전에 작가의 머릿속에는 개요는 물론 주제나 정서 등이 추상적인 상태에 놓여 있어서, 작품 구상이 엉성해 보이기도 한다. 비록 그렇더라도 가능하면 소설 구상이 섬세할수록 작가의 의도에 충실한 작품이 완성될 수 있다.

소설의 구상 단계를 집짓기에 비유하면, '어떤 집을 지을까' 하는 계획을 세우고, 필요한 재료들을 모으고, '집을 어떻게 지을까'를 계획하는 단계로 볼 수 있다. 그렇지만 '어떤' 집을 '어떻게' 지을까 하는 문제는 순서와 단계가 있는 것이 아니라 동시에 적용된다.

2) 주제와 소재의 두 기둥을 세워 나가기

그렇다면, 소설 쓰기에서 구상은 '주제와 소재의 기둥 세워 나가기'의 과정이라고 볼 수 있다. 소설은 주제와 소재의 조화라는 관점에서 흩어져 있는 불확실한 소재들을 이용하여 쓸 만한 기둥을 골라서 세워 나가는 과정이다. '이야기는 있는데 무엇을 드러내려 했는지 모호하다'는 소설평을 받는 작품은 서사는 있지만 주제가 뚜렷하지 않거나 실종되었다는 뜻이다. 실제로 이는 습작생들의 소설에서 흔히 볼 수 있는 평이다. 이런 경우는 이야기 전개에 치중하다가 주제를 소홀히 한 경우이다.

그렇다고 집필 과정에서 주제를 지나치게 의식하다 보면 재미없는 이야기가 되고 마는 경우도 있다. 결국 효과적인 구상이란 재미있는 이야기 안에 주제를 싣는 일이다. 이는 소설적 재미와 주제가 변증법적으로 조화를 이루어야 한다는 뜻이고, 소설 쓰기는 이 두 기둥을 효과적으로 세워 가는 과정이다.

3) 개요 만들기 과정

일단 스토리를 계획할 때는 중요한 사건들이나 에피소드를 시간 순서에 따라 배열한다. 물론 사건은 인물들이 벌이는 행위이므로 공간 및 시간과 밀접한 관련이 있다. 또 이는 인물의 등퇴장 문제와도 관련이 있다. 예를 들어 누군가가 서울 - 대전 - 부산 - 광주로 옮겨 다니며 범죄를 벌였다면, 인물의 이동과 함께 시간이 흘렀다고 볼 수 있다. 따라서 시간과 공간 배경은 동시 개념이며, 유기적인 관계라는 사실을 알 수 있다.

어쨌거나 필요한 사건들을 알맞게 늘어 놓는 일이 중요하다. 그리고 이를 유기적으로 결합시켜 가는 과정이 개요 만들기이며, 이는 '소설 창작'의 중요한 과정이다.

4) 에피소드와 예비적인 플롯 정하기

개개의 사건이나 모티브는 작품의 플롯을 구성하는 데 필요한 요소들이다. 소설을 구상할 때 첫 사건부터 마지막 사건까지 일목요연하게 완전한 틀을 구상하기란 결코 쉬운 문제가 아니다. 따라서 우선 개요에 따라 사건을 배열할 수밖에 없다. 이렇게 먼저 큰 흐름을 설정해 놓은 뒤에 작은 장면들이나 사건 또는 소도구들을 빼거나 추가하면서 조정해 나간다. 마찬가지로 인물들도 개요 단계에서는 예비적으로 설정되는데, 중심인물의 움직임에 따라 주변 인물을 유기적으로 배치해 나간다. 이때 누구의 눈으로, 어떻게 이야기를 전하느냐가 결정되므로 '이야기를 전하는 틀(이야기 방법)'도 자연스럽게 결정된다. 이때의 사건 및 에피소드들은 위치를 자유자재로 바꿀 수 있는 여러 장의 '카드'로 이해하면 된다. 여기서 카드 배치란 사건 배열을 의미한다.

개요 단계에서 배열된 사건 카드들은 구상 단계에서 카드의 배열을 바꾸고, 내용을 늘이거나 줄이는 과정을 거치는데, 이는 소설의 줄거리를 만들어 가는 과정이다. 이 단계에서는 이야기를 효과적으로 전달하기 위한 소도구 에피소드의 첨삭과 사건 순서 바꾸기가 활발하게 일어난다. 이는 결국 플롯을 구축하는 과정이며 이야기가 소설로 발전하는 과정으로서, 작가의 역량이 가늠되는 과정이기도 하다. 그래서 작가들은 플롯 구축 과정에서 오랜 시간 서성이며 고심한다. 물론 이런 계획과 실제 형상화된 소설이 반드시 일치하는 것은 아니다. 동시에 이 단계는 필요없는 소도구나 에피소드, 사건, 인물 혹은 불필요한 대화가 끼어들지 않도록 간추리는 과정이기도 하다.

5) 소설 구상 과정, 이렇게 점검하라

유능한 목수가 설계도만 보고도 완성된 건물을 눈앞에 선명하게 떠올릴 수 있는 것처럼, 유능한 작가라면 소설을 어떻게 시작하고 전개시켜 어떻게 결말을 지을 것인지 미리 구상할 능력이 있어야 한다.

결국 소설이 이야기라면, 가장 간략하게 '누가 무엇을 했다'는 것으로 요약할 수 있어야 하며, '누가'라는 행위자와 '무엇을 했다'는 사건의 내용이 기본 출발점이 된다. 거기에서 '어떻게'나 '왜'와 같은 방법과 이유, '언제'나 '어디서'와 같은 시간과 공간적 요소들을 하나하나 나열하고 중첩시켜 가는 과정이 소설 구상 단계의 핵심이다.

소설의 구상 과정에서 소설의 주제나 문제의식을 효과적으로 드러내고, 사실적으로 이야기를 전개해 나가기 위한 개연성 있는 사건 배열, 문학적 정서(흥미)를 효과적으로 드러낼 수 있는 표현의 도입 등이 총체적으로 계획된다. 이는 결국 사건들을 늘어 놓고 인물과 배경, 이야기를 전하는 틀을 정해 가는 과정인데, 이 단계에서 소설의 얼개가 잡혀 가기도 한다.

소설의 구상 과정이 끝났다면 다음 문제들을 점검해 나간다.

첫째, 주제에 따른 소재의 선택은 바르게 되었는가?

둘째, 주제나 문제의식을 드러내기 위한 기본 틀 짜기는 적절한가?

4. 소설 창작 실습

여기서는 가장 주변적이고 체험적인 소재라 할 수 있는 '아버지'를 소재로 소설을 구상하고, 실제 집필해 보자. 개인에 따라 '아버지'라는 소재가 특수할 수도 있겠지만, 소설적 상상을 가한다는 것을 전제로 출발해 보자.

어느 날 갑자기 한 집안의 가장이 죽음을 맞이한다는 소재를 모티브로 하여 '아버지'라는 제목의 소설 한 편을 구상해 보자. 특히, 다음 문제를 검토하면서 접근해 보자.

〈1〉 아버지의 죽음으로 한 집안의 가세가 기울어 가는 이야기를 쓰겠다면, 평소에 알고 있던 불행한 가정에 대한 이야기를 바탕으로 주제를 정한다.

〈2〉 관련된 이야기에 대한 체험이나 정보가 부족한 상태라면 현실 문제를 기준으로 가(假)주제를 설정하고, 아버지의 죽음이 돌연사(비관 자살, 투쟁 사고사)인지 또는 자연사(암, 지병 또는 노환)인지 등을 기본으로 소설 전개를 구상하고 소설 창작을 시작해 보자.

〈3〉 주제의 방향에 따라 사건 전개 양상이 달라질 수 있는데, 아버지의 죽음이 가족 구성원의 행복을 위한 희생이었다고 보느냐, 아버지가 부도덕한 고용주에 저항하다가 부당하게 해고되었다고 보느냐에 따라 사건 전개 양상이 크게 달라질 것이다.

〈4〉 아버지가 병사(病死)했다고 하더라도 아버지 자신이 암인 줄 알고도 가족의 행복을 위해 이 사실을 끝까지 숨기고 가족을 돌보다 사망했다는 식으로 이야기가 전개된다면 '아버지의 아름다운 희생'이 주제로 부각될 수 있을 것이다.

〈5〉 위와 같은 사항들을 고려하되, 자신의 체험을 바탕으로 자유롭게 소설을 구상하고 실제로 한 편의 소설을 완성해 보자.

한국어문학
세계화의 길을 찾아서

_____우한용 | 소설가, 서울대 명예교수

1. 이런 논의가 어떤 의미가 있는가

  문학은 여러 가지로 규정할 수 있지만 결국 소통의 한 양식이다. 소통을 촉진한 대가로 지불하는 것이 원고료다. 문학적 소통은 실용적인 글들과는 다른 기호론적 구조를 지니고 있다. 독자를 의미의 구속에서 풀어줌으로써 소통을 도모한다. 문학은 '말씀'이 아니다. 문학은 법조문도 아니다. 문학은 그런 구속성이 없다. 자율성을 지닌 기호론적 실천의 한 양상으로 존재하면서 부단히 자기혁신을 계속하는 것이 문학이다.

  문학적 소통은 개인적으로는 한 독자의 운명을 바꾸어 놓을 만큼 강력한 의미장을 형성하기도 하지만, 달리 생각해 보면 아주 느슨한 의미 규제력을 지닌 게 사실이다. 김소월의 절창 「초혼(招魂)」을 읽고 죽은 자를 천도하는 장례 절차를 찾아내려고 든다면 망발에 속한다. 민족의 심성구조를 '심혼시' 형식으로 포착한 것일 따름이다. 채만식의 「탁류(濁流)」에서 성적인 문란과 도덕적 해이가 한 인간을 파멸로 이끈다는 경계나 교훈을 찾아내는 일 또한 헛스러운 노력에 지나지 않는다. 식민지가 인간의 삶을 어떻게 왜곡하는가를 읽어내는 정도에 머물 따름이다. 명령하는 것이 아니라 인간의 본질적 문제에 대해 묻고 대답할 수 있도록 촉구하는 것이 문학인 만큼 문학은 느슨한 의미장력을 지닌다. 인간을 왜곡하고 옥죄는 각종의 질곡(桎梏)을 풀어주는 것이 문학적 소통의 특징인 셈이다. 문학이 자유를 지향한다는 것은 이런 데 연원이 있을 듯하다.

시를 짓든 소설을 쓰든 내 작품을 많은 사람들이 즐겨 읽고 공감해 준다면 작가로서는 거기 만족해야 한다. 그런데 그 독자가 가능하면 널리 퍼져 있기를 바란다. 생전에 한 사람도 안 읽어도 좋은데 죽은 다음에라도 누가 읽어 주기를 바라는 것이 작가의 욕심이다. 그런 욕심은 한이 없어서 전세계 사람들이 읽어주었으면 하는 데까지 이른다. 그리하여 명작의 반열에 들고 고전의 대열에 끼기를 기대하게 된다. 겉으로 그런 의지를 표명하는가 하는 문제와는 다른 문제이다.

어떤 작가든지 작가의 작품은 그가 살아가는 지역사회의 문화유산이다. 나아가 같은 시대의 문화유산이다. 어느 작가든지 자기 작품이 자기 시대, 자기가 사는 지역사회의 문화유산이 된다는 것은 그 의미가 간단치 않다. 작가의 책임 또한 그에 따라 높아지게 마련이다. 작가의 책임감은 작품의 질을 높이는 데에 원동력이 된다. 한 작가의 작품이 세계적인 범위의 독자를 확보한다는 것은 그 책임이 세계적으로 커진다는 뜻이다. 거꾸로 말하자면 세계적인 화두를 가지고 작품을 창작하고, 세계문학과 행보를 같이할 때 작가의 사명감은 극대치에 이를 수 있다는 것이다.

줄여서 말하자면 이러한 논의는 우리 작가들이 세계적인 안목을 가지고 세계 문화 유산을 창조한다는 자부심과 책임감을 가지고 작품 활동을 하는데 길잡이가 되는 과업이다. 이러한 과업을 수행하는 데서 그동안 우리가 전개한 문학 활동을 돌아보아야 하고 전망을 세워야 한다는 현실적 과제가 주어진다.

한 가지를 덧붙이기로 한다. 한국소설가협회에서 받은 주제는 '한글문학 세계화의 길'이었다. 그런데 '한글문학'으로는 한국어로 창작되는 여러 지역의 문학을 모두 포괄하는 데 한계가 있다. 한글이라는 말이 한국어를 대신할 수도 있기는 하지만, 한국어의 표기 수단으로서 문자 체계를 가리키는 경우도 있기 때문이다. 그리고 역사적 관점으로 본다면, 삼국시대, 통일신라, 고려를 위시해서 조선조에 한문으로 창작된 작품은 한글문학은 아니지만 한국문학의 범주에 속하기 때문에 한국문학의 범주 전체를 지칭하는 데 한계가 드러난다. 그래서 여기서는 '한국어문학'이라는 용어를 쓰기로 한다. 한반도에서 쓰이는 한국어로 창작된 문학과 일본, 미국과 캐나다, 남미, 중국 연변, 우즈베키스탄 등 지역에서 생산되는 한국어로 된 모든 문학을 통괄하는 용어로 한국어문학이 적절할 것으로 본다. 그렇게 포진되어 있는 한국어문학이 생산되는 지역을 하나의 개념으로 묶어 '한국어문학권'이라 하자는 제안을 거듭하기도 했다.

2. 어떤 논의들을 해 왔는가

'한국어문학 세계화의 길'이라는 오늘의 주제는 한국소설가협회에서 연차 기획으로 추진하는 사업 가운데 대미를 장식하는 계기에 해당한다. 그렇기 때문에 그동안의 논의를 정리하고 실천 가능성을 다시 확인하는 의미를 지니기도 한다.

그동안 같은 주제로 이루어진 발표는 대개 다음과 같다. 2013년 6월에 열린 세미나(2013년 6월 14·15일 충북 청원)에서는 오효진 작가와 장경렬 교수가 '한국문학 세계화의 길'에 대하여 발표했다. 2014년 1월에는 신예작가포럼에서 (2014.1.20. 함춘관) 권영민 교수, 오효진 작가, 유익서 작가, 안미영 평론가 네 사람이 발표했다. 2014년 8월에는 중국 연길에서 '세계화 속의 한글문학'이라는 주제로 이덕화 교수와 연변에서 활동하는 허련순 작가의 발표가 있었다. 2014년 10월에 해남에서 '한국소설의 국제화'라는 주제로 김지연 작가, 이덕화 교수, 장경렬 교수가 발표했다. 이때 필자도 발표자로 원고를 제출했다.

국내외에서 이루어진 네 차례의 논의에서 평론가들은 주로 번역 문제를 제기했다. 2013년 6월 세미나에서 장경렬 교수는 한글문학(내가 쓰는 용어로 한국어문학이다. 한국문학이라는 용어도 같은 의미로 사용하기로 한다.)의 번역 대상을 지나치게 현대문학으로 한정하는 문제점을 지적하고, 고전문학까지 번역 범위를 넓혀야 한다고 주장한다. 아울러 번역의 주체로 해당 국가의 전문가가 자발적으로 번역에 참여하도록 해야 하며, 영어를 위시한 서양 중요 언어권으로 언어가 국한되는 문제점을 지적하면서 아시아 지역에서 번역이 이루어져야 한다는 점을 지적하기도 한다. 나아가 한국어문학 세계화의 다른 면을 지적한다. 한국문학 세계화는 한국문학을 번역해서 세계에 널리 알리는 것은 물론 "한글의 보급을 통해 한글문학 자체를 세계에 널리 알리는 일을 의미할 수도 있다"는 점을 제안한다.(자료집 17쪽)

번역의 문제를 제기한 예로는 2014년 1월 세미나에서도 볼 수 있다. 권영민 교수는 번역 대상 작품의 선정 문제, 번역의 질적 수준, 출판사의 역할 등을 거론하면서 여성작가 작품집 『별사』를 번역한 부르스 풀톤, 「엄마를 부탁해」를 번역한 한국인 이민 2세인 김치영(Kim Chi-Young)의 경우를 소개하고 있다. 이어서 한국문학 번역이 한국에서 주도하는 것으로는 부족하다는 점을 지적한다. 그래서 "한국문학의 해외 번역 출판은 한국의 필요에 의해서가 아니라, 해외 학계의 한국문학에 대한 관심과 출판시장의 요구에 따라 장기적인 사업으로 추진해야 한다"(자료집 6쪽)고 강조한다. 아울러 연구와 번역을 함께 아우를 수 있는 전문가를 키워야 한다는 번역전문가 양성 문제를 거론하기도 했다.

사실 문학의 번역은 발신자의 요청에 따라서 이루어지는 것보다는 수요자의 요구에 의해 이루어지는 것이 자연스럽다. 19세기 말 중국문학에 대한 독일 등 유럽인들의 관심은 중국 측에서 그러한 요청을 해서 이루어진 것이 아니다. 유럽의 중국에 대한 관심이 그러한 경향을 이끌어냈다. 일본문학에 대한 서양인들의 관심 또한 그러한 경우에 해당한다. 문제는 그러한 번역과 문학의 교류가 정책적으로 이루어지기보다는 문화적 수요의 형성과 그에 따른 '문학시장'의 운용에 맡기는 방법이 고려되어야 한다는 점이다. 우리가 우리 작품을 번역해서 외국에 파급하는 것보다는 외국의 문학시장에서 한국문학에 대한 수요를 어떻게 창출할 것인가 하는 점이 문제의 핵심에 해당한다. 우리가 우리 작품을 번역해서 나누어 먹일 생각을 하기보다는 세계의 독자들이 스스로 번역해서 읽도록 하는 데는 힘을 기울이지 못한 게 사실이다. 한국문학의 세계시장 진출을 어떻게 할 것인가 하는 문제는 정치, 경제, 문화 등의 맥락과 연관되어 있기 때문에 간단히 처리될 수 없다.

작가들 편에서는 번역보다는 우리 작품의 내적인 성숙과 가치 향상이 한국어문학의 세계화에 바탕이 된다는 점을 강조한다. 2013년 6월 발표에서 오효진 작가는 한국문학이 나아가야 할 길을 몇 가지 항목으로 정리해 보여준다. 첫째, 재미있고 감동적인 작품을 써야 한다는 점, 둘째, 독자들의 관심에 부응하는 작품을 써야 한다는 점, 셋째, 운동의 주체가 있어야 한다는 점, 넷째,

쉽게 써야 한다는 점, 다섯째, 남발하는 문학상을 바로잡아야 한다는 점 등을 한국어문학 세계화의 기반으로 강조하면서, "쉽고 재미있고 감동적인 작품"(자료집 10쪽)에 대한 기대를 표명하고 있다. 유익서 작가는 '전통이 희망이다'라는 제하에 개별국가의 정서적 전통은 물론 문학적 전통을 중시해야 세계화가 가능하다는 논지를 펴고 있다. 이는 한국적인 것의 세계적 보편성을 주장하는 논지에 이어져 있다.

작품을 구체적으로 예거하면서 논의를 전개한 예로 2014년 8월에 세미나를 들 수 있다. 여기서 이덕화 교수는 예술 창조의 원천이 문학의 보편성에 있다는 점을 전제로, 황석영의 「바리데기」, 허련순의 「누가 나비의 집을 보았을까」와 「바람꽃」을 분석한 후, 작가로서의 정체성을 확립해야 하고 문학적 탐구정신이 충일해야 한국어문학의 세계화에 기여할 수 있다는 점을 지적한다. 아울러 한국어문학의 세계화를 위해 지향해야 할 작품의 방향으로 몇 가지를 제안한다. 우선, 그 작가가 놓여 있는 현실을 인식하기 위한 국제정치학적인 천착이 필요하다는 지적과 함께 터키 작가 오르한 파묵을 예로 들고 있다. 둘째, 그 나라의 민족적 정서를 바탕으로 한 민족적 에너지에 대한 인식으로는 2012년 노벨문학상 수상자인 중국 작가 모옌을 예거하고 있다. 셋째, 세계와 인간에 대한 깊이 있는 성찰이 필요함을 지적하면서 도리스 레싱을 거론한다. 넷째, 역사와 삶에 내재해 있는 일상성을 주목해야 한다는 항목에서는 도리스 레싱과 엘리스 먼로를 예로 들고 있다. 자국문학의 세계화를 위한 조건으로 "작가로서 정체성이 분명할 것"과 "문학적 탐구 정신을 놓치지 않고 실험 작품들을 지속적으로 발표"해야 한다는 점을 들고 있다.

필자는 「한국소설 세계화를 위한 지평 탐색」이라는 글(2014.10, 남해)의 '한국소설의 세계화의 전망'이라는 항목에서 몇 가지 사항을 적시한 바 있다. 이는 요약하기보다는 직접 옮겨 보기로 한다.

　　유럽에서 한국을 기억하는 첫 번째 컨셉은 분단국가라는 것입니다. 여러분도 그런 경험이 있을 줄 압니다만, 유럽에서 만나는 사람이 가장 먼저 던지는 질문은 어느 나라 사람인가 하는 겁니다. 중국인, 일본인 그런 순서로 물을 때, 아니라면서 한국인이라고 대답을 해 줍니다. 그러면 이어지는 질문은 남한인가 북한인가 하는 겁니다. 기분이 상해서 당신 북한에서 온 관광객을 만난 적이 있는가 되물으면 그때서야 '아, 사우스 코리아!' 그렇게 반응을 해 옵니다. 그 뒤에 이어 내 편에서 던지는 한국에 대한 질문은, 안다는 항목 하나 없이 내가 그야말로 이방인으로 확인되는 과정입니다. 거기다가 한국 작가 아는 사람 있는가 물어본다면 아마 아무런 대답을 들을 수 없을 게 뻔합니다. 우리는 세계 속의 한국을 외치지만 기실 세계문화는 물론 세계문학의 변방에 살고 있습니다.

　　그럼 누가 한국소설을 읽겠나 하는 의문이 들지 않을 수 없습니다. 한국소설의 범위가 국한되기 때문에 넓은 의미에서 한국학을 하는 분들을 만나 보면, 남자분들의 경우 한국으로 한국역사, 한국정치, 한국어 등을 공부하러 왔다가 한국인 부인을 얻어 간 경우가 상당수 있는데, 그분들은 운명적으로(?) 한국문화와 한국문학을 조금은 알게 마련입니다. 그리고 그분들이 한국문학을 다른 나라에 알리는 역할을 하는 사례도 보았습니다. 그러나 한국소설의 경우, 거개가 양이 방대한 문학이기 때문에 작품의 디테일까지 널리 알려지는 경우는 흔치 않습니다. 우리가 고전이라고 하는 조선시대 소설들, 〈춘향전〉, 〈심청전〉, 〈구운몽〉 등이 스토리 중심으로 소개되는 정도였습니다. 한국소설을 널리 알리는 작업이 필요하다는 생각을 하고 또 하고 했습니다.

한국소설을 세계에 널리 알리기 위해 문학상 제도를 이용하는 방안이 있을 듯합니다. '토지문학상', '만해문학상' 같은 상을 만들어서 외국인에게 알리면서, 그 기회에 한국소설을 널리 홍보하는 방법은 어떨까 하는 것입니다. 아니면 정부 차원에서 소설상 제도를 모색해 볼 수도 있을 것입니다. 그러나 소설이 문화적 소통과 연관되는 것이라서 그렇기도 하지만, 문화정책 차원의 지원을 한다면 몰라도 정부가 직접 나서서 할 일은 아닐 것입니다.

앞에서도 잠시 이야기했습니다만, 한국소설의 탄탄한 내러티브를 세계에 알리는 방법도 고려할 수 있습니다. 이는 한국이 겪은 근대 체험의 세계성을 소설과 연관지어 운영하는 방법으로 연계할 수 있을 것입니다. 한국의 근대 식민지체험은 전 세계가 식민주의를 논하는 자리에서는 의미 있는 고려 항목이 될 것입니다. 외국 비평계에서 식민주의(콜로니얼리즘)를 논하는 데에 한국소설이 자료로 이용되고 그것이 외국 이론에 기여하는 문학이 된다면 한국소설의 세계화에 기여할 수 있으리라 판단됩니다. 이는 디아스포라 문학론을 이야기할 때 한국소설을 자료로 활용할 수 있는 문제와 연관되는 사항이기도 합니다.

또 한국의 근대화 과정에서 이데올로기 갈등으로 인한 전쟁을 치른 것은 대단한 역사 경험입니다. 세계 전쟁문학사에서 한국에서 생산된 한국소설의 위상을 점검할 시점에 와 있습니다. 이러한 과업을 위해서는 6.25를 기억하는 문학모임에서 한국소설과 전쟁문학을 논의 대상으로 삼게 되면 한국소설의 역사 체험이 세계성을 띠는 데 기여할 것으로 봅니다.

1980년대 이후 한국의 민주화 과정은 세계사적인 의미를 지니는 역사 경험입니다. 그리고 민주화 과정에서 고뇌하고 희생되는 인간들을 소재로 쓴 소설들이 다수 있습니다. 경제개발로 표상되는 근대화와 민주화는 긴밀하게 맞물려 길항하는 시대 과업이었습니다. 이를 세계적인 테제로 설정하고 한국소설의 대응 양상을 검토하고 의미 부여하는 작업이 지속되어야 할 것입니다.

좀 얄팍한 생각인지 모르나 한류와 연관하여 한국소설의 세계화를 도모하는 방안도 모색해 볼 만합니다. 한국소설은 영화화하여 세계 영화시장에 내놓는다면, 모옌의 〈붉은 수수밭〉처럼 세계인의 반응을 기대할 수 없을까. 한국영화의 스토리를 외국에서 사 가는 경우가 있습니다. 한국소설을 영화 대본으로 각색한 작품을 내놓는 방법도 생각해 볼 만합니다. 아울러 뮤지컬이나 오페라를 만들어 공연하는 방법도 한국소설의 세계화에 기여할 수 있지 않을까.

한국어교육이나 한국학에서 한국소설을 교육 대상과 연구 대상으로 삼을 수 있도록 하는 배려도 필요하겠지요. 그러자면 외국에서 한국문학을 공부하러 오는 학생들에 대한 배려와 장기적인 지원이 있어야 하겠지요. 이는 장기적인 정책이 있어야 함은 물론, 한국문학 연구의 수준과 연관되는 사항이기도 합니다.

무엇보다 국력과 경제력이 뒷받침되지 않고는 한국소설의 세계화 전망은 아득한 지평 저쪽에 머물러 있을 수밖에 없다는 게 저의 진단입니다. 소설을 연구하고, 소설을 가르치면서, 스스로 소설을 쓰는 입장에서 전망은 더욱 불투명하게 느껴집니다. 세계의 학자들이 연구의 대상으로 삼을 만한 한국소설이 얼마나 될 것인가, 세계 비평계에서 한국소설을 거들떠보기나 하는가, 한국어로 소설을 읽고 나아가 외국어로 한국소설을 번역할 수 있는 인력은 얼마나 되는가 따져보면 당당하게 긍정하고 나설 수 있겠는가. 안타깝지만 그렇지 못한 게 현실입니다. 한국에서 세계적인 관심의 대상이 될 만한 소설론이 나왔는가, 그리고 소설연구와 교육의 방법이 세계인이 주목하는 경우는 있던가, 안됐지만 기억에 남는 게 별로 없습니다. 우리 모두가 소설을 업으로 하는 사람들이기 때문에 작가의 입장에서 쓴소리를 하기는 더욱 꺼려집니다. 내가 쓴 소설이 과연 세계적인 작품인가 하는 물음은 여러분 스스로 던져 보시기 바랍니다. (자료집 21-23쪽)

이상에서 살핀 대로 여러 주제에 걸쳐 광범한 논의가 이루어졌다. 한국어문학 세계화를 위한 내적 조건을 검토했고, 외적 조건 혹은 제도적 조건을 따져본 것이다. 그러나 전반적으로 실천을 위한 아젠다 제출이 제대로 안 되었다는 평을 할 수밖에 없다. 문학은 자율적이면서 동시에 제도적으로 운영되는 측면이 있다. 독일문학과 프랑스문학의 교류는 비교문학이 탄생하게 된 연원을 제공하지만, 유럽이라는 문화권을 상정하지 않고는 두 나라 문학의 교류와 세계화는 의미를 찾기 어려울 것이다.

몇몇 논자들이 한국어문학의 세계화와 연관지어 노벨상을 언급하는 것은 자연스런 일로 여겨진다. 그러나 노벨상의 정치성을 고려하지 않고는 한국 작가의 노벨상 수상을 논의하는 것은 별 의미를 갖기 어렵다. 중국의 경우 모옌(莫言)이 노벨문학상을 수상했지만, 외국에 그의 작품이 그렇게 많이 번역되어 알려지지 않았다는 점을 지적하면서 민족적 정서의 특징을 드러낸 작품이었기 때문에 노벨상을 받을 수 있었다는 진단을 하기도 한다. 그러나 14억 인구의 중국, 아시아에서 행사하는 문화 역량, 정치 역량을 고려하지 않은 채 모옌의 노벨상 수상을 그의 작품성에 근거를 두고 이야기하기는 어렵다.

한국의 경우, 세계사적인 자리에서 본다면 서구화를 지향하는 아시아 근대화의 작은 사례에 불과한 게 사실이다. 서구화와 자율적 근대화의 양대 맥락에서 한국의 위상은 하나의 사례를 넘어서기 어렵다는 게 나의 판단이다.

'한류(韓流)'로 지칭되는 한국의 대중문화가 세계적인 주목의 대상이 되고, 세계의 젊은이가 몰두하는 것은 다른 각도에서 분석되어야 한다. 문학은 한류의 대상이 되기 어렵다. 소설을 노래하고 춤추기는 의미하중이 너무 크다. 박경리의 「토지」를 랩으로 부른다고 가정해 보라. 고은의 「만인보」를 힙합으로 공연하는 게 어떻게 가능할까. 소설을 영상물로 만든다고 해도 아키타입으로 설정될 만한 서사 디엔에이(narrative DNA)가 동서양에 널리 퍼져 있는 것도 아니다. 6.25를 소재로 한 소설, 예컨대 홍성원의 「남과 북」을 애니메이션으로 만들어 외국에 소개한다고 할 경우, 그 서사 원형을 어디서 찾을 수 있을지는 막막하다. 외국문학을 이해하고 깊이 있는 연구를 하는 전문가의 경우는 맥락이 좀 다르다. 일반 문학 애호가는 서사 원형 차원에서 문학을 수용한다. 일종의 선이해를 구성하는 서사 원형이 있어서 그 틀에 따라 분류하는 것이 일반적이다. '엑소더스' '신데렐라' '돈키호테' 하는 식으로 어떤 서사 도식을 가지고 작품을 이해하는 것이다.

한국어문학 세계화를 위한 인문적 인프라가 구축되지 않은 것이 우리가 처한 상황이다.

3. 현재 문학의 상황은 어떠한가

문학의 위기를 이야기하기 시작한 지는 꽤 오래되었다. 그리고 실제로 종이책 발행 실적이 해마다 감소하는데, 작년 2014년에는 10%가 감소했다는 전언이 있어 종이책으로 운용되는 문학의 한계가 가시화된 시점에 와 있다는 점을 실감하게 한다. 이는 문학인이 상상력이 증발해 사라졌기 때문이라 하기는 어렵다. 한국어문학의 수준이 낮아서 그렇다거나 현대적 감수성을 놓치고 있기 때문에 문학이 관심을 모으지 못한다고 하기도 어렵다. 한국어 문학은 최소한 현대적 감수성이 살아 있고, 수준도 높은 편이다. 재미있는 작품도 상당히 많다. 나아가 한국어문학의 문학연구와 문학비평은 한국어문학 작품의 질적 제고를 위한 바로미터 역할을 충분히 해 왔다고 보아야 할 것이다. 한국처럼 연구, 비평, 창작이 유기적으로 상승작용을 하는 문화권도 드물다고 본다. 그렇기 때문에 한국어문학의 상황을 다시 점검할 필요가 있다. 한국어문학 세계화의 준거를 거기서 찾을 가능성이 있어 보이기 때문이다.

문학은 문화의 한 형태로 운용된다. 널리 보면 문학은 언어문화 가운데 한 영역을 차지하고 움직여 간다. 언어문화는 매체의 영향을 압도적으로 받게 마련이다. 이는 '훈민정음' 반포 이래 서민대중의 언어와 사대부층의 언어가 층서를 이루어 양면적으로 운용되었다는 점을 환기하게 한다. 한문문학의 이념과 훈민정음으로 운용되는 문학의 이념이 같을 수 없었다. 서민대중의 각성은 유교 경전을 중심으로 전개되는 사대부들의 한문문학과 정치이념이 상충하게 되었고, 소설의 발생이 그러한 문화적 각질 이반의 틈바구니에서 비롯되었다는 점은 음미를 요한다. 허균의「홍길동전」은 매체의 변화, 즉 언어의 변화와 시대적 요청이 맞물려 있는 시대의 산물이다.「춘향전」의 문체가 이중화되어 있어서, 양반층의 한문문화의 요청을 수용하면서 하층민의 대중어를 문학의 표면에 부각하는 효과를 가져왔다는 설명은 문학 언어의 자명성을 되돌아보게 한다. 언어 즉 문학의 매체는 이념인 것이다.

디지털 시대의 언어문화는 매체의 성격을 따라 이제까지 정통문학으로 논의되는 문학을 변방으로 돌려 놓는 경향을 보여주었다. 롤랑 바르트가 저자의 죽음을 들고 나온 이래, 저자의 저자다움으로 규정되는 문학의 권위 (authority)가 상실되었다. 70년대까지도 의심없이 수용되던 작가의 교사로서의 역할, 성직자로서의 역할은 자리를 잃었다. 독자들이 작가와 같은 레벨에서 세상을 바라보고 작품을 평하게 되었다.

이전에는 소설가의 여행 경험 등이 독자를 이끌어 들이는 매력이었다. 그런데 이제는 독자도 알 것은 충분히, 혹은 작가보다 그 이상 더 잘 안다. 그리고 새로움을 찾아가는 전문가들이 생겨나면서 다큐멘터리 영역에 작가의 새로운 경험은 새로움을 확보하기 어렵게 되었다. 오히려 독자가 작품을 읽는 데에 배경을 더욱 확실하게 해주는 역할로 전환되었다. 경험의 새로움이 정보량의 확장으로 인해 신선미를 잃었다. 이러한 상황에서 새로운 체험이 문학의 문화 경계 넘어서기에 역할을 하지 못한다.

우리가 다른 나라 문학에 관심을 가지게 되는 것은 어떤 의미든지 새로움으로 요약되는 매력 때문이다. 그런데 매체의 발달은 국제관계 가운데 운용되는 문학의 매력도 상당 부분 떨어트렸다.

작품의 새로움이라는 것이 문체 말고는 달리 주장할 근거를 잃었다. 주제와 플롯으로 상정되는 구성 등은 디지털 매체가 문학보다 한결 잘 처리한다. 그런데 문제는 문체 혹은 언어로 개념화되는 문학의 독자적 아우라는 '언어 장벽'에 갇히게 된다는 점이다. 번역으로는 생생한 감이 살아나지 않는 이 언어의 무늬, 혹은 문채(文彩)는 문학의 문화적 경계 넘어서기를 장해하는 장벽이다.

한국어문학을 외국에서 이해하는 것은 한국어문학의 원형(아키타입)에 대한 관심에서 비롯된다. 그러한 점에서 한국어문학을 외국에 보급하는 데 현대문학으로 대상을 한정하는 일은 한계가 금방 드러난다. 「반지의 제왕」이나 「해리포터」 등이 세계인의 관심을 모으는 것은 이들 작품이 서양의 서사원형을 이야기 전개의 골격으로 원용하고 있기 때문이다. 이들 작품들은 '성배

전설'을 기본 스토리로 하는 「인디아나 존스」와 사촌간들이다. 그런데 한국 문학 가운데 외국인들이 매력을 지닐 수 있는 신화, 전설, 민담 등 서사 원형이 있는가 하는 데는 상당한 의문이 솟아오른다. 동양고전에 해당하는 「삼국지연의」 「수호지」 등은 중국문학의 서사 원형은 될 수 있어도 한국어문학의 원형으로 설정하기는 매우 어렵다. '불교설화'는 보편성을 지닌 서사 원형이 될 수 있기는 하지만, 그것이 한국어문학의 서사 원형이라 하기는 어렵다. 거기다가 유럽 문화의 서사 원형이 동원된 작품들은 판매고로 인해 한국 독자들의 뇌리 속에 더욱 튼실한 원형을 만들어 간다. 서양의 서사 원형에 의존하는 '서사 식민지'의 문학 수행이 이루어지는 현실인 것이다.

시적 이미지는 텔레비전과 인터넷의 모니터 위에 명멸하는 영상에 자리를 내주었다. 시의 음악성은 동영상에 덧씌워지는 음악과 음향으로 자리가 전이되어 버렸다. 이러한 상황에서 문학적 특성으로 자리를 겨우 유지하는 것은 '비평 기능'이다. 문학의 비평 기능은 철학과 통하고 언어의 메타 기능에 의존한다는 것은 누구나 아는 일이다. 그런데 작품의 재미와 비평 기능을 맞바꾸는 일은 거의 불가능하다. 문학이 전문화되는 이유 가운데 하나는 문학의 이 철학성 혹은 자성 능력 때문이다. 그런데 문학의, 특히 소설의 재미와 흥미를 앞세우다 보면 이러한 철학성은 뒷전으로 물러나게 된다. 이런 형편에서는 한국어문학의 세계화는 통로가 여러 가닥으로 막히게 된다.

이렇게 본다면 한국어문학의 세계화보다는 이미 디지털화된 세계에서 문학이 어떻게 그 매체 환경을 활용하여 세계적인 시야(분야)를 확보할 것인가 하는 점이 문제로 부각된다. 여기서 문학의 세계화라는 것이 무엇을 의미하는가를 다시 점검할 필요가 있다. 양적인 팽창을 의미하는가, 세계문학의 전범이 될 만한 작품을 생산하는 것을 의미하는가, 세계문학을 설명하고 연구하는 패러다임을 우리가 주도해서 마련한다는 뜻인가. 어느 하나 선뜻, 이거 다 하고 내세울 만한 것이 없다. 그렇기 때문에 순일한 문학으로 세계화를 추구할 것이 아니라 문학을 둘러싸고 있는 문화적 장을 고려한 세계화를 도모할 필요가 있다. 매체 환경에 둘러싸인 채 매체와 길항하고 한편 영합하는 문학의 세계화라는 것이 무엇인가를 다시 고려할 시점이다.

4. 세계화된 문학의 한 사례

잠시 길을 외돌아가고자 한다. 지난 2014년 12월 인도에 다녀왔다. 타고르의 고향 동네를 찾아가는 여행이었다. 콜카타에서 북쪽으로 100여 킬로미터 가면 볼푸르(Bolpur)라는 소읍이 나오고, 거기서 한 30분 정도 비포장길을 달리면 타고르의 아버지가 세우고 타고르가 운영하면서 대학으로 키운 학교에 이르게 된다. 그 학교 이름이 평화의 마을이라는 '샨티니케탄(Shantiniketan)'이다. 이 학교는 인도의 총리가 학장을 맡아 운영하는 특이한 운영 시스템으로 되어 있는데, 교육의 영속성을 위한 조치라고 이해된다. 타고르는 이 학교에서 아이들과 더불어 연극도 하고, 음악도 하면서 시를 썼다. 그리고 그림을 그리기도 했다. 타고르의 인격적 통합성을 볼 수 있는 국면이다.

오늘 이 자리에서는 타고르의 문학이 세계화된 하나의 예라고 상정하고 그 사례를 몇 가지 국면에서 살펴보려 한다.

타고르는 일본을 세 차례 다녀갔는데 1929년 카나다에 가면서 일본에 들렀을 때, 당시 동아일보 기자의 부탁으로 다음과 같은 시를 써 주었다.

In the golden age of Asia

Korea was one of its lamp-bearers

And that lamp is waiting

to be lighted once again

For the illumination

in the East.

일즉이 亞細亞의 黃金時期에

빛나든 燈燭의 하나인 朝鮮

그 燈불 한번 다시 켜지는 날에

너는 東方의 밝은 빛이 되리라

이는 주요한이 번역한 것이다. 그런데 〈동아일보〉(1929.4.3)에 실린 영문 시와는 형식이 다르다. 기승전결로 구성되는 동양시의 형식을 따라 번역한 것으로 짐작된다. 이야기의 시발점을 삼기 위한 소개일 뿐이지만, 타고르가 우리와 연관된 시를 써 주었다는 데는 몇 가지 의미가 있다. 시라는 것이 원래 이미지와 상징을 동원하고 응축된 언어로 축조하는 언어예술이라서 그 의미가 모호하다는 것은 우리가 다 아는 사실이다. 그렇기 때문에 시의 독자들은 자기와 조금이라도 연관되는 점이 있으면 그게 자기 이야기라고 순순하게 받아들인다. 더구나 조선(朝鮮, Korea)이라는 고유명사가 동원되고 몽매에도 잊지 못하는 민족적 자긍심의 꼭지점 그 '황금시대'를 환기하고 나서 등촉, 불밝힘, 광휘 등의 어휘로 휘몰아가는 이 시에 가슴 뛰지 않을 사람이 어디 있었겠나 싶다. 이 시는 대학로에 서 있는 타고르의 동상에도 새겨져 있다. 그러나 '그 등불 한번 다시 켜지는 날'을 위한 조건에 대해서는 구체적 언급이 없다. 일본의 식민지에서 해방되는 날, 일본이 망하는 날, 일본을 이기는 날 등 그런 조건 없이 외치는 '동방의 광휘'는 한갓된 울림으로 들리기도 하는 것이다.

다른 사례도 있다. 이전에 1916년 타고르가 일본을 방문했을 때 한국 기자의 요청으로 〈패자의 노래〉라는 시를 써준 적도 있었다. 타고르가 1912년 노벨문학상 수상자로 결정되었기 때문에 이미 그의 문명은 전 세계에 알려진 때였다. 일본으로서는 식민정치의 문화주의적 위장을 위해 타고르를 이용했을 수도 있다. 아무튼 타고르가 한국의 기자에게 써 준 시는 최남선이 운영하는 『청춘』이란 잡지에 1917년에 실렸다. 1917년은 염상섭의 「만세전」에 서술된 그 해이기도 하다. 일본은 조선 식민통치 10년으로 접어드는 시점, 3.1운동을 한 해 정도 앞둔 시점이었다. 이때 타고르는 자기를 초대해 준 일본과 일본이 식민통치를 하고 있는 피식민국 '조선'을 어떻게 보았을까 하는 의문이 들지 않을 수 없다.

The Song of Defeated

My Master has asked of me to stand at the roadside of retreat and sing the song of the defeated.

For she is the bride whom he woos in secret.

She has put on the dark veil, hiding her face from the crowd, the jewel glowing in her breast in the dark.

She is forsaken of the day, and God's night is waiting for her with its lamps lighted and flowers wet with dew.

She is silent with her eyes downcast; she has left her home behind her, from where come the wailing in the wind.

But the stars are singing the love song of the eternal to her whose face is sweet with shame and suffering.

The door has been opened in lovely chamber, the call has come; And the heart of the darkness throbs with the awe of expectant tryst.

패자의 노래

임께서 내게 피난의 길가에 서서 패배자의 노래를 부르라고 요청하셨습니다.

그녀는 임이 비밀리에 구혼하는 신부입니다.

그녀는 검은 면사포를 쓰고 사람들로부터 얼굴을 가리고, 그녀 가슴에 꽂힌 보석은 어둠 속에서 타오르고 있습니다.

그녀는 대낮에 버림받고 불 켜진 램프와 이슬 젖은 꽃을 들고 있는 성스러운 밤이 그녀를 기다리고 있습니다.

그녀는 눈을 내리뜨고 고요히 침묵 속에 머무릅니다; 그녀의 고향에선 바람 따라 울부짖는 소리가 들려옵니다.

그러나 별들은 그녀에게 영원한 사랑의 노래를 들려주고 그녀의 얼굴은 부끄러움과 고달픔으로 상기되어 있습니다.

사랑이 넘치는 방의 문이 열리고 임께서 부르시는 소리가 들려왔습니다.

어둠의 심장이 이제 곧 다가올 임과의 만날 약속에 경외심에 떨려 두근거립니다.

이 작품에서 님 혹은 주(主, Master)를 조선의 해방으로 보고, 신부를 식민통치에 시달리는 패자 조선으로 상정하는 해설을 하기도 한다. 그러나 그렇다는 확증이 어디 있는가? 보편적 사랑을 전제하지 않는 한, 인간과 우주가 상통하는, 훼손되지 않은 세계를 상정하지 않는 한, 주인과 신부의 관계는 얼마든지 무너지고 깨질 수 있는 것이다. 그런 맥락에서 본다면 끝구절의 의미는 다른 방향으로 해석될 수 있는 것이다. "예정된 운명의 도래에 압도되어 전율하는 약하디 약한 존재"를 떠올릴 수도 있는 것이다. 물론 이는 오독이거나 의도적 왜곡일 터이다. 그러나 분명한 것은 이러한 시작행위(詩作行爲)가 식민지라는 사악한 지배 형태를 눈감아 버린다는 점이다. 일본의 초청을 받아 간 시인이 일본을 질타하고 저주하는 시를 쓸 수 있을까? 이 시를 쓴 영어는 식민지 보편의 언어는 아닌가. 당시 인도는 영국의 식민지 지배하에 있었다. 식민지인의 보편주의란 무엇인가?

타고르는 아시아 문학의 세계화를 이룬 하나의 선례가 될 것이다. 그러나 타고르의 시가 지니는 문학적 우수성과 문학정신의 고매함이 그를 노벨문학상 수상자가 되게 하였는가, 그의 시가 세계적인 문학이 되었는가는 다시 한번 검토가 있어야 할 것이다. 그러나 이 또한 참고사항에 지나지 않는다. 현대의 문학적 상황이 달라졌기 때문이다.

타고르는 벵골어로 시를 썼다. 그가 낸 시집 『기탄잘리(Gitanjali)』는 노래를 뜻하는 '기타(Gita)'와 봉헌을 뜻하는 '안잘리(Anjali)'가 결합된 것인데, 신에게 바치는 노래란 뜻이다. 1912년판 표지에는 'GITANJALI'라는 제목 아래 괄호하고 'SONG OFFERINGS'라고 적혀 있다. 이 시집은 타고르 자신이 자기가 낸 시집 가운데 103편을 뽑아서 영어로 번역한 것이다. 이미 같은 이름으로 낸 Gitanjali에서 53편을 가려 뽑은 것을 비롯해서 Gitimalya에서 16편, Naivedya

에서 16편, Kheya에서 11편, Shishu에서 3편, Chaditali, Kalpana, Achalayatan, Utsarga에서 각 1편씩을 뽑아서 편집한 것이다(실제로는 벵골어로 쓴 시 104편을 번역한 것인데, 『기탄잘리』의 95번 작품은 Naivedya 의 89, 90번 작품을 한 작품으로 묶어서 처리한 것이라고 한다.)

이 시집은 노벨문학상 수상 작품으로 되어 있는데, 1912년 런던에서 발간된 판에는 예이츠(W.B.Yeats 1865-1939)의 서문이 붙어 있다. 여기서 문학의 세계화와 언어의 문제를 고려해 보아야 할 듯하다. 1913년 타고르가 노벨문학상을 받기 전 수상자들의 국적은 프랑스, 독일, 이탈리아, 노르웨이, 스페인, 폴란드, 벨기에 등이다. 이 가운데 독일이 4명의 수상자를 내어 편중되어 있다는 느낌을 준다. 이처럼 독일이 압도적으로 많은 수상자를 낸 것은 당시 유럽의 정치세력 판도를 반영한다.

영국인이 노벨상을 처음 받은 것은 1907년의 키플링(Rudyard Kipling, 1865-1936)이다. 그런데 『The Jungle Book』으로 잘 알려진 키플링이 인도 태생이라는 점이 주목된다. 인도 태생이되 영어로 글을 썼다는 것이 주목되는 점이다. 1913년 타고르의 노벨상 수상은 그의 언어 때문에 가능했던 것으로 보인다. 벵골어로 쓴 시를 영어로 번역한 것은 물론, 이미 당대 최고의 시인으로 각광받는 예이츠가 '영어로' 서문을 달아 주었다는 점도 주목의 대상이 되는 데 기여했을 것으로 보인다. 당시 인도는 동양의 신비의 나라라든지 하는 식으로 평가되는 것이 아니라 이른바 대영제국의 영토로 인상지워져 있었다. 타고르가 노벨상을 받을 때까지 노벨문학상은 유럽인들의 잔치였다는 인상을 지우기 어렵다. 이를 단지 번역의 문제나 작품 수준의 문제로 치부하는 것은 좀 단순한 발상이다. 노벨상의 정치학이 거기 숨어 있기 때문이다(1913년에 수상한 타고르를 이어 동양인이 노벨상을 받은 것은 1968년의 川端康成[1899-1972]에 이르러서이다.

55년 만이다. 이어서 2000년에 중국의 가오싱젠이, 2012년에 중국의 모옌이 노벨상을 받았다.)

요컨대 노벨문학상은 언어와 정치의 맥락 가운데 문학의 세계화라는 너울을 둘러쓰고 우리한테 다가온다. 우리가 노벨문학상에 연연하기보다는 우리 나름의 문학 문화를 이루어 가는 가운데 한국어문학의 자기다움을 성취하는 데 전력해야 하는 이유도 여기에 있다. 그것이 세계문학의 다양성에 기여하는 길이 되기 때문이다.

5. '신예작가'가 한국어문학 세계화에 기여할 수 있는 틈새

세계를 무대로 움직이는 문화를 디자인하고 통제한다는 것은 무리이다. 그러나 한국어문학의 세계화를 위한 지향은 그대로 버릴 수 없는 과업이기도 하다. 우리 시대가 요구하는 사항이기 때문이다. 시대가 요구하는 과업이라는 말은 문학의 현장성, 동시대성을 뜻한다. 이를 전제로 신예작가가 한국어문학의 세계화를 위해 기여할 수 있는 길을 더듬어 보기로 한다.

첫째, 문학언어로서 한국어의 가능성에 대한 감수성을 길러야 하고, 깊은 인식이 앞서야 할 것이다. 지금 우리가 쓰는 작품은 이전 작품의 언어적 유산을 새롭게 재구성한 결과물이다. 그리고 독자들의 언어가 이룩한 판(場, le champ) 안에서 작업이 이루어진다. 이른바 배경을 이루고 있는 일상어에 약간의 전경화(全景化, foregrounding)를 도모하는 것이 작가의 몫이다. 작가가 새로운 언어를 창조한다는 것은 무책임한 비유일 따름이다. 언어에 대한 감수성은 언어에 대한 인식과 맞물려 있다. 언어에 대한 인식은 언어를 어떻게 보는가 하는 문제와 분리하여 논할 수 없다. 언어는 근원적으로 대상을 드러내면서 한편으로 대상을 회칠하여 감추는 호도(糊塗)를 동시에 수행하는 야누스적 속성을 지니고 있다. 한국어에서 부사어로 대표되는 구체어의 기능이 발달하였다는 점을 한국어의 특성으로 들곤 한다.

한편 추상어를 표현하는 기능은 어떠한가를 반성해야 한다. '우리말로 철학하기'를 도모하는 쪽에서는 순우리말, 토종 한국어를 철학적 사유의 수단으로 삼으려는 노력을 경주하고 있다. 가상한 일이다. 그러나 '사랑'이라는 말을 철학적으로 개념 규정하기는 난감한 일이다. 일찍이 그리스인들이 사랑을 아가페(ἀγάπη), 필로스(φίλος), 에로스(ἔρως) 등 세 국면으로 나누어 개념화한 것은 하나의 범례가 될 것이다. 이 국면에서 우리는 한자어의 조어력에 이끌리지 않을 수 없다. 물론 소설의 본문에서 한자어를 생경하게 노출시키는 것은 문제가 없지 않다. 그러나 작중인물의 사유를 드러내기 위해서는 추상어를 피해갈 수 없을 것이다.

한국어의 특징 가운데 성조가 없다는 점을 들어야 할 것이다. 이러한 특징은 한국어 시를 다소 무미하게 만든다. 리듬 외에 음상(音相, sound feature)을 조성하는 시적 분위기와 울림을 돋구어 내는 방법에 대한 천착이 있어야 한다. 그래야 정당한 의미의 정형시가 가능해진다. 정형시는 민족어의 미적 형질이다. 중국의 한시, 영시의 소네트 등이 그러한 예이다. 한국의 시조(時調)는 자수율에 의존하여 정형시 개념을 형성하고 있다. 서정시의 단조로움을 돌파하는 방법에 대한 모색이 필요한 이유가 이것이다.

한국어는 세계어를 향해 세를 확장하는 중이다. 두 가지 측면에서 그 동인을 설명할 수 있을 것이다. 하나는 한국의 국력과 경제력의 성장과 연관되는 사항이다. 세계 각지에서 한국어 수요가 점증하는 상황인데, 이는 한국어를 공부한 이들이 한국에 와서 일할 수 있는 여건이 조성된 우리 현실과 연관되는 사항이다. 다른 하나는, 제한적이기는 하지만 한류와 연관된 한국어에 대한 관심이다. K-pop을 부르기 위해 한국어를 공부하는 것이라든지, 한국 드라마를 보기 위해 한국어를 배우는 예가 이에 해당한다. 이렇게 전개되어 나가는 한국어 수요에 한국어문학을 접목시킬 수 있는 우리의 노력과 의지가 필요하다. 그러한 점에서 "한국어를 보급하는 가운데 한국문학에 대한 인식의 제고"할 필요가 있다는 주장(장경렬)은 의미 있는 사항이 된다.

둘째, 우리 스스로 세계 수준의 문학을 지향하면서 작품 활동을 전개할 필요가 있다. 이는 우리의 문학적 인식이 세계문학의 맥락과 연관되어야 한다는 지적이다. 흔히 가장 한국적인 것이 가장 세계적이라는 이야기를 듣는다. 이는 달리 규정되어야 한다. 한국적인 문학이 세계문학의 다양성을 보장해 주는 길이 되는 것은 사실이지만, 때로는 폐쇄적인 쇼비니즘으로 빠질 가능성이 없는 바도 아니다. 한마디로 한국적이면서 세계적이라야 한다. 문학이 개별성과 함께 보편성을 동시에 추구해야 한다는 개론적 논의가 될지 몰라도, 작가가 자신의 시야를 너무 제한하는 것은 자멸의 길로 들어서는 조짐이 될 수도 있다.

그러한 점에서 소재와 기법의 문제, 주제와 사유의 문제, 향토성과 세계성 등의 문제를 열린 시각에서 천착해 들어갈 필요가 있다. 나아가 문학과 철학의 결합, 문학과 신화의 재현 등을 통해 한국어문학의 양식을 발굴하는 노력이 있어야 할 것이다. 하나의 예를 들자면, 시조양식(時調樣式)의 한국어문학적 자질에 대한 고려도 필요할 것으로 생각된다.

셋째, '한국어문학'의 수평적 세계화를 구상할 필요가 있다. 한국인이 지구촌에 분포된 것은 물론 그 세가 확장되는 과정에 있다. 이런 상황에서 한국어문학의 세력 확장을 어떻게 도모할 것인가 하는 데 대한 모색이 있어야 함은 물론이다. 한국어문학권이라 할 수 있는 지역의 한국어는 많은 변질을 가져

온 것이 사실이다. 그러나 그러한 언어적 변질은 한국어의 훼손이 아니라 한국어의 현실 적응력으로 볼 수도 있다. 이렇게 변형된 혹은 변질된 문학을 한국어문학의 영역으로 이끌어들이는 노력은 한국인들의 삶의 영토가 확장되면서 더욱 증대되어야 할 것이다.

셋째, 문학의 창작과 비평과 연구의 연계성이 정책적으로 지원되어야 한다. 요즈음 작가들은 문학에 대한 이론적 바탕이 대부분 갖추어져 있다. 한국문학이론의 세계화를 도모하는 데 기여할 수 있는 능력이 갖추어진 것이다. 작가 본인이 그렇지 못할 경우는 이론가와 협력하는 방안이 모색되어야 한다. 한국문학을 강의할 수 있는 외국 대학의 강좌 개설 등을 고려해야 할 것인데, 이는 학문 권력의 문제와 연관되는 사항이다. 다른 나라에 가서 내 작품을 가지고 한국문학을 강의할 수 있다면 이는 한국어문학의 세계화를 위해 기여하는 바가 클 것이다. 이와 연관하여 한국문학사의 세계화를 도모하는 일도 중요한 과제가 된다. 세계 대학의 한국학과 강의에서 한국사와 함께 한국문학사를 아울러 강의할 수 있도록 함으로써 한국어문학의 세계문학에서의 위상을 높여갈 수 있을 것이다.

문제는 가능한 아젠다를 제시하고 이를 어떻게 실천할 것인가 하는 구체적 방안을 모색하는 데 있다. 이러한 노력이 우선 내적으로 한국어문학의 내실화에서 출발해야 하는 것은 두말할 필요가 없다. 그러한 점에서 신예작가들의 분투 노력이 절실함은 췌언의 여지가 없다.

우리의 삶을 반영하는 수필문학
―문학의 생활화, 생활의 문학화

_____ 이현복 | 평론가, 경인교대명예교수

1. 문학에의 초대 : 삶과 문학

우리는 현대 산업사회, 정보사회라는 공간에서 삶을 여위하고 있다. 풍요로운 물질문명 속에 살면서도 누구나 고달프고도 어려운 삶을 살고 있는 것이 또한 현실이다. 왜 이렇게 살 수밖에 없는지 같이 생각해 보고자 한다.

1) 현대 사회의 특징과 현대인의 모습

현대 사회의 특징을 다음 몇 가지로 정리할 수 있다. 첫째, 현대사회는 가치관과 욕구가 다양화된 다원화 사회이다. 둘째, 유행에 따른 물질주의의 성향의 문화/문명으로의 변화의 가속화되는 사회이다. 셋째, 경쟁과 익명성에 의한 도덕관의 파탄에 직면한 도시화 시대이다. 넷째, 대가족제도의 천륜의 시대에서 애정의 시대로 변화해 가는 핵가족화가 가속화되는 시대이다. 다섯째, 깊은 만남이 사라지고 소외된 삶이 늘어나는, 일시적인 인간관계의 시대이다. 여섯째, 가치 있고 보람 있는 삶보다 보이기 위한 멋있는 삶을 지향하는 여가 선용의 시대이다.

현대사회는 산업사회의 주 테마인 소유에의 욕망에서 극도의 이기주의 사회로, 인간의 존엄성이 상실된 조직 속의 부품으로 전락된 삶이 아닌가 한다. 이에 대하여 T.S 엘리어트는 "현대는 물기가 말라 버린 사막이다. 여기에 사는 현대인은 신과 제정신을 잃고 권력과 황금을 섬기며 산다."고 하였다. 또 어떤 학자는 현대사회가 '통속화의 전시장'이라 했고, 또 어떤 사회학자는 "현대사회는 비교육적이고 위선적인 것으로 가득차서 인간의 고귀한 가치는 떨어지고 인간의 맹점과 추악함으로 구성된 공간"이라 한 바 있다.

또 이 공간에 살고 있는 현대인의 모습을 에리히 프롬은 "20세기는 인간이 죽었다."고 선언하였고 T.S 엘리어트는 "현대인은 박제화한 인간이다."라고 한 바 있다. 이와 같은 현실은 물질문명이 아무리 발달하여도 인간의 영혼에는 위안을 주지 못함을 말함이다. 풍요 속의 빈곤을 사는 것이 현대인의 모습이다. 그 예로 주요섭 님의 〈미운 간호부〉을 보자.

미운 간호부

주요섭

어제 S 병원 전염병실에서 본 일이다. A라는 소녀, 7,8세밖에 안 된 구여운 소녀가 죽어나갔다. 적리(赤痢)로 하루는 집에서 앓고, 그 다음날 하루는 병원에서 앓고, 그리고 그다음 날 오후에는 시체실로 떠메어 나갔다. 밤낮 사흘을 지키고 앉아 있었던 어머니는 아이가 운명하는 것을 보고, 죽은 애 아버지를 부르러 집에 다녀왔다. 그동안 죽은 애는 이미 시체실로 옮겨가 있었다. 부모는 간호부더러 시체실을 가리켜 달라고 청하였다.

"시체실은 쇠 다 채우고 아무도 없으니까, 가 보실 필요가 없어요." 하고 간호부는 톡 쏘아 말하였다. 퍽 싫증난 듯한 목소리였다.

"아니, 그 애를 혼자 두고 방에 쇠를 채워요?" 하는 묻는 어머니의 목소리는 떨리었다.

"죽은 애 혼자 두믄 어때요?"

하고 다시 톡 쏘는 간호부의 목소리는 얼음같이 싸늘하였다.

이야기는 간단히 이것이다. 그러나 나는 그때 몸서리쳐짐을 금할 수 없었다.

"죽은 애를 혼자 두면 어떠리!" 사실인즉 그렇다. 그런 그것을 염려하는 어머니의 심정! 그 숭고한 감정에 동정할 줄 모르는 간호부가 나는 미웠다. 그렇게까지 간호부는 기계화되었는가?

나는 유명한 기계보다도 야만인 인생을 더 사랑한다. 과학상에서 볼 때, 죽은 애를 혼자 두는 것이 조금도 틀린 것이 없다. 그러나 그 어머니로서 볼 때에는…. 더 써서 무엇하랴? 어머니를 이해하지 못하고, 동정할 줄 모르는 간호부! 그의 과학적 냉정(冷情)이 나는 몹시도 미웠다. 과학문명이 앞으로 더욱 발달되어 인류 전체가 모두 다 '냉정한 과학자'가 되어 버리는 날이 이른다면……. 나는 그것을 상상만 하여도 소름이 끼친다.

정(情)! 그것은 인류 최고 과학을 초월하는 생(生)의 향기이다.

2) 잃어 가고 있는 인간성 회복의 길

20세기를 과학의 시대, 능률의 시대, 실용의 시대라 한다. 이 시대는 물질이 숭상되어 지적인 능력이 중시되면서 정적인 면이 경시되고 있다. 따라서 정신상의 불균형 상태인 현대인은 조화로운 전인으로의 전환이 필요하다. 그 지향점이 인간성의 회복이다.

인간의 존엄성을 회복시켜, 인간적 철학을 바탕으로 인간으로서 인간다운 삶을 영위토록 하는 것은 종교와 문학이라고 생각한다. 인간 영혼에 위안을 주는 것은 종교와 문학이기 때문이다. 그러므로 문학의 생활화와 생활의 문학화는 이 시대의 시대적 요청이다.

삶이란 무엇인가? 그것은 첫째, 보다 나은 내일을 위한 몸짓이며, 둘째, 이상과 현실의 충돌의 현장이며, 셋째, 사랑을 바탕으로 한 정과 대화 나눔의 공간이며, 넷째, 성장 과정에서 만나는 걸림돌과의 충돌과 극복의 과정이다. 결국 삶이란 경험의 축적이다.

문학이란 무엇인가? 그것은 사람 사는 이야기로, 행동하는 사람의 모방이며, 가치 있는 체험의 기록이다. 따라서 문학작품의 내용은 다른 사람들이 어떤 일을 겪으며, 어떻게 살아가는가에 대한 다양한 이야기다. 즉 체험의 보고(寶庫)로서 세속의 경전이다.

문학작품을 읽는다는 것은 나의 삶을 소모하지 않고, 또 시간을 절약할 수 있는 세상살이의 간접체험의 확충이요 축적이다. 다양한 체험의 보고가 문학이고 체험이 최고 인생 스승이라면 문학작품을 읽는다는 것은 스승을 만남과 같지 않을까 한다.

다른 사람의 삶을 엿보고 듣고, 스승을 만남으로 해서 특수하고 고립된 자신을 보편적 자아로 확장시켜 긍정적인 나의 삶을 살도록 이끌어 주는 것이 문학작품 읽기의 효용이다.

3) 행복한 삶을 위해 문학작품 읽기

문학작품을 읽는다는 것은 나의 삶을 소모하지 않고, 또 시간을 절약할 수 있는 세상살이 삶의 간접 체험이다. 슬기로운 삶을 위하여 온갖 것을 체험하기에는 우리 인생은 너무나 짧다. 더구나 연습도 복습도 재방송도 없는 것이 우리 인생이다. 아무리 열심히 산다 해도 우리가 직접 경험할 수 있는 양은 보잘것없는 것이다.

문학작품을 읽으면 독자의 영혼은 풍요로운 정원이 된다. 왜냐하면, 문학작품을 읽는다는 것은 일이 아니라 즐거움 그 자체기 때문이다. 고귀한 영감, 창조적인 정신을 담은 것이 문학작품이기 때문이다.

독서하면서 따뜻한 지성미와 감성미를 바탕으로 한 세련된 모습을 지닌다는 것, 아름답고 멋지지 않은가. 독서하면서 아름답고 멋진 나로 가꾸는 내면의 화장이 문학작품읽기다.

문학작품을 읽는다는 것은 첫째, 체험의 확충이다. 그래서 다른 사람의 삶을 보고 들으면서 그것을 자기 체험으로 대신하는 슬기가 필요하다. 이 간접 체험의 보고인 문학작품을 읽으면서 부족한 경험을 보충하여 체험을 확장하는 것이 작품 읽기다.

둘째, 내면의 화장이다. 살면서 세월의 흐름에 따라 무너져 내리는 외면의 변화를 그 누가 막아줄 것이며, 나이듦으로 인한 외모의 변화를 무엇으로 보강하여 늙지 않는 나다움을 지니고 살 것인가를 생각해 본다. 화장하는 것이 자신의 외모를 변화시키는 노력이라면, 독서는 외면에 드러나지 않는 정신을 변화시키는 내면의 화장이다. 화장은 아름다움을 추구하는 마음이다.

셋째, 내 영혼 정원의 풍요로운 가꿈이다. 문학작품을 읽으면 정서가 함양되고, 상상력이 키워지며, 사고의 폭이 넓어진다. 문학의 본질은 정서와 상상과 사고와 표현이다. 느끼며, 상상하며, 생각하고 그것을 표현하는 것이 우리의 삶이다. 현대인은 인문성의 상실로 심성이 메마르고, 인간의 존엄성이 경시되어 비인간화니, 군중 속의 고독이니 하며 외롭게 살고 있다. 이 외로움에서 벗어나 인간성과 인간의 존엄성을 유지시켜 주는 것은 종교서적과 문학작품 읽기다.

넷째, 자기 영혼의 초대다. 책의 내용은 독자의 경험이다. 따라서 책을 읽는다는 것은 지나간 경험과의 만남이다. 그 경험과의 만남을 자기 영혼에의 초대라고도 하고, 잠자는 감정을 일깨워 영혼에 충격을 주면서 잃었던 자기를 발견하는 과정이라고도 한다.

메마르고 마비된 듯한 자기감정이라도 책을 읽으면서 때로는 눈시울을 적시기도 하고, 미소를 짓기도 하며, 울분을 터뜨리기도 하며, 때로는 시들어가는 사랑의 불씨에 불을 붙이기도 하는 것, 모두가 잠자는 감정의 일깨움이다. 그러는 가운데서 현실적 자아와 본래적 자아를 만나 나를 찾는 것이 또한 작품 읽기다.

다섯째, 문학작품 읽기는 실리적, 세속적 욕망을 성취하는 실익을 위한 읽기가 아니다. 다만 문학작품은 풍부한 서정과 함께 진, 선, 미, 성이란 인간이 지향하는 최고 가치를 담고 있어 짐승스런 본능 상태에서 벗어나 사람다움의 영적 상태로 거듭나게 하는 것이다.

나에게 주어진 인생을 예술로, 철학으로 가꾸려면 가장 좋은 방법이 문학작품을 읽는 거다. 문학작품을 통해 인생을 배우고, 아름다움을 발견하고, 눈물의 의미를 알고, 만나고 헤어짐의 인연을 알아 정신적으로 풍요로운 나로 가꾸어 가는 것이다.

"행복하려거든 사람이 되라."는 말이 새롭다. 자의식이란 자그마한 손거울

들고 내가 만든 한편의 영화 속의 필름을 지우며 비워 가면서 생을 마감하는 것이 우리의 삶이기도 하다.

끝으로 실질적으로 내 영혼에 비타민 된 작품의 몇 구절을 소개한다.

"사람은 많아도 / 사람 같은 사람 / 만나기 어려운 세상에서 /사람 냄새나는 한사람을 만나고 싶다.(박인희의 〈사람에게〉 중에서)

"창을 맑고 깨끗이 지킴으로 / 눈들을 착하게 뜨는 버릇을 기르고…." (김현승의 〈창〉 중에서)

"그러나 동시대 사람들을 편안하게 했고, 괴롭히지 않았다. 불안하게 굴지도 않고, 부담도 주지 않고, 또 지루하게 굴지 않았다." (헬무드 홀트하우스의 〈어느 위대한 사람의 사후명성〉 중에서)

"자기가 태어나기 전보다 / 세상을 조금이라도 살기 좋은 곳으로 만들어 놓고 떠나는 것 / 자신이 한때 이곳에 살았음으로 해서 단 한 사람의 인생이라도 행복해지는 것 / 이것이 진정한 성공이다." (랄프 왈드 에마슨의 〈무엇이 성공인가〉 중에서)

"많은 사람을 좋아하고 그 누구도 미워하지 않으며 몇몇 사람을 끔찍이 사랑하며 젊잖게 늙어가고 싶다." (피천득의 〈나의 사랑하는 생활〉 중에서)

2. 수필문학으로의 안내 : 문학의 생활화, 생활의 문학화

1) 수필은 어의 그대로 수필일 뿐이다

첫째, 수필은 일상을 즐기는 사람의 글이다. 일상을 즐기는 사람은 자신을 사랑하는 사람이고, 자신을 사랑하는 사람은 이웃을 사랑한다. 자기를 사랑하는 사람은 자신이 누구인가, 자신에게 주어진 일이 무엇인가를 찾아 즐거이 일하는 생활인이다.

둘째, 수필은 관조의 문학이다. 수필은 관조를 통하여 자신을 알며, 자신을 찾아가는 수도자의 자세로 글을 쓴다. 수필은 자기를 구속하는 힘을 지니고 있다. 수필은 그 사람 이상도 이하도 아니다. 삶의 스냅 사진 같은 글로, 최후의 독자는 자기 자신이다. 귀결점은 자기 자신을 다스리는 법을 터득하게 하는 매우 철학적인 문학이 수필이다.

셋째, 시인은 자신의 감흥을 드러내기 위해 마음껏 형용사와 부사를 동원할 수 있어도, 수필가는 될 수 있는 한 그 형용사와 부사를 절제한다. 시는 감정에 솔직한 글인 데 반해, 수필은 감정을 여과시키는 데서 품격을 지니는 문학이기 때문이다.

넷째, 소설은 상황 묘사를 함에 있어 넘치도록 치밀하지만, 수필은 함축과 절제로써 미학을 삼는 것이므로, 문장이 단순 명확해야 한다. 이것이 현대 수필 문장의 경제성이다.

다섯째, 수필의 독자성은 시적인 요소와 소설적인 요소와 희곡적인 요소를 모두 차용하지만, 결국 시도 아니고 소설도 아닌 것이다. 이것이 수필의 '무형식의 형식'이다.

여섯째, 수필적 자아가 자신인 수필은 허구도 거짓도 꾸밈도 요구하지 않는다. 그것은 자기 사치요 자기 기만이다. 그래서 수필은 정직하고 아름다운 문학 장르다. 향기가 있되 짙지 않고, 소리가 있되 소란스럽지 않으며, 아름다움이 있되 천하지 않은 글이다. 이것이 바로 '수필은 수필일 뿐이다'라는 말의 의미다.

2) 미래 문학으로서의 수필문학

흔히 현대를 '산문의 시대'라 한다. 문학이 시대의 산물이라 할 때 현대라는 과학문명시대에 적합한 서술 양식은 산문이고, 근대화 운동의 정신과 산문정신은 같은 범주에 해당하기 때문이다. 이에 대하여 프랑스의 아나토 프랑스는 "수필이 어느 날엔가는 온 문예를 흡수해 버릴 것이다. 오늘이 그 실현의 초기다."라고 하였다. 사실상 근년에 와서 픽션보다 논픽션이 더 많이 읽히고 있는 것이 그 증거다. 현대인들은 인생문제에 대하여 실존인물의 현실적 체험을 통하여 들으려 한다.

이에 접합한 기술양식이 현실적 체험에 사실을 두고, 이에 대한 작가의 정서적, 상상적 반응에 대하여 생산되는 문학양식이 수필문학이다. 수필문학은 자기 자신을 탐구하는 문학이며, 개성이 짙게 풍기는 문학으로 자신을 표출하는 것이며, 더 나아가 자기를 초월하여 인간의 보편성을 포착하려는 시험적인 문학이다.

현대 산업사회에서는 사람들이 남, 남의 것에 온통 정신이 팔려서 자기를 잃고 살아간다. 이 잃어버린 자아를 되찾아 '나는 누구인가?' '나는 어떤 삶을 살고 어떻게 살아갈 것인가?' '나의 존재는 어떤 의미가 있는가?' '나의 삶의 목표는 무엇인가?'를 생각하게 하는 문학 장르가 수필이기에 나를 찾는 방편으로 많은 수필 작품을 생산하고, 읽는 것이다.

나를 찾는다는 것은 한 인격체로서 독립된 나의 모습, 즉 거울 속에 비친 나의 모습이 아니라, 남과 다른 나의 개성적인 모습을 찾는 것이다. 우리의 일생이란 남다른 자신의 삶을 만들고 다듬어 가는 과정이 아닌가 한다.

작품의 예로 피천득님의 〈낙서〉를 든다.

낙서

피천득

　주제꼴이 초췌하여 가끔 푸대접을 받는 일이 있다. 호텔 문지기한테 모욕을 당한 일까지도 있다. 그러나 그것은 대수롭지 않은 일이다.

　나는 소학교 시절에 여름이면 파란 모시 두루마기를 입고 다녔다. 그런데 새로 빨아 다린 것을 입은 날이면 머리가 아파지는 것이다. 그러다가 두루마기가 구겨지고 풀이 죽기 시작하면 나의 몸과 마음은 한결 가벼워졌다. 중학교 시절에는 고구라 교복 한 벌, 그리고 여름 후시모리 한 벌을 가지고 2년 동안 입었다. 겨울 교복 바지는 절어서 윤이 나고, 호떡을 먹다 떨어뜨린 꿀이 무릎에 배어서 비오시는 날이면 거기가 끈적끈적하였다. 저고리 후끄는 언제나 열려 있었다. 교복을 사서 처음부터 채우지 않고 입던 터라 목이 자란 뒤에는 선생님이 아무리 야단을 치셔도 잠글래야 잠글 수가 없었다.

　나는 이런 교복을 입고 아무데를 가도 몸과 마음이 편하였다. 내가 상해로 유학을 갈 때에도 이런 교복을 입고 갔었다. 돈이 있다고 해도 호텔에서 들이지 않았다. 나는 처음으로 사지 양복을 맞춰 입고 헌 교복은 알랑뚱시(넝마장수)에게 동전 열두닢을 받고 팔아 버렸다. 그 사지 양복은 입은 지 몇 달 후에야 내 옷 같아져서 마음이 놓이게 되었다. 근년 미국 가는 길에 동경에 들러 한 친구를 만났더니 그는 나를 보고 미국 가거든 옷 좀 낫게 입고 다니라고 간곡히 충고를 하였다. 그래 보스톤에 도착하자 나는 좋은 양복을 사 입어 보려고 하였다.

　그러나 여러 백화점을 돌아다녀 보아도 좋은 감으로 만든 기성복으로는 내게 맞는 것은 하나도 없었다. 맞춰 입을까 했더니 공전이 놀랄 만큼 비쌌다. 그후 와이샤스 소매 기장을 줄이느라고 옷값 이상의 공전을 지불한 적이 있다. 나는 하는 수 없이 싸구려 한 벌을 사 입었다. 저고리 소매가 길어서 좀 거북하였다. 그러나 그것은 대수롭지 않은 일이었다.

또 내 옷을 바라다보는 사람은 아무도 없었다. 미국 여자들은 여자들끼리만 서로 옷을 바라다보는 모양이었다. 귀국한 지 삼 년, 공전 값 싼 한국에서도 소매를 못 줄이고 그 양복을 그대로 입고 다닌다. 다행히 우리나라 여성도 내 옷을 바라다보는 이가 하나도 없다.

가슴을 펴고 배를 내밀고 걸어 보라고 일러주는 친구가 있다. 옷차림도 변변치 않은 데다가 작은 키를 구부리고 다니는 것이 보기에 딱한 모양이다. 그래 나는 어떤 교장선생님같이 작은 키를 자빠질 듯이 뒤로 젖히고 팔을 저으며 걸어 보았다.

그런데 그것은 결코 대수롭지 않은 일이 아니었다. 몹시 힘드는 일이었다. 잘난 것도 없는 나이니 그저 구부리고 다니는 것이 자연스러웠다.

내가 말을 너무 많이 하고 빨리 하여 위엄이 없다고 일러주는 친구가 있다. 그래 나는 명성이 높은 어떤 분이 회석에서 말을 한마디도 하지 않고 눈만 끔벅끔벅하던 것을 기억하고 그 흉내를 내보려고 하였다. 그랬더니 그것은 더 큰 고통이었다. 가슴이 터질 것같이 답답하여 그 노릇은 다시 안 하기로 하였다.

어린아이같이 웃기를 잘하여 점잖지 않다는 것은 또한 친구의 말이었다. 그래 나는 어느 일요일 아침, 성난 얼굴을 하여 보았다. 그랬더니 서영이가 슬픈 표정으로 내 얼굴을 쳐다보더니 문 밖으로 나가 버리는 것이었다. 네게 있어서 이보다 큰 일은 없다. 나는 얼른 거울을 들여다보았다. 잘 생기지도 못한 얼굴이 사나와 보인다. 나는 씽긋 웃어 보았다. 그리고 내가 정신의 이상이 없다는 것을 알리기 위해 그날 하루종일 서영이 하고 구슬치기를 하였다.

요즘 나는 점잔을 빼는 학계의 '권위'니 사회적 '거물'을 보면, 그들을 불쌍히 여겨 그의 어렸을 적 모습을 상상해 보는 버릇이 생겼다. 그러면 그의 허위의 탈은 눈같이 스러지고 생글생글 웃는 장난꾸러기로 다시 환원하는 것이다.

3) 수필문학의 현실과 내일의 과제

〈1〉 수필문학의 대중화

오늘날은 수필문학의 전성시대다. 산업사회에 진입하면서 교육의 대중화, 풍요로운 물질, 대중매체의 다양화, 인쇄술의 발달에서 비롯된 냉정한 무한 경쟁의 시대에서 '남'의 것에 정신이 팔려 '나'를 잃어버리고 살아 왔다. 이제 물질적 풍요 속에서 정신적 빈곤과 지적 고갈을 느끼는 것이 현대인이다.

'나'를 찾아 나의 존재를 확인하려는 자기구원의 갈구에 수필문학은 뿌리를 내리고 있다. '나'를 찾아 떠나는 여행길에 동행자가 된다는 것이 수필문학의 풍요로움의 원천이요 저변 확대의 바탕이라 본다.

수필의 시대의 흐름이 수필의 소설화인가 소설의 수필화인가를 생각해 본다. 소설이 1인칭 소설에서 자전적 소설로, 성장소설로 이어짐은 소설의 수필화의 과정이 아닐까 한다. 소설 작품 연구에서 전기적 요소, 수필적 요소를 천착해 가는 것도 작가 연구에 큰 몫을 차지함이 이를 증명한다..

〈2〉 수필문학을 바라보는 관점들

원래 모르면 흉보고 비하하는 것이 뭐 좀 안다는 인간의 속성이다. 수필문학에서 수준 높은 작가를 만나는 것보다 수준 높은 독자를 만난다는 것이 더 어렵다. 사춘기에 시인 아닌 사람이 없고, 청장년기의 삶에 찌든 사람 치고 소설가 아닌 사람이 없다는 말이 있다. 수필은 중년 고개를 넘어선 어른의 글이다. 성숙한 대화를 나눌 수 있는 사람만이 수필의 독자다. 어른다운 어른이 드문 세상에서 참된 독자를 만난다는 것은 쉬운 일이 아니다.

모르면 흉보기 쉬운 법. 수필과 잡문을 동일시하는 일부 문인이 있는 것도 사실이다. 수필은 수필이고, 잡문은 잡문일 뿐이다. 수필을 잡문과 동일시한다면 시 같지 않은 시는 잡시고, 소설답지 않은 소설은 잡소설인지 묻고 싶다. 나의 석사학위 지도교수이신 고 황순원 선생님은 '수필을 쓰는 사람들은 용감한 사람'이라고 하셨다. 거짓과 위선이 끼어들 수 없는 아름다운 문학 장르가 수필문학이라 하시면서, "나는 수필은 못쓴다."고 하셨다. 수필은 쓰는 사람도 자신이고, 그 진술의 대상도 자신이고, 그 마지막 독자도 자신이라 하신 말이 늘 새롭다. 그 말씀을 잊지 않고 있다.

수필은 마음의 여유 속 고독의 순간에 자신을 고백하는 느낌의 소산일 뿐이다. 그 고백이 이웃에게 감동을 준다든지, 훈시로 가르친다든지, 자기를 포장하려는 목적을 위한 수단이 될 때 그것은 수필이기를 포기하면서 스스로 웅변이 되고자 함이다. 웅변이 직접 듣는 것이라면 수필은 엿듣는 것이다.

수필을 쓰는 이유는 무엇인가? 수필 쓰기는 나 자신으로부터 시작하는 것으로 남의 이야기가 아닌 내가 겪었던 이야기, 곧 자기 체험의 형상화, 의미화로 나를 찾는 과정이다. 내 삶의 스냅 사진이요, 나를 찾아 떠나는 여행길에서 만나는 자조의 문학이고, 대화의 문학이다. 그 대화는 어찌 보면 자기와의 대화이며, 그 자기와의 대화 속에서 나의 자의식을 찾고, 그 자의식 속에서 참된 자기를 만나는 것이 아닐까 한다. '나'는 누구인가?' '나의 존재의미는 어떤 것인가?'를 물으면서 자아 발견에서부터 자기 지키기에 이르기까지 사람답게 살 수 있는 길을 찾아 연륜에 움츠리지 않고, 저녁노을 창가에서 외롭지 않으면서 내가 사는 이유를 찾기 위함이다.

〈3〉 수필문학은 자유로운 형식

수필의 질과 인식을 높이는 것은 제도의 문제가 아니라, 동인 활동을 통해, 합평회를 통해 수필작가로서의 긍지를 갖고 좋은 작품 창작을 위한 자기 연마가 있어야 하지 않을까 한다. 수필은 작가의 인간미, 인간성이 중시되는 테마의 문학으로, '글이 바로 그 사람'이기 때문이다. 어떤 제도이든 형식적 제도에는 평가의 잣대가 있다. 내용의 다양성, 형식의 자유성으로 해서 작품 평가의 잣대가 무엇인지, 평가자는 누구인지 생각해 본다. 평자의 주관적 잣대가 평가의 잣대라면, 과연 그 의미는 무엇에서 찾아야 할까?

〈4〉 수필문학은 인생의 회고록

자기 인격은 자기가 지킨다고 했다. 수필작가는 '대우'해 주기를 바라는 것이 아니라 대우받도록 노력하는 것이다. 시로, 소설로 배우는 글 읽기, 글쓰기란 말은 듣지 못했다. 글 읽기, 글쓰기는 수필로 시작하여 수필로 마무리하는 것이다. 문학의 각 영역에서 자리매김한 작가들은 한 권의 자서전 아니면 수필집으로 끝마무리한다는 현실이 바로 수필의 위상을 말해준다.

시집과 소설, 수필집을 받았을 때 어떤 책을 먼저 읽을까 생각해 본다. 내 후손에게 물려주고 싶은 책이 시집인지 소설집인지 수필집인지를 생각해 본다. 지상에 발표되는 필독도서나 금주의 베스트셀러 중에서도 비소설 분야가 많은 비중을 차지하는 것이 이를 반증한다. 이 사람도 한 권의 수필집을 발간했더니 종종 문중에서 몇백 권을 부탁받은 적이 있다.

수필인은 수필작가라는 긍지를 갖고 우리 문단을 살찌우는 데 매진하는 것이 내일의 과제다.

4) 수필을 쓴다는 것은

수필을 쓴다는 것은 인생을 배우고 인간을 긍정해 가는 수학의 길이다. 수필은 문학의 장르로 문학의 효용과 기능을 다하고 있다. 문학은 우리에게 즐거움과 함께 정신적 깨달음을 준다. 그것은 미적 측면이며 공리적 측면이다. 즐거움은 삶의 가치를 실현하고, 정신적 깨달음을 자아완성의 도모다. 우리는 문학을 공부함으로써 자아완성의 길을 찾고 정서를 순화하며, 인간적인 삶의 의미를 추구하며, 역사에 대한 사명을 깨닫는 길을 찾게 된다.

첫째, 수필은 항상 새로운 형식을 요구한다. 수필의 형식은 작품마다 내가 창조하는 것이다. 수필의 형태는 마음 내키는 대로 쓴 글이다. 따라서 한편 한편 새로운 작법을 요구하는 글이다.

수필의 창작은 시의 작법이 그렇듯이 어떤 패턴이 없다. 쓰고자 하는 이야기를 그때 그때의 의도에 따라 마음대로 이리저리 배치하고, 때로는 앞뒤를 바꾸고, 과거와 현재 현실과 상상을 적절히 질서 있게 조직하고 배합하는 동안에 그 작품에 알맞은 유일무이한 작법을 스스로 터득하게 된다. 한 작품을 써 가는 도중에 깨닫는 하나의 방법, 그것이 수필의 작법이다. 이것이 바로 수필은 어떤 형식에도 얽매이지 않는 자유로운 형식의 글이란 말의 뜻이다.

둘째, 수필은 '어떻게' 쓰는 것이 문제가 아니라, '무엇을' 쓸 것인가가 더 문제가 된다. 여기서 '무엇'은 소재다. 그래서 수필은 소재의 문학이다. 소재란 자신의 생활과 그 주변에 흩어져 있는 갖가지 현상들, 사건들, 일들이며, 모든 내적 외적 경험과 인식들이다.

자기 자신은 누구인가? 어떤 대상을 바라보는 주체이며, 생각하고 느끼고 고민하는 주체이며, 결단을 내리고 꿈틀거리는 주체이며, 생존하고 생활하기 위해 발버둥치는, 생생한 삶의 모습을 바라보는 주체가 자신이다.

'거울에 비추어 바라보는 자신이 아니라, 살아가는 과정에서 바라보는 자신의 내면을 바라보는 것이 더 값진 것이다.' 혼히는 자기 자신을 스스로 알고 있는 것 같지만 언제나 타인인 것이 자기 자신이다. 순간순간 '내 마음 나도 몰라'일 때가 있지 않은가? 소재는 내 생활의 주변에 있다.

새벽 4시에 어디론가 향하는 부지런한 사람들, 번화가 주변의 사주 관상가들, 겉 멋든 여인들, 농촌의 한가한 모습, 재래 시장의 넘치는 인정, 지도층의 두 얼굴들, 어린애의 울음소리 모두가 수필의 소재들이다.

이런 소재들에서 나만의 느낌, 나만의 인식의 파편들을 모아서 자아 발견을 위한 진지한 노력을 해 가는 과정이 수필 쓰기다.

5) 수필의 내용 들여다보기

첫째, 수필은 삶의 고뇌에서 벗어나기 위한 작업의 글이다. 수필은 인생이 무엇인가를 생각하기 전에 인생을 진실하게 고백한 결과로 써지는 글이다.

둘째, 수필은 자신의 마음을 놓을 자리에 놓은 글이다. 수필은 인간의 심리적 현상을 가장 솔직하고 적절하게 그려 낼 수 있는 문학 장르이다. 소설이 인물을 놓을 자리에 놓은 것이고, 시가 언어, 말을 놓을 자리에 놓은 것이라면, 수필은 마음을 놓을 자리에 놓은 것이다. 문장 공부를 마음공부에서 시작한 것이 수필이다.

셋째, 수필은 자아 발견을 위한 진지한 고뇌의 산물이다. 수필은 담수와 같은 심정으로 자연이나 인생을 바라보며, 이를 자유로운 형식에 담아 표현하는 문학이다. 메마르고 가파른 생활 속에서도 때로는 내 자신에 돌아올 때가 있다. 문득 자신의 모습을 바라보는 것이다.

넷째, 수필은 새로운 관계 맺기의 산물이다. 사소한 일상사에 관한 이야기를 새롭게 단장하거나 새로운 의미를 부여하여 독자로 하여금 평범한 일상사에서 새로운 눈을 뜨게 하는 글이다. 산다는 것은 새로운 관계 맺음이다.

다섯째, 수필은 자기에서 출발하여 자연으로 이어지는 삶의 글이다. 수필의 원천은 나와 이웃의 관계, 사색의 산물, 산책에서 보고 느낀 것, 독서에서 얻은 지혜, 그리고 자연으로 이어진 자기사(自己史)의 글이다.

여섯째, 수필은 평범 속에서 발견된 진리의 기록이다. 수필은 곧 문학이요 예술이다. 문학은 항상 옷을 입고 있다. 알맹이만이 전부가 아니다. 알맹이(내용)에다 옷(형식)을 입힌 것이다. 정서적 분위기가 옷이다. 문학의 효과는 감동이다. 감동은 경이감에서 우러나는 것이다. 경이감은 새로운 생활의 발견에서 나타난다. 수필이 자신의 문학이기에 그 언어도 생활적이어야 하고, 나의 취미, 나의 인생관이 수필의 내용이기에 오만이 없는 글이다. 단정적인 것도 오만이요, 난해하고 관념적인 것도 오만이다. 수필은 단상의 강론이 아니요 단하의 대화이며, 지식의 전달이 아닌 지혜를 전하는 자리이다.

일곱째, 수필은 내가 살아온 길을 되돌아보는 글이다. 수필은 어른의 문학이다. 자신의 인간에 대한 노력의 전인간적 과정이 수필의 내용이다. 지나온 생애에서의 온갖 좌절과 시궁창 속에서 기어오르려 안간힘을 쓴 과정을 기도문을 쓰듯이 쓴 산문이다. 나를 간수하기 위한 기도로서 내 속, 단조로운 것, 구정물, 고름덩이, 분뇨 썩은 것, 정욕과 불신 등등 온갖 것들을 써 놓은 정직한 글이다. 수필은 자전적 분위기와 흐름이 뿌리를 이루고 원죄의식의 추구와 깨달음의 삶을 응시하는 데서 씌어지는 글이다.

여덟째, 수필은 가슴을 울리는 긴 여운의 글이다. 수필은 가장 솔직한 자기 표현의 글이고, 함축성을 담은 개성 있는 글이다. 언어예술로서의 성격을 지닌 글이다. '글이란 참된 데서 피어나고, 만드는 데서 시든다'고 독일의 문호 한스 카로사는 말하였다. 수필은 만드는 글이 아니요, 자연스럽게 생활 속에서 씌어지는 글이다.

아홉째, 수필은 자기를 반성하는 인격적 성장을 위한 글이다. 수필은 자신의 삶에서의 실패담, 인간으로서의 부족했던 점, 약점을 드러내어 자기 반성의 계기를 만들어 주는 글이다. 수필을 쓴다는 것은 곧 자신의 인격적 성장을 드러낸 것이다.

열째, 수필은 문학적으로 승화한 편지와 같은 글이다. 수필은 상대를 의식하며 서술해 나간 편지글과 같은 글이다. 편지는 상대방에게 자신의 감정을 거짓없이 쓰는 것이다. 어느 글보다도 비밀이 지켜지는 글이 편지다. 아련한 추억이 있고, 성실한 삶의 고뇌가 있고, 흐뭇한 사랑의 이야기가 있고, 인생과 자연에 대한 관조와 성찰이 있되 꾸밈과 감춤이 없는 글이 수필이다.

3. 수필문학의 한 단면 : 자기 삶의 리얼한 이야기

1) 말문을 열며

님은 갔습니다. 아아 사랑하는 나의 님은 갔습니다. / 푸른 산빛을 깨치고

단풍나무 숲을 향하여 난 작은 길을 걸어서 차마 떨치고 갔습니다. / … / 날카로운 첫 키스의 추억은 나의 운명의 지침을 돌려놓고 뒷걸음질쳐서 사라졌습니다.

독립운동가이며 시인 승려 한용운의 '님의 침묵'의 한 구절. 나와 문학의 한 장르인 수필과의 만남은 하늘과 땅이 만나는 '날카로운 첫 키스'였다. 나의 삶의 지침을 도려 놓았으며, 내 인생이 뒤바뀌어 버리는 대변혁이었다. 수필문학이 내 인생의 반려가 되었기 때문이다.

이 만남을 통하여 '삶의 미학'을 수행하면서 불완전한 인간으로서 완전을 향하여 끊임없이 참 삶의 길을 더듬거리며 찾고 있다.

우리가 흙이나 나무와 함께 살아야 하는 것처럼 문학은 우리 영혼이 사는 자연과도 같은 존재의 집이다. 문학의 한 장르인 수필과 더불어 살 때 우리의 몸과 마음이 다 같이 건강해질 수 있다는 신념을 가지고 말문을 열고자 한다.

2) 몇 가지 질문

문학이 사람 사는 이야기이듯이 수필은 사람들의 세상살이에 관한 이야기이다. 수필은 소설과 같은 산문이면서도 한 사람의, 한 가지의 세상 질서나 가치를 밝히는 데 그토록 많은 지면과 말을 소비하지 않는 데서 소설과 다른 점을 찾을 수 있다. 즉 고속화 시대인 오늘, 소모적이고 낭비적이 아니라는 점에서 수필문학의 전성기를 맞이한 것이 아닌가 한다. 날이 갈수록 수필작가가 늘어가며, 많은 작품이 창작되고, 끊임없이 새로운 수필 읽기가 수행되고 있는 것이 오늘의 현실이다.

이에 대하여 아나톨 프랑스는 "수필이 어느 날에는 온 문예를 흡수해 버릴 것이다. 오늘이 그 실현의 초기단계이다"라고 했다. 전기, 기행, 일기 등 이른 바 기록문학이 주류를 이루는 서구세계에서는 종래의 소설, 희곡 등이 점점 논픽션화되어 가면서 수필문학에 합류된 느낌을 주고 있다. 우리나라의 경우도 마찬가지로, 소설보다 비소설의 영역이 확대되고 있는 것이 사실이다.

산업사회, 정보사회인 오늘의 우리 문단에서 수필문학의 장르를 제외했을 때, 우리 문학은 일부 고급 독자를 위한 자기 위안의 매체로 전락될 것이다. 이는 순수문학의 퇴조현상이 단적으로 증명하고 있다.

이러한 관점에서 몇 가지 질문을 던진다. 수필과 비수필의 구분은 어떻게 할 것인가? 수필의 본질을 무엇인가? 수필의 내용이나 형식에서 자유성을 어떻게 볼 것인가? 수필에서 허구성을 용인할 것인가? 수필의 수필적 자아는 작가 자신이어야 하는가? 이런 질문들에 대해 좀더 구체적 해답을 마련할 수만 있다면 통념으로 되어 있는 '붓 가는 대로 쓰는 글'보다는 좀더 구체적으로 수필에 대해 알 수 있지 않을까 한다. 다만 본고에서는 고도의 이론과 까다로운 논리를 동원하는 태도는 일단 접고, 수필의 본질을 기초로 몇 가지 특징을 밝히고자 한다.

수필은 특징은 첫째, 산문으로 엮어진다, 둘째, 적당한 길이의 작문이다, 셋째, 형식이 자유롭다, 넷째, 주제가 특수하다, 다섯째, 개인적이며 자기 표현의 문학이이라는 것으로 정리할 수 있다. 이는 수필에 관한 동서양의 정의들을 근거로 요약 정리한 것이다.

이러한 본질에 비추어 타 문학 장르에 비해 두드러진 특징, '진실한 자기 삶의 리얼(real)한 이야기'라는 관점에서 살펴보고자 한다.

〈1〉 수필은 대화의 문학이다

수필은 '하나의 완결된 이야기'가 아니다. 여기서 완결이란 처음과 중간과 끝을 가진 이야기 구조로 짜여진 것을 말한다.

수필은 완결되지 않은 채 시도하는 대화의 문학이다. 대화는 너와 나 사이에 교통되는 이야기이며, 그 주된 목적은 가르치는 것, 배우는 것, 즐기게 하는 것 등이다. 그 대화의 배경에는 침묵이 있다. 침묵을 배경으로 하지 않는 대화는 깊이를 상실한 언어의 나열로, 소리일 뿐이다. 상대를 불편하게 하거나, 불쾌하게 하거나, 반발을 불러일으키게 해서는 대화 본래의 목적을 상실하게 된다. 우선 수필이 대화의 문학이란 점에 수필문학의 어려움이 있다.

오늘의 언어 현실을 보면, 명령과 지시, 주장과 설득, 일방통행의 독선 아니면 잔소리뿐으로, 대화의 단절시대라 할 수 있다. 대화의 단절은 정(情) 단절이다. 정의 표시는 대화이다. "부부 생활은 긴 대화다."라고 니체는 말했다. 대화가 단절된 부부는 정이 단절된 부부요, 이런 부부의 경우를 생각해 보면 미루어 알 수 있습니다.

오늘날 이 대화의 문제가 언어학적 관심의 중심이 되고 있다. 이런 현실에 적합한 문학 장르가 수필문학이다. 수필에서 대화는 작가가 경험한 현실적 이야기이며, 꾸민 이야기가 아니다. 이런 측면에서 일정한 틀이 없다. 꼬리가 없는 인간의 삶을 확장시키는 데 적당한 문학이다. 그래서 수필문학은 허구가 아닌, 내 인생을 담는 스냅 사진이요 작은 화폭과 같다.

이 사진과 화폭에는 작가의 표정이 배어 있고, 이야기로 대화가 있게 마련이다. 그 대화는 가지각색의 삶을 살아온 사람들의 꿈과 소망, 그 당대의 현실적 어려움과 그 어려움을 극복해 낸 슬기와 재치, 어리석고 못난 사람들에 대한 훈계와 풍자와 해학이 있다. 대화는 만남을 전제로 한다. 작가와 만난 독자는 선배나 스승과 마주앉아 대화를 나누듯 작품을 읽으며, 자연스럽게 삶의 규범과 금기를 배우며, 사람답게 사는 길과 가치 있는 것이 무엇인지를 느끼어 깨닫게 한다. 이런 점에서 수필과의 만남은 문학의 생활화요, 생활의 문학화로, 살아 있는 삶의 숨소리며 맥박이기도 하다.

〈2〉 수필은 자아성찰과 자조의 문학이다

글을 쓴다는 것은 자기 구제의 길이다. 그것도 아름다운 자기와 만남이다. 아름다움은 거짓이 없는 것이다. 내 마음속에 자리 잡고 있는 체와 척, 허풍과 과장, 허위와 위선 등을 모두 떨쳐 버리고 본래의 나와의 만나는 것이다. 왜냐하면, 수필은 자기가 자기에게 읽히는 자기 고백의 문학, 자조(自照)의 문학, 자기성찰의 문학이기 때문이다.

진실한 자기 삶의 리얼(real)한 이야기- 살아 있다는 축복, 존엄, 행복, 슬픔, 외로움, 소외 등을 실감하는 꼭지점에서 창작되는 것이 수필이다. 걸림 없는 마음으로 내가 살아온 지혜를, 살아가는 지혜를, 지혜롭게 살고픈 나를 찾는 것이 수필이다. 내가 살아가는 이유에 대한 스스로의 확인이며, 휴식이며, 위안의 점검이라고 할 수 있다.

〈3〉 수필은 테마의 문학이며 그 테마는 인간미이다

시가 말을 놓을 자리에 놓는 글이며, 소설이 인물과 사건(일)을 놓을 자리에 놓는 글이라면, 수필은 마음을 놓을 자리에 놓는 글이다. 여기에서 마음은 인간미, '나'의 본질과 '너'의 본질이 하나가 되는 '만남'의 텃밭이다. 그런 인간미를 가진 사람은 친구가 많고, 사랑과 존경이 따르고, 지도자가 되어 자아실현의 길을 간다. 그 인간성이 바로 작가가 지닌 인간미이다.

인간미는 사람다운 맛으로 사람의 정미(情味)이다. 정미는 따뜻한 정(情)의 맛이다. 수필은 매정-얄미울 정도로 인정머리 없음-한 사람의 글이 아니다. 사람 사는 바탕이 정이다. 영원히 그 정체를 알 수 없는 존재가 인간이다. 인간은 생물학에서 보면 참으로 약한 존재이다. 그런가 하면 생각하는 힘이 있어 지구상에서 가장 강한 존재이기도 하다. 이 사이에서 약점과 장점을 함께 지니고 있다. 부족함과 약점을 가지고 있어서 때로는 실수도 하고, 채우지 못하는 욕망으로 절망하고 좌절하고, 괴로워하고 아파하기도 한다. 반성과 참회를 거듭하면서 어둠 속에서 밝음을 그리워하며 참되기를 갈망합니다. 여기에 한 줄기 빛이 되는 것이 인간미이다.

이 세상, 매정하고 냉정해서 못살겠다는 푸념에서 벗어나, 그래도 살맛나는 세상으로 만드는 것이 인간미이다. 그 사람의 인간미를 잘 담아낸 글이 수필이다. 그래서 수필을 인간적인 문학이라고 한다.

수필가는 인간미에 젖어 감동할 줄 아는 마음을 지닌 사람이다. "글은 그 사람이다."라는 뷔퐁의 말이 잘 적용되는 것이 수필이다. 수필문학은 바로 그 인간성, 인간미를 주제로 다루는 테마의 아름다운 문학이다.

〈4〉 수필은 작가의 분신으로 작가 자신을 그린 표정이다
문학은 인생의 모든 것을 묘사하고 표현하면서 표정을 그린다. 시는 시인의 정신 지향의 궁극적인 서정의 표정이 있고, 소설은 작가 정신의 초점을 등장인물의 입을 통해 드러내어 세계를 구축하는 표정이 있다. 물론 표정을 포착하고 묘사하는 방법은 여러 갈래가 있다. 소설이나 수필은 설득과 묘사로 인간을 바라보고, 시는 감정의 흐름을 통해 인간을 바라본다.

어떤 문학 장르든 인간의 본질에 앞선 의미를 만들고 감정을 자아내기 위

해 작가는 심혈을 기울인다. 결국 표정의 독특한 개성을 만드는데 궁극적인 창작 의도가 있다고 생각한다.

수필문학의 독특한 개성은 작가의 성격, 인격에 관한 문제로 '작가 자신의 리얼한 모습'을 타 장르보다도 잘 드러내기 때문에 수필은 작가 자신의 분신이라 할 수 있다. 수필의 표정은 작가 분신으로 자신의 곁을 스쳐간 삶의 그림자와 같은 글이다.

⟨5⟩ 수필은 인생의 해석-삶의 미학-을 담은 글이다

문학을 말할 때 흔히 '인생의 표현'이니 '인생의 해석'이라는 말을 하는 것도, 결국 수필이 지향하는 것과 무관하지 않다. 수필에서 묘사하고 탐구하고 발견하고 창조하려는 것의 궁극은 사람살이에 관계되는 것이다.

다만 수필이 다른 문학 장르와 다른 점이 있다면, 그것은 작가 자신이 경험한 것을 구체적이며 깊이 있게 성찰함으로써 삶의 이치를 넓히고, 자신의 삶의 여러 정황들을 통해 인간의 삶에 대한 안목과 통찰을 키우는 데서 출발한다는 점이다.

이러한 안목과 통찰을 형상화한 작품을 통해, 앞서 살았던 인생과 체험을 엿보면서 우리는 효율적으로 우리 인생을 성찰할 수 있다. 수필은 작가가 살았던 삶의 외적 현실과 내면, 단편적이며 또 총체적인 인간관과 인생관을 체험을 통해 서술함으로써, 추상적인 진실의 보편성을 구체적으로 제시합니다. 따라서 현대수필은 서정수필을 넘어 주제가 뚜렷하고 주장이 있거나 비판의식이 깃들어 있어야 한다.

우리가 살고 있는 세계가 타락해서 도처에서 이기적이고 천박함과 유치함을 보는 우리는 작가의 현실적 체험을 통한 인간애, 인간성을 확인하면서, 인간다움에 감화를 받게 되고, 가슴 벅찬 느낌에 사로잡히게 된다.

가령 피천득의 〈모정〉이나, 주요섭의 〈미운 간호부〉, 박문하의 〈약손〉을 통해 해석해 내는 삶의 가치는 좋은 수필이 보여주는 전형이라 하겠다. 이런 좋은 수필을 읽으면서 우리는 '부끄러움'을, '사랑을 매개로 한 관계'의 의미를, 그리고 '존재의 의미'를 생각할 또 다른 지평을 열게 된다.

이는 반성과 참회를 통해 새로운 인생을 발견하는 계기가 되어, 역사와 정치, 사회와 인간에 대한 전혀 새로운 해석을 할 수 있게 한다. 그 해석은 사랑과 노력과 인내 그리고 투쟁이며, 그 전제의 출발점도 인간이고 그 귀결점도 인간이며, 이에 바탕한 생산적 생활의 창조가 아닐까 한다.

3) 수필은 쓸모가 있다

사람들은 왜 수필을 읽는가? 어떤 쓸모가 있길래, 수필에서 무엇을 구하려고 읽는가를 생각한다. 일상의 지루함을 깨고, 신선한 작가의 현실 세계를 만남으로써 독자를 평안한 마음으로 안내하는 글이기 때문이다.

수필 영역의 다양성은 교양과 지식, 상상력을 길러주며, 세상을 이해하는 안목을 틔워 주고, 세상살이의 다채로움을 작가의 현실적 경험을 통하여 간접 경험케 하는 '교육'을 담당하기도 한다. 다른 사람의 삶을 통하여 나는 어떻게 살아갈 것인지, 어떤 삶이 바람직한 삶인지 생각할 여백을 준다.

자신의 삶을 비춰주는 거울로서 종점이 없는 자신의 삶을 반성케 해 주며, 또 다른 시도로 성장의 지평을 열어 준다. 수필은 어느 장르보다도 인간적인 호소력을 지니고 있으며 윤리적 글이다.

4) 나가며

지금까지 수필이라는 '건축물'을 먼발치에 바라보고 그 외관에 대하여 살펴보았다. 그 '건축물'의 내부와 주위 환경과 용도를 알아보는 것은 훗날로 미루고 윗 말들을 요약하면, 첫째, 수필은 문학인의 저변 확대에 기여한다. 수필장르가 빠진 문학계는 얼마나 초라할지를 생각해 보면 알 수 있다.

둘째, 수필은 아름다운 문학이다. 아름다움은 거짓이 없음이다. 서술자도 자신이요, 서술의 대상도 자신이기에 수필에는 거짓이 끼어들 수 없다. "글이 그 사람이다"란 말에 가장 적합한 장르가 수필이다.

셋째, 나를 찾아 가는 자기 구원의 문학이다. 남, 남의 것에 정신이 팔려 자기를 잃어버리고 사는 삶에서 그래도 자기가 누구인지? 자기 존재 이유가 무언지를 생각하며 나를 찾아 떠나는 나그네 길에서 씌어지는 자기 구원의 글이 수필이다.

4. 지금, 수필이란 무엇인가 : 수필로 쓴 수필론

"수필이란 무엇인가?", "수필을 어떻게 쓰는가?" 자주 듣는 질문이다. 아무리 생각을 짜내도 대답이 궁색하다. 아니, 없다는 것이 올바른 답일 것이다.

언젠가 어느 문학잡지사에서 '수필작법' 연재를 제의 받은 적이 있다. 나는 안 쓰는 게 아니라 못 쓴다고 사양하였다. 수필은 말 그대로의 수필이고, 수필 작법은 일반 문장 작법이면 되기 때문이다.

대학에서 문학 강의, 수필 강의를 하고 문화센터 수필 교실에서 '수필이란 무엇인가'에 대하여 많은 이야기를 주고 받았다.

'글은 그 사람'이라거나, '수필 작품은 그 사람'이라거나, 문학은 사람사는 이야기이며 '수필 작품은 그 사람의 한 토막 자서전으로 그 사람 삶의 스냅 사진 같은 글'이라는 견해를 펴고, '삶은 자기의 정체성을 찾는 과정으로 '수필은 그 과정에서 쓴 자조의 글이요, 자기 구원의 글'이라는 수필에 대한 견해를 펴 왔다. 이것은 모두 나의 수필론이다. 나는 나의 경우 이외의 수필론을 펴 본적이 없다.

수필의 공통적인 목표나 독특한 체계적인 작법이 있을 리 없고, 있어도 안 된다는 것이 나의 지론이다. 더구나 이를 체계로 세워서 이론적으로 수필은 이런 거다, 저런 거다, 이래야 한다, 저래야 한다고 정의를 내려본 적도 없고, 주관을 고집한 적도 없다. 문학 장르 중에서도 특히 수필은 어디까지나 개인에 속하는 것이며 그만큼 형식 면에서나 내용 면에서나 자유롭고 다양하기 때문에 정의를 내릴 수 없다. 열 사람이면 열 가지, 백 사람이면 백 가지 설명이 나올 수 있다. 다만, 어떤 공약수 같은 것이 있을 수는 있다.

첫째, 문학의 한 형태인 에세이는 보통 산문으로 엮어지는 적당한 길이의 작문으로서, 쉽고 간단한 방법으로 한 주제의 현상적인 상태, 엄격히 말해서 작가 자신을 감동시키는 그런 주제만을 다루는 것이다. 유명한 에세이스트인 존슨 박사는 에세이를 정의하여 '불규칙하고 소화되지 않은 작품'이라고 하였다. (로스, 〈대영백과사전〉) 둘째, 에세이는 어떤 특수한 주제, 또는 한 주제의 일면에 관한 적당한 길이의 산문이다. (머리, 〈새영어사전〉) 셋째, 에세이란 대체로 짧은 편이고, 설화에 주력하지 않는 산문이다. (윌리암즈, 〈영어에세이서〉)

이와 같은 것들이 에세이의 공약수적인 것이다. 그러나 꼼꼼히 따져보면 모호한 것들이다. 이와 같은 모호함이 바로 수필의 특징이기도 하다.

에세이의 창시자인 몽테뉴가 그의 일련의 산문 모음에 '에세'라는 표제를 붙여 펴내면서 독자에게 "〈에세〉는 내 사사로운 개인을 위하여 쓴 것이며,

내 자신이 이 책의 소재"라고 고백한 것은 수필 이론에는 정론이 있을 수 없음을 단적으로 말하는 것이다. 문학은 '사람 사는 이야기'로 삶은 어떤 주의와 이론으로만 사는 것이 아니듯이 수필도 이와 같다는 것이 내 소견이다.

문학이론가의 〈문학론〉, 〈수필론〉을 읽고 그 이론을 바탕으로 그의 작품을 읽으면 이론은 이론대로, 작품은 작품대로임을 알게 됨은 나의 좁은 식견이라 치부한다 해도, 전체주의 국가라면 모르지만 자유와 평등을 표방하는 민주국가에서 '이렇게 살아야 한다' '이 길만이 삶의 길이다'라는 목표 지향은 허공의 메아리처럼 들리듯이 '수필은 이래야 한다' '수필은 이렇게 써야 한다'고 강변하거나, '수필의 과제' '수필의 나아갈 길' 같은 주제의 연구 발표회나 세미나 발표하는 내용이 나에게는 공허한 메아리가 됨을 어찌하랴.

모든 예술이 그렇듯이 문학의 한 장르인 수필도 통일된 이론, 통일된 정론이 있을 수 없는 것이 아닌가. 수필은 어디까지나 개성적인 개인의 생각, 느낌, 경험에 바탕한 개인의 인생관, 자연관, 사회관으로 써 나가는 개인의 철학이다. 개개인의 삶에 정형화한 통일이란 있을 수 있는가? 있을 수도 없고 있어서도 안 된다는 것이 수필에 대한 내 견해다.

수필은 자아의 정체성을 찾아가는 여정의 문학이다. 살아가는 나를 바라보는 철학이다. 따라서 수필은 언어의 미학, 강조와 비유의 수사, 이미지의 창조, 언어예술의 조각이라 하는 등의 이론을 넘어서 수필은 '삶의 실감'이며 '생존의 증언'이며 '존재의 확인'이며 '삶의 지향의 형상화'이다. 이런 관점에서 수필은 이즘(주의)이니 에콜(유파)이니 하는 것을 부정하고, 집단화, 조직화도 부정한다. 자신의 삶을 살며, 자기만의 수필을 쓰는 것이다.

수필에서 필요한 요소는 풍부한 경험, 진실한 생각, 순수한 느낌, 자아의 정체성 그리고 긍정적인 자아와 합일적인 사랑이고, 명확하고 정확한 표현,

정교한 구성 그리고 선명한 주제, 이러한 것이지 목적이 아니라고 생각한다.

이와 같은 요건에 부합하는 진실한 작품은 보편성을 얻어 오래 남을 것이며, 진실이 결여된 작품, 일시적인 유희, 유행 같은 작품이나 체와 척으로 가식된 작품은 머지않아 소멸될 것이다.

지금의 수필은 첫째, 대화의 메시지가 있는 수필, 둘째, 공감, 감화가 있는 수필, 셋째, 재미가 아닌 즐거움과 기쁨이 있는 수필, 넷째, 변화의 새로움을 주는 수필, 다섯째, 나의 존재, 나의 생존에 일깨움을 주는 수필, 여섯째, 위안과 격려로 마음에 고요를 주는 수필, 일곱째, 수필을 위한 수필이 아닌 수필을 요구하고 있다.

필자는 그동안 이러한 수필관을 가지고 수필을 이야기해 왔다. 지금은 허황된 이론이나 주의로 사는 시대가 아니다. 건조한 다다이즘, 이미지가 없는 쉬르리얼리즘, 상식을 벗어난 모더니즘 등 '글 따로 사람 따로' 사는 시대가 아니다. 나는 생각하고 행동한다. 고로 존재하는 시대다. 따라서 수필은 나를 사랑하고 이웃을 사랑하고 우리를 사랑하며 일상을 사랑하는 사람의 글이다. '글이 그 사람'인 글이 수필이다. 꾸밈과 거짓 허구가 없는 아름다운 글이 수필이다. 삶은 메아리다. 삶의 메아리 같은 글이 수필다운 수필이다. 문학을 위한 문학을 하는 어떤 평자는 이런 글을 신변잡기라고 평가 절하한다. 어쩌랴 그 평자의 수필관임을….

이렇게 나는 학문적으로 정교화된 수필론을 전개하지 않고 각양각색의 구체적인 수필 작품을 통해서 수필 교실을 진행해 왔다. 논리로서가 아니라 정서로서, 지식으로서가 아니라 감동, 감격, 그 공감으로서, 애콜이나 이즘이 아닌 개성으로서, 역사나 전통이 아니라 철저한 자아의 실현, 자아 구원으로서의 수필을 다루어 왔다.

아름답고, 이해하기 쉽고, 간결하면서도 직관적으로 감지할 수 있는 생생한 감동의 작품을 요구하고 있는 것이 지금의 수필이다. 지금 이 시대를 살면서 이 시대를 초월할 수 있는 영원성을 지닌 인간 생존의 보편성을 내포한 작품, 개성적인 개인을 살면서 개성을 초월한 개성의 보편성을 구현한 작품이 참다운 지금의 수필이 아닐까 한다.

시심과 신앙심은 하나다
— 임사체험(臨死體驗)에서 생긴 시심(詩心)

_____민병기 ┃ 시인, 창원대 국문학과 명예교수

　임채수 사백(詞伯)은 극단적 체험주의자이다. 심해에서 스쿠버 다이빙을 하던 중 산소호흡기 고장으로 다 죽어 가다 구출된 적도 있다. 또 바다에서 수영하다 배 밑에 들어가, 나오려고 아무리 몸부림쳤지만 빠져나오지 못했다. 물을 너무 마셔 순간적으로 삶을 포기했다. 의식을 잃기 직전에 천국의 환상을 느꼈다 한다. 이렇게 사백의 임사체험은 바다에서 시작되었다.

　이후 사백은 혹독한 단식을 단행하며 극단적 체험을 계속 반복했다. 사백은 극심한 고통을 감수하여 사경에 이르는 지독한 단식을 수십 회 넘게 결행했다. 이를 계기로 사백의 인생은 새롭게 태어났다. 이후 사백은 생에 대한 남다른 애착과 큰 깨달음을 얻을 수 있었다. 단식이라는 극단의 고난 극복으로 사백은 깊은 자아성찰의 기회를 의도적으로 가졌다. 단식 후엔 세상을 새롭게 바라보는 안목을 얻어, 신앙심이 더욱 굳어졌다. 그 결과로 사백은 시인의 눈을 새롭게 뜰 수 있었다.

　사백은 오직 신앙심에 의지하여 인생의 외로움과 패배의식을 극복했다. 하느님에 의지하는 구도의 길이 사백의 시작(詩作) 과정이다. 시를 쓰면서 사백은 하느님을 만난다. 즉 하느님을 만나기 위해, 사백은 시를 쓴다. 따라서 사백에게 신앙심과 시심은 분리될 수 없었다. 그것이 사백의 시편들에 나타나는 특징이다.

사백에게 현실을 초극하려는 길은 둘이다. 순수한 동심의 과거로 회귀하는 길과 영원한 미지의 세계로 떠나는 초월의 여정이다. 현재의 이승과 미래의 저승 사이를 갈라 놓는 경계가 바다이다. 임사체험을 경험한 생사의 경계선인 바다를 보며, 사백은 새롭게 태어난다. 따라서 바다가 사백의 시편들에 자주 등장한다. 바다를 무대로 한 다음 시편이 그 대표적인 예이다.

지구에서 떨어지지 않으려
절망의 벼랑 끝에서도
저렇게 치열하게 몸부림치는
파도여
두드려라
삶의 문은 열리리라

태풍이 올수록
살려는 몸부림은 더욱 치열해져
묵은 아픔 뒤척이며
토하고 비운 고통 끝에
삶의 간절한 기도 올린다.

시든 나무 등걸에서

햇살에 반짝 눈뜨는 새싹들

산새들 지저귐 따라

새롭게 돋는 내 세포잎들

--「파도」 일부

　위 시에서 바다는 단순한 자연 공간이 아니다. 제한된 유한한 지상의 현실
공간과 대칭되는 무한한 자유를 누릴 수 있는 광활한 곳이다. 지상에 머무는
화자에게 정신적 탈출을 유혹하는 무한한 공간이 바다이다. 화자는 자신을
반성하고 종교적 절대자에게 귀의하려고 바다에로 탈출을 시도한다. 사백은
지상의 유한한 현실적 삶을 탈출하고 싶어, 바다의 시를 즐겨 쓴다. 현실을
초월하여 천국의 낙원으로 가려는 염원을 이루기 위한 바다 여행의 시편들
이 많다. 무한한 자유와 평등과 행복이 보장되는 천국을 지향하는 염원이 사
백의 시정신이다.

　이 시에서 바다는 인간을 궁극적 이상향으로 유도하는 공간이다. 그 광활
한 바다를 보면서, 시의 화자는 현재의 속박된 상황에서 탈출하는 해방감을
맛본다. 따라서 종교적 발심은 현실 일탈에서 시작된다. 더욱이 화자가 갈구
하는 진실과 자유가 영원히 보장되는 초월적 공간인 이상향으로 떠나는 출
구가 바로 바다이다.

　파도의 무량한 출렁임은 현실을 일탈하려의 화자의 몸부림과 일치한다.
"벼랑 끝에서도/ 저렇게 치열하게 몸부림치는/ 파도"와 절망 속에서 "간절한
기도 올린다." 이 대목에서 치열하게 몸부림치는 파도와 기도를 드리는 화자
는 일치한다. 파도의 출렁임과 화자의 몸부림이 합치되며, 사백은 자연과 하
나가 된다.

"햇살처럼 반짝 눈뜨는 새싹들/ 새들 지저귐 따라/ 새롭게 돋는 내 세포잎들."에서, 1인칭 화자(경험적 화자)가 등장한다. 1인칭 화자가 등장하는 시는 기교적인 난해시가 아니라 진실한 서정시이다.

> 실핏줄 가슴에 맺힌 그리움의 상처
> 이브의 눈빛에 베인 선혈처럼 붉어라
> 사랑을 간직할 자격이야 없을 리만요.
> 비바람의 채찍들 몰매 맞은 꽃잎들
> 묵은 아픔 간직한 메마른 빈 가지에
> 쏟아지는 별빛을 모아 스스로 맺은 열매
> 푸른 숲에서 떠오르는 일출의 축복인가
> 황홀한 그 모습 횃불처럼 눈부시어라.
> ――「뱀 딸기」 일부

위 시편은 반추상(半抽象) 계열에 속한다. 묘사 대상의 이미저리와 화자의 관계가 분명하지 않는 것이 그 특징이다. 즉 창조적 화자인지 경험적 화자인지, 그 정체가 모호하다. 화자와 이미저리의 관계가 분명하지 않은 것이 반추상시의 특징이다.

그와 달리 화자가 1인칭 경험화자이든 3인칭 창조화자이든 둘 중에 확실한 것이 좋다. 다음 시편은 화자가 분명한 구체시이다.

> 갈매기 한 쌍 맴도는 갯바위 쪽
> 일렁이는 파도를 건너는 해녀에

창백한 낮달의 은빛 미소가 빛난다.

정든 섬 품에 안긴 편안함 있으니
옛 사랑 다시 찾은 낙원인가 싶네.

철다리에 채운 사랑의 자물통 믿고
단풍잎 최후의 아름다움을 밟으며
설레는 가슴으로 걷는 정든 산책길. -
──「마산 저도」일부

　이 시편에서 "갈매기 한 쌍 맴도는 갯바위 쪽/ 일렁이는 파도를 건너는 해에/ 창백한 낮달의 은빛 미소가 빛난다."가 이미저리 세 마디들이다. 그 다음 "정든 섬 품에 안긴 편안함 있으니/ 옛사랑 다시 찾은 낙원인가 싶네."는 의미의 마디 둘이다. 이렇게 이미저리와 의미의 마디들이 각기 분명하게 구분되는 것이 좋은 시이다. 이때 숨은 1인칭화자는 사백과 일치하는 경험화자이다. 그렇게 사백과 화자가 일치하는 것이 순수한 서정시의 특징이다.

　추상화가 현대미술의 대세인 것처럼, 난해시가 현재 우리 시단의 주류를 이룬다. 요즘 신춘문예 당선 시편들이나 문학상을 타는 시편들은 거의 다 난해한 시에 속한다. 난해성과 예술성이 합성된 것이 애매성 미학이요, 그것이 현대시의 특징이다. 따라서 현재 한국의 시인들은 모두 비슷한 고민을 한다. 난해시를 써서 상을 탈까, 애독성이 높은 순수한 서정시를 써서 독자들의 사랑을 받을까, 양자택일의 갈림길에서 서성거리며 고민한다. 대범하고 야심적인 시인들은 상을 타고, 소심하고 진실한 시인들은 애독성이 높은 시편들을 써서 독자층의 사랑은 받는다.

그 갈림길에서 지금 사백은 방황하고 있다. 사백이 난해시나 반추상시를 외면하고, 구상적 서정시에 몰두하길 필자는 바란다. 그런 시가 애독성이 높아 시의 생명력이 길다. 애독·애창성 높은 질실한 시엔 두 가지 특징이 있다. 이미저리(이미지들)의 마디 구분이 분명하고, 경험적 1인칭 화자가 등장하는 점이 특징이다. 다음 시편이 그런 예이다.

> 녹조가 지나간 바다엔
> 꽃이파리 눈물 흥건히 깔리고
> ------중략------
> 그리움의 강풍에 휘말려
> 불꽃 같이 몸부림치던 이 마음
> 폭풍우 속 바다고기들처럼
> 힘찬 삶의 박동 얻는다오.
> --「이 마음」

이 마음은 바로 화자의 마음이요 사백의 마음이다. 이런 1인칭 화자가 등장하는 시가 애독성이 높다. 자신만의 뚜렷한 시관을 지닌 사백은 분명한 목소리는 내는 서정 시인이다. 사백은 경제적 박탈감이나 사회적 소외감이나 실존적 외로움 등을 시로 극복한다. 따라서 사백의 시편들은 고독한 실존의 산물이요, 오직 하느님을 믿고 귀의하려고 노력의 산물이다. 신앙심과 시심이 분리될 수 없는 것이 사백의 심층심리이다.

사백은 시단의 유행에 편승하여 명성을 얻고자 눈치를 살피지 않는다. 모더니즘적 기교주의의 허영심에 빠져, 난해한 추상시를 탐닉하는 시단의 흐름을 외면하고, 자신의 삶을 진솔하게 시로 표현하는 진실한 서정 시인이다.

> 거친 불길 상처 다스린 인내의 사랑으로
> 네 손 모아 부챗살 펴듯 함께 이룬 가정
> 아내의 둥근 달빛으로 안뜨락 환해지네.
> ──「촛불」일부

위 시편에 역경 속에 생의 에너지를 얻는 아내에 대한 뜨거운 사랑이 담겨 있다. 사백의 많은 시편들엔 아내를 비롯한 가족들이 등장한다. 그렇게 사백의 시엔 거의 경험적 화자가 등장한다. 따라서 기독교 정신의 기본인 가족애가 사백 시의 핵심적 주제의식이다. 임채수 사백의 시편들이 많은 독자들의 사랑을 받기를 기원한다.

읽은 책이
어디로 가나

_____ 이성림 | 명지전문대학 문예창작과

좋은 책을 읽는다는 것은 좋은 사람과의 만남이기도 하다. 또한 책 읽기를 통하여 세계와의 만남도 가능하다. 만권의 책을 읽으니 저절로 글이 써지더라는 옛 선인의 말씀도 생각난다. 이제는 치유의 기능으로서도 책이 많이 읽히고 있다. 책을 읽는 것은 나와 다른 정신세계를 엿볼 수 있는 가장 좋은 방법이기도 하다.

책 읽기는 정신생활의 자양분을 제공해 주는 가장 좋은 방법이기도 하다. 육체에 자양분이 필요하듯 정신에도 영양분을 공급해 주어야 적절히 균형 잡힌 사고를 할 수 있다.

책 읽는 것을 음식에 비유한 글이 있다.

讀書猶飮食也 (독서유음식야)

- 신국빈(申國賓, 1724~1799)「노인독서해조(老人讀書解嘲)」

--『태을암집(太乙菴集)』

지은이는 독서벽(讀書癖)이 있었다. 예순이 훌쩍 넘은 나이에도 이 버릇은

242 문학의 길에서 길을 찾다

변하지 않았다. 이에 대해 어떤 객이 조롱 삼아 다음과 같이 말했다.

"어르신은 총명이 이미 쇠하여 책을 읽고 돌아서면 잊으실 텐데 수고로이 책을 읽을 게 무에 있겠습니까?" 나는 다음과 같이 대답하였다.

"그대는 노인은 음식을 끊고 먹지 말아야 한다고 생각하시오? 책을 읽는다는 것은 음식을 먹는 것과 같소. 아침에 음식을 먹었으면 저녁이면 소화되고 낮에 음식을 먹었으면 밤이 면 잘게 분해되오. 그러나 소화된 음식의 알짜는 체액이 되어 우리 몸을 두루 돌아다니 고, 이것이 없으면 굶주려 죽소. 책을 읽는 것도 마찬가지요. 책을 읽고 돌아서면 바로 잊어 버리더라도 계속해서 읽는다면 내게 녹아든 책의 알짜가 어디로 가겠소?"

우리는 언제 무엇을 먹고 마셨는지 대부분 기억하지 못한다. 또한, 그 맛이 어떠했는지도 다 기억하지 못한다. 그러나 우리가 먹고 마신 것은 우리 기억과 상관없이 우리 생명을 유지하는 양분이 되어 왔고 일부는 아직도 우리의 뼈와 살을 이루고 있다. 책을 읽음으로써 우리 마음이, 정신이 성장한다면 독서에 대해서도 위와 똑같은 말을 할 수 있을 듯하다. 책을 읽고 나서 한참 지나 그 내용이 무엇이었는지 그 감상이 어떠하였는지 기억하지 못하더라도 내 의식을 거친 책의 알짜는 내 정신의 피톨이 되어 내 정신세계를 돌아다녔을 것이고 일부는 뼈가 되어 정신의 정체성을 구성하고 있을 것이다.

책 읽기의 가치를 부정하는 사람은 드물다. 그러나 다들 책을 읽지 않는 핑계거리를 한둘은 가지고 있다. 그중에 대표적인 것의 하나는 시간이 없어서, 또는 책을 읽어도 금방 잊어버린다는 것이다. 그래서 쓸모가 없다는 핑계다. 이는 쓸모없는 일은 하지 않겠다는 것이니 일견 일리가 있어 보인다.

그러나 위의 말을 곱씹어 보면 책을 읽지 않는 것은 하나의 핑계일 뿐이다. 육체가 먹어야 하듯이 정신도 먹어야 함은 물론이다. 읽은 책은 어디로 가지 않는다. 대부분의 글쓰는 것을 전문으로 하는 사람들은 독서에서 많은 사유를 할 수 있었다고 한다. 입력이 많아야 출력도 할 수 있다는 것이다.

문장에 대하여 최근,『글쓰기는 스타일이다』를 펴낸 장석주 작가의 10가지 새겨 둘 대목을 살펴본다.

> 중요한 것은 문장에 실린 생각이지 문장 자체는 아니다.
> 나쁜 문장이란 덜 숙성된 생각의 결과물이다.
> 좋은 글은 마음속에 흐르는 노래처럼 리듬을 타고 온다.
> 왠지 모르게 끌리는 글의 힘은 그 진실성에 숨어 있다.
> 소소한 일상을 꾹꾹 눌러쓰다 보면 진심이 된다.
> 단풍 앞에 무심한 눈길을 주는 순간, 삶이라는 꽃이 피어난다.
> 이름을 붙일 수 없는 것이야말로 정말 써야 하는 '그것'이다.
> 가장 쓰기 어려운 것이야말로 정말 써야하는 '그것'이다.
> 아침부터 저녁까지 쓰고 생각하며 의미로 가득찬 삶을 살아라.
> 끝까지 포기하지 않고 글을 쓰는 게 재능이다.

위의 글에서 재주로 글을 쓰기보다는 끈기로 숙성된 생각을 쓰라는 것이다. 끈기가 곧 재능이라고까지 설파하는 대목에서 지구력 있게 의자에 앉아 읽고 생각하고 많이 써보는 것(3다: 좋은 글을 짓는 데 필요한 세 가지 방법. 많이 읽고, 많이 짓고, 많이 생각하는 것)이 지름길임을 다시 한번 환기시키고 있다.

동서양의 고전이라 이름 지을 수 있는 책을 읽는 것은 물론 현대적인 흐름을 알아내기 위한 정보에도 촉각을 열어 놓고 살아야 할 것이다. 편중되지 않는 다양한 책읽기의 유익함을 알아서 그것이 기실 자기가 쓰고자 하는 글쓰기의 밑받침이 될 수 있어야 할 것이다.

책상머리에 상시 얹어 놓고 보는 『논어』의 한 대목이 오늘은 절실히 다가온다.

獲罪於天 無所禱也(획죄어천 무소도야) 〈팔일〉편13장
하늘에 죄를 지으면 빌 곳이 없게 된다.

다른 죄는 몰라도 하늘에 죄를 짓는다는 것은 무엇인가. 도저히 용서받을 수 없는 천하자연 만물 이치를 어그러뜨리는 죄를 말함이 아니겠는가. 그렇게 큰 죄를 짓고 어디서 무슨 면목으로 죄를 사해 달라고 빌 것인가. 우리가 쉽게들 말하곤 하는, '하늘 무서운 줄 알아야지.' 하는 경구에 가슴 시리다. 이렇게 읽은 독서는 시공을 가리지 않고 찾아와 울림을 주고 있다.

요즈음 잘 쓰는 언어로 '아이디어 창출'이란 말을 자주 듣는다. 진정한 아이디어는 독서에서 얻을 수 있었다는 빌 게이츠의 말을 새겨 볼 만하다. 많이 읽어 나가노라면 굳은 사고, 경직된 사유에서 벗어날 수 있다. 학즉불고(學則不固)라고 하여 공부를 많이 하면 할수록, 책을 많이 읽으면 읽을수록 유연한 사고를 갖을 수 있다는 것이다. 융통성 있는 융합의 사고에서 아이디어가 산출될 수 있는 것이다. 온고이지신(溫故而知新)인 것이다. 옛것을 충분히 배우고 익힌 다음에야 그것을 응용하여 새로운 가치 창출과 아이디어로 이어져 많은 생산성으로 이어질 수 있음은 물론이다.

이렇게 보면 비단 글을 읽는 행위는 글쓰기를 전유로 하는 사람들에게만 필요한 것이 아니라 모든 전공 여하에 관계없이 가장 기본적이고 기초적인 기본으로서 필요한 것임을 알 수 있다. 마치 한 가지 음식물만 편벽되이 먹어서는 영양분을 골고루 섭취할 수 없듯이 다양한 식재료를 먹어서 균형 잡힌 건강상태를 유지하듯 정신의 밸런스도 필요한 것이다.

읽고 섭취한 책들의 내용이 어디로 가는 것이 아니다. 읽은 사람의 살이 되고 피가 되어 건실한 균형 잡힌 사고를 가능케 하며 그러한 연후에야 붓을 들어 쓰기 시작하면 숙성된 사고에서 좋은 글쓰기가 이루어지리라고 본다.

유계(兪棨)는 잡지(雜識)의 첫머리에서, '오직 책만은 부귀나 빈천, 노소를 가리지 않는다. 한 권을 읽으면 한 권의 보탬이 있고, 하루를 보면 하루의 유익이 있다. 이 인생이 배우지 않음이 한 가지 애석한 일이고, 오늘 하루를 등한히 지나 보냄이 두 번째 가석한 일이다'라고 적었다. 읽은 책이 어디 가지 않는다. 자신에게 다 쌓이고 쌓여서 지식이 되고 덕이 되고 그것이 녹여져서 깊은 사고를 만들어 낸다. 충분히 숙성된 사고를 가지고 글을 쓰는 데 끈기 있게 매진(邁進)할 일이다.

밥을 먹는 문학,
혹은 밥을 굶는 문학의 경계에서

_____ 채길순 | 소설가, 명지전문대학 문예창작과

문학 앞에서

문학의 거대한 신기루 앞에 선 우리는 설레기도 하지만 두렵기도 하다. 문학의 길이 멀고 깊어서 막연한 길이라는 것은 알겠는데, 나는 저곳에 어떻게 다가갈 것인가? 순수 문예창작의 길을 가는 시인, 소설가, 희곡작가 되려는지, 아니면 방송 구성작가, 게임 시나리오 작가, 글쓰기 교사 등 문예창작 응용 작가가 되려는지 확언하는 것부터가 과제이다.

어디 고심이 이뿐인가. 문예창작의 길을 갈지, 아니면 전혀 다른 길을 가면서 평생 이곳을 아마추어로 기웃거릴까 가늠하기도 한다. 결국 문학으로 돈을 벌서 먹고 살아야 할지, 아니면 살아가면서 문학을 정신적인 위안이나 삼는 도구로 삼을지 결정해야 한다. 그러나 이는 한마디로 답하기 어려운 문제다. 여기에 또 하나의 문제―문학이 시간의 흐름 속에서 빠르게 변화하고 있다는 점이다. 순수문학과 대중문학의 경계가 허물어진 지 이미 오래다.

우리는 위의 다양한 문제에 대해 고민하지 않을 수 없다. 길을 가면서 길을 찾아보자고 했지만 한 번쯤 멈춰 고민할 필요도 있겠다. 여기서는 요즘 사회에서 문학이 어떤 형태로 존재하며, 어떻게 다양화되고 있는지를 살피면서 내가 갈 길을 짚어 보자. 그렇다고 어떤 답을 기대하지 말고 가볍게 다가가 보자.

영역 간의 융복합이 시대적 대세다

한때 화제가 됐던 영화『설국열차』는 만화가 원작이다. 만화『설국열차』는 1970년부터 자크로브의 시나리오와 알렉시스의 그림 두 부문의 공동 구상으로 비롯되었다. 이렇게, 만화를 소재로 하여 의미심장한 의미를 담은 차원 높은 영화로 성공한 것 자체가 클래식한 문화와 대중문화의 경계가 이미 허물어졌다는 뜻이다. 이런 문화 현상은 과거부터 꾸준히 진행되어 왔지만 최근에 특히 두드러지게 나타난 문화현상일 뿐이다. 두 개념의 결합이 융복합의 개념으로 바뀐 것이다.

최근 KAIST가 과학 문화 융합의 프로젝트 '엔드리스(end·less)'를 내놓아 화제다. 엔드리스란 문학 영역 작가 및 만화작가를 대상으로 집필실을 내주고 매월 80만원의 창작금을 지원하며, 과학 환경에 머물 수 있도록 배려한 것이다. 이는 로봇 '휴보'를 만든 오준호 KAIST 교수의 아이디어로 진행된 기획으로, "창의성을 기반으로 하는 과학자와 예술가가 만날 수 있는 기회를 제공하여 서로에게 영감을 주고 연구 활동과 예술 활동에 시너지 효과를 꾀할 생각으로 만든 것"이라 했다.

위의 두 사례는 직업 선택을 놓고 고민하는 청년들에게 여러 가지를 일깨워준다. 즉, 영역 간의 경계가 허물어진 사실을 보여주며, 내 고유 전공에 타 전공을 융복합하여 창의력을 높여 가는 시대라는 것이다.

가까운 예를 들자면, 요즘 글쓰기 지도교사는 순수문학 영역을 넘어 아동 및 청소년이 누리고 있는 문화 콘텐츠를 이해하고, 이를 창의적으로 응용한 교재를 활용할 줄 알아야 경쟁력 있는 글쓰기 교사가 될 수 있다.

다른 예로, 출판협동조합에 필요한 인재란 어떤가. 문예창작과 커뮤니케이션 디자인의 융합은 물론 원만한 경영을 위해 웹사이트 관리 능력이나 컴퓨터 데이터 활용 능력을 갖춰야 고급 출판 인력이 될 수 있다. 거꾸로, 광고 디자인을 하는 사람이 문예창작의 기본 소양을 익힌다면 한층 더 창의력이 있는 카피를 창안하고 디자인할 수 있을 것이다. 이렇게, 요즘은 영역 간의 융복합이 대세다.

직업 선택을 앞두고 있는 청년들에게 복잡한 셈법으로 보일 수도 있겠지만 의외로 단순하다. 일단 자신의 전공 학과의 직업군을 나열하고, 1차로 자신이 선호하는 직업을 선택한다. 그리고 이를 위해서 집중해서 갖춰야 할 전공과목과 부전공 과목을 함께 공부하면 된다. 여기에 필수적으로 동반되는 것이 자신이 선택한 직업과 관련된 자격증과 같은 다양한 스펙을 쌓는 일이다. 이는 다양한 영역을 융복합할 줄 아는 창의력 있는 인재가 되는 길이다.

그러나 이 말은 모든 영역을 다 잘해야 한다는 의미와는 다르다. 『설국열차』의 예에서 보듯이 영화감독이 만화와 시나리오를 모두 잘해야 한다는 뜻이 아니지 않은가.

구체적인 직업 선택과 유연한 준비가 관건이다

요즘 문학의 길을 순수문학 세계인 시, 소설, 희곡 작가 고유 영역만을 고집하면 시대에 어긋나거나, 바로 현실과의 한계에 맞닥뜨릴 수도 있다. 현실적으로 시와 소설로 생활을 영위할 수 있는 시인 소설가가 몇이나 되는가. 이 세상에는 풀잎에 맺힌 이슬을 먹고 사는 시인이나 소설가란 존재하지 않는다.

이제 문학은 순수의 영역을 허물고 응용 컨텐츠 문학의 세계도 함께 천착해야 한다.

언젠가 게임물 관련 사업에 종사하는 사람을 만난 적이 있다. 게임 산업에는 고도의 창의적인 서사를 창출할 인재가 필요한데, 그런 인재를 찾기가 어렵다는 것이다. 별 수 없이 문예창작과 출신이 이 영역을 감당할 수 있을 것 같은데, 이를 준비한 인재를 구할 수가 없다는 것이다. 그러면 누가 준비된 인재인가? 간단한 문제는 아니지만 게임을 하면서, '이렇게 바꾸면 더 재미있는 게임이 될 텐데…'라는 관심과 문제의식을 가진 사람이라는 것이다.

앞에서 살펴본 바와 같이 만화가, 소설가, 영화 연출가가 제 고유 영역을 벗어나고 응용·융합하여 새로운 문화를 창출한다. 알고 보면 한류 열풍을 몰고 온 '강남스타일'이나 뮤직 동영상도 서사 대본이 바탕이 되어야 한다.

지금 우리는 그만큼 다양한 문화 분야를 융복합하여 영역을 더욱 새롭게 구축해 나가야 하는 시대를 살아가고 있다. 그리고 그 시발점이나 중심은 문예창작적인 발상으로 비롯된다.

그렇다고 결코 셈법이 복잡한 사안이 아니다. 먼저, 직업에 대한 구체적인 계획이 서 있고, 의욕과 패기로 꾸준히 준비하는 자가 되어야 한다. 이 경우, 자신이 할 수 있는 직업, 좋아하는 일을 선택하는 것이 현명하다. 그런 다음, "부지런한 자의 계획이 반드시 이로운 일을 이룬다."는 잠언에 확신을 가지면서, 유연한 자세로 차근차근 준비해 나가는 것이 중요하다.

요는 문예창작의 역량을 가지고 어느 길을 걸어갈지 미리 준비를 해야 한다는 뜻이다.

몸의 데칼코마니가 꿈꾸는 新生(renaitre)
─시인이 읽는 시 한 편, 이화은의 「이명」

_____ 이희숙 | 시인, 서울교육대학교 명예교수

나의 신은 언제나 왼쪽 귀로만 온다

한 번도 만난 적 없는,

편애에 익숙한 그는 왼손잡인지도 몰라

사륵 사르르 긴 옷자락을 끌며

하루도 빠짐없이 전례처럼 그가 다녀가고

내 왼쪽 귀는 그래서 종교적이다

지극히 도덕적이다

오른 귀의 낭만과 사철 부는 바람을 이해하지 못한다

좌우의 기류가 풀 멕인 하늘처럼 팽팽한 날

그런 날은

성난 신의 발자국 소리가 더욱 거칠어진다

데칼코마니 같은 내 몸의 경계에는

반절짜리 연애가 산다

절반쯤 달려가다 돌아오고 돌아오는

슬픈 연인이 산다 그래도 모른 척 신은

왼쪽 귓속에 더 깊은 소리의 동굴을 파고

사륵 사르르

오늘밤도 내 왼쪽 귀는 거룩한 순교를 꿈꾸며

신의 무릎을 베고 잠이 든다

--「이명」 전문

데칼코마니! 누구나 어린 시절 종이에 물감을 두껍게 칠하고 두 겹으로 접어 살살 문지르고 종이를 펼쳐보면 환상적인 빛깔의 무늬와 좌우대칭의 형태가 나타나는 물감놀이를 해 봤을 것이다. 내게는 종이를 펼칠 때 나비가 무한공천으로 날아오르는 놀라움은 황홀 그 자체였다. 우연이 만들어내는 이러한 이미지는 예술가들의 상상력과 환상을 자극하기에 충분했을 것이다.

인간 내면을 표현하는 일에 골몰하며 주로 독일에서 활동하던 표현주의 예술가들은 제1차 세계대전의 대량 학살과 폭력에 민감하게 반응한다. 이들은 인류역사상 전례 없는 인간에 의한 인간 집단 살상의 동기와 이유, 그리고 과정을 되돌아보고 반성한다. 이들은 그 원인을 근대 이후 싹트기 시작한 이성(理性) 중심 사조로 보았다. 서구 사회가 이성만능이라는 낙천적 자만심에 빠져들어, 감성과 영혼을 도외시하면서 생명 경시 풍조가 만연하게 되었다는 것이다. 이성은 바야흐로 집단 살상을 위한 비행기, 탱크와 같은 무기를 개발하는 살인 도구가 되었다는 논리를 폈다.

제1차 세계대전 발발 10주기가 되는 1924년 파리에서 이들이 주축이 되어 새로운 예술가 그룹을 결성하고 초현실주의를 선언했다. 초현실주의 예술가들은 눈뜨고는 못 볼 세상을 만든 이성에 반대하는 한편 꿈, 무의식, 본능과 같이 눈감고 보는 초현실의 무의식 세계 이미지를 끌어내어 표현하는 일에 집중하기로 했다. 이들은 무의식의 이미지를 끌어내어 표현하는 기법으로 데칼코마니, 프로타주, 콜라주 등이 만들어내는 우연성에 착안했다. 이제, 시인 이화은이 화자의 꿈과 내면의 갈등을 어떻게 해소하고 데칼코마니 이미지에 담아내는지 살펴보려한다.

　화자의 자화상은 한몸에 두 머리를 지닌 좌우 대칭의 데칼코마니다. 데칼코마니는 화자의 정체성이며 존재양식이다. 왼쪽은 "편애에 익숙한 왼손잡이 신(神)"의 성역(聖域), 오른쪽은 "낭만과 사철 부는 바람을" 불어대는 시신(詩神)의 거처다. 무한히 뻗어 나가지 않으면 경계가 생긴다. 화자는 어느 한쪽으로 뻗어나갈 수도, 그렇다고 어느 한쪽에서 단 한 발짝을 양보할 수도 없다. 화자 스스로 두 세계 사이에 예리한 경계를 만들어 놓고 맨살이 베일 듯 치열하게 살아갈 뿐이다.

　화자는 영락없이 굴러 떨어질 바위를 밀어 올려야 하는 시지프스의 천형(天刑)을 받은, 그것도 좌우의 두 바윗돌을 정상에 올리려는 부질없이 고달픈 시지프스다. "데칼코마니 같은 몸의 경계(in between)"에서 "절반쯤 달려가다 돌아오고 돌아"온다. 신과 시신(詩神) 사이에서 "반절짜리" 이중연애를 하는 "슬픈 연인"이기 때문이다. "좌우의 기류가 풀 먹인 하늘처럼 팽팽한 날/ 그런 날은" 작두날에서 무녀가 공중 잽이 접신 춤을 추다가, 아니면 어름사니가 하늘과 땅 사이에서 외줄타기 광대 춤을 추다가 의식을 잃고 무아에 이르는 초월의 경지와 흡사하다. 스스로는 달리 어찌해 볼 선택의 여지가 없다. 데칼코마니의 좌우 기류가 한 치의 양보 없이 쨍하게 팽팽하다. 두 세계의 갈등 구도가 절정에 이르면 이명(耳鳴)은 점점 더 거세어진다. 화자는 마침내 명현

현상(眩眩現狀)을 일으키고 무의식 가운데 "신(神)의 무릎"에 곯아떨어진다.

이 시는 새벽마다 미사전례에 참여하는 한편, 시(詩)의 끈을 집요하게 붙잡고 있는 시인 자신의 페르소나와 세도우를 그대로 베껴 놓은 고백시로 읽어도 좋을 듯싶다. 시인이 새벽마다 빠짐없이 성당에 나가듯이 시인의 페르소나인 화자도 하루도 빠짐없이 신(神)의 방문을 받고 있다. 또한 매일 밤 "거룩한 순교를 꿈꾸며 신의 무릎을 베고 잠이 든다." 그런데 신은 시의 정상에 오르기 위해서 무진 애쓰고 있는 화자를 "이해하"기는커녕 "모른 척"한다는 것이다. 신은 "종교적이고 지극히 도덕적인" 자신을 이명(耳鳴)으로 다스리고 심하면 "성"이 나서 "거칠어진"다고 슬쩍 불평을 토로한다. 화자는 이 질투의 유일신(唯一神)과 시의 뮤즈 사이에서 "절반쯤 달려가다 돌아오고 돌아오"며 갈팡질팡하고 있다. 이쯤 되면 우리는 데칼코마니의 왼쪽 몸에서 신에게 가장 가까이 갈 수 있는 "거룩한 순교"의 꿈을, 오른쪽 몸에서는 뮤즈에게서 월계관을 받고 싶은 화자 내면의 욕망(shadow)을 엿볼 수 있다. 흔히 시인들은 서풍만 불어도 시심이 발동하고 영감이 떠오른다고 서풍을 노래한다. 화자는 "낭만과 사철 부는 바람"을 타고 났으니 은밀하게 감춰둔 욕망을 포기하지 못할 것 같다.

화자는 데칼코마니 갈등 구도의 정점에서 절반쯤 달려가다 돌아오고 돌아오는 반절짜리 연인의 삶을 더 이상 살아낼 수 없다는 것을 깨닫는다. 의식 이전에 몸이 먼저 불같은 갈등으로 탈진(burn-out)된 스스로를 본능적으로 알았기 때문이다. 본능적인 깨달음은 의식의 장을 확장하는 모멘트가 되기도 한다. 그러기에 무의식과 의식이 융합하는 순간, 데칼코마니의 왼쪽 성역은 거룩한 순교의 꿈을 꾸며 신의 무릎을 베고 잠들 수 있는 것이다.

시집 『미간』의 몇몇 다른 시편에서도 시인 몸의 데칼코마니가 마찰하고 갈등하고 교응하면서 의식이 확장되는 기미를 읽을 수 있다. "가벼운 터치, 단순한 반복, 지루한 염문, 현란한 수사"에 익숙한 감각적인 나비(「나비」) 등엔 타지 않을 것이다. 푸른 피와 붉은 피가 만나 우는 보랏빛 꽃울음을 못 본 척할 것이다(「아픈 보라로 피다」). 스커트를 말아 올리던 까까머리가 "내 무릎에 할 말이 있는 줄 알"았던 철부지(「슬픈 성지」)의 "귀여리 마을에서 한쪽 귀로만"(「귀여리 마을」) 자던 세월은 더 이상 없을 것이다.

성지(聖地)와 성감대(性感帶), 열정(熱情)과 개결(介潔), 성역(聖域)과 통속(通俗)이라는 데칼코마니의 경계에 끼어 "하나와 한 번은 다"르다는 수상한 숫자놀이(「난처한 관계」)로 갈팡질팡하지는 않을 것 같다. 일백 개나 되는 어머니 무덤(「나, 일백 개의 무덤」)에 어제의 데칼코마니를 묻어버렸다. 지금은 1500미터 이상 고산준봉에서 죽어 천년을 산다는 주목의 속울음으로 "진흙 같은 슬픔"(「춤추는 소문」)을 풀어내고 있다. 화자는 깨달음을 통해서 의식이 저와 같이 확장 됐으니, 이제는 등짝에서 춤추는 소문에 귀먹고 눈 닫고 "꽃의 내면에만 한순간 생을 몰입"하는 나비(「絶鳴」) 등에 이미 올랐다. 본질을 보는 직관의 "마중물로 우주 속에 잠든 물줄기를"(「마중」) 깨워, 몸의 경계를 허물고 둘로 하나를 만들어 갈 것이다. 그렇게 자연의 소리와 소통도 하고, 만물에 연민하는 신(神)과 함께 단잠을 자기도 할 것이다. 의도치 않은 전략으로 "물병아리 한 마리가 강을 끌고 가"듯(「술 받으러 가는 봄」)이, 시인이 무심히 만나고 헤어지는 관계와 소통하면서 앞으로 열어갈 강물이 궁금하다.